Ina Linger & Cina Bard

Imperfect MATCH

Liebe ist eigenwillig

Impressum

Neuauflage 2019
www.inalinger.de
Email: ina-linger@web.de
Bestellung und Vertrieb: Nova MD GmbH, Vachendorf
Druckerei: Mazowieckie Centrum Poligrafii Wojciech Hunkiewicz,
Ciurlionisa Strasse 4, 05-270 Marki, Provinz. Mazowieckie, Polen
Veröffentlicht durch: I. Gerlinger, Spindelmühler Weg 4,
12205 Berlin
Einbandgestaltung: Ina Linger
Fotos: Shutterstock; Cristina Romero Palma; TairA
Lektorat: Faina Jedlin
ISBN: 978-3-96443-901-7

Für all unsere lieben Freunde, die uns beim Schreiben dieses Romans so unterstützt und motiviert haben.
Wir danken euch von Herzen!
Und ein Extra-Dankeschön an unsere liebe Freundin Ayça, die uns so erfolgreich dabei half, den Titel für diesen Roman zu finden und der Snowball ihre Existenz zu verdanken hat.

Ein fataler Fehler

Menschen sind nicht perfekt. Das lernt man recht schnell im Laufe seines Lebens. Ganz im Gegenteil – die Lebensgeschichte eines jeden Menschen wimmelt nur so von Fehlern; kleinen, verzeihlichen; mittleren, an deren Ausbügelung man manchmal schon ganz schön hart zu arbeiten hat, und großen, die einem das Leben ziemlich schwer machen und so manches Mal wünschen lassen können, es möge doch, wie bei einem Computerspiel, irgendwo einen Reset-Knopf geben. Leider gibt es den nicht. Insbesondere nicht bei der schlimmsten Kategorie aller Fehler: dem fatalen Fehler. Dieser Bursche ist der schrecklichste von allen und kommt – Dem Himmel sei Dank! – eher selten vor.

Ich kenne nur wenige Leute persönlich, denen dieses Monster über den Weg gekrochen ist, zum Beispiel in Form eines Besäufnisses vor einer Examensprüfung, um die Aufregung in den Griff zu bekommen; oder der Idee, man könne auch mit dem Coitus interruptus wunderbar verhüten … O ja! Auch in Form des Gedankens, es könne ja nicht so schwer sein, eine Satellitenschüssel auf dem Dach eines dreistöckigen Hauses selbst anzubringen.

Oft ist einem leider nicht bewusst, dass man gerade dabei ist, einen dieser schwerwiegenden Fehler zu begehen, weil sich diese fiesen Dinger gern in der Verkleidung einer guten Idee nähern und die eigene kurzzeitige, unbemerkte Ausschaltung des Verstandes ausnutzen. Das klingt wie eine dumme Ausrede, aber so ist es nun einmal.

Mein ganz persönlicher fataler Fehler, beziehungsweise dessen Vorbeben, begann mit folgenden harmlosen Worten in einer noch viel harmloseren Unterhaltung im Privat-Chat eines Online-Spiel-Forums:

Shadowhunter: *Ich fahr dieses Wochenende nach London! Und rate mal mit wem!!*

Klingt gar nicht schlimm, oder? M-hm, das dachte ich auch. Die Antwort brachte leider aber nicht den erwarteten Namen, sondern die eigentliche Hiobsbotschaft:

Midnightrider: *Echt?? Wie krass ist das denn?? Ich WOHNE in London!!*

Etwa zwei Minuten lang starrte ich den Bildschirm an, einen Ausdruck höchsten Entsetzens auf dem Gesicht (ich wusste das genau, denn ich konnte mich selbst in der spiegelnden Oberfläche sehen). O mein Gott. Oh! Mein! Gott!! Das war ja furchtbar, das war schrecklich, das war so wie festzustellen, dass man seine Examensarbeit gar nicht erst in drei Monaten abgeben musste, sondern schon am nächsten Tag und man noch keinen einzigen Satz geschrieben hatte.

Midnightrider: *Okay, das hat dich jetzt erschreckt, oder?*

Hysterisches Lachen hier, gespielte Entwarnung online.

Shadowhunter: *Und wie!*

Hatte ich das gerade ernsthaft getippt? Ich fügte ein Smiley hinzu. Ein trauriges. Dann noch eins – diesmal das richtige, das, das die Zunge herausstreckte. Und noch eins. Dann eins, das eine Umarmung darstellte. Ich starrte auf die kleine blaugelbe Armee des Wahnsinns und ließ dann meinen Kopf in einem buchstäblichen *Headkeyboard* nach unten sausen. Natürlich stoppte ich etwa zwei Zentimeter darüber, schließlich brauchte ich sowohl Tastatur als auch das knöcherne Gehirnbehältnis mit vier Buchstaben noch.

‚Night' hatte mir derweil ein dickes LOL geschickt, gefolgt von einer Reihe ebenso skurriler Smileys, die mich trotz meiner Misere zum Schmunzeln brachten. Wie ich diese Frau liebte! Ich weiß, dass dieses Wort viel zu oft in völlig falschem Kontext benutzt wird, aber in diesem Fall war es tatsächlich wahr, denn Night war eine Person, die man nur lieben *konnte*. Sie war witzig und schlagfertig, einfühlsam und zuvorkommend, intelligent und kreativ und wir teilten so viele Interessen und Überzeugungen, dass es manchmal fast gruselig war.

Wir waren Seelenverwandte, die durch das böse Schicksal zwar im selben Land, jedoch in zwei verschiedenen Städten geboren worden waren und sich erst viel zu spät auf einem Onlinespielboard kennengelernt hatten. Das war jetzt ein Jahr her. Zunächst hatten wir uns nur zufällig ab und an beim Spielen ein paar verbale Bälle zugeworfen, dann war die erste Kontaktaufnahme im

Chatraum erfolgt, die ersten Privatnachrichten, zunächst nur auf unsere Spielstrategien bezogen, bald aber auch persönlicher Natur. Unsere Gespräche waren immer länger geworden und nach einer Weile hielt ich es kaum aus, wenn ich mal einen Tag lang nichts von ihr hörte. Wir konnten über alles reden, uns bei Problemen beraten, uns trösten und aufmuntern und waren immer von Grund auf ehrlich zueinander. Bis auf einen kleinen, *winzig* kleinen Punkt: Ich hatte mich bei dem Onlineboard aus Spaß von Anfang an als Mann ausgegeben, weil man dann meist von den anderen, vornehmlich männlichen Spielern ganz anders behandelt wurde, als wenn man sich als Frau zu erkennen gab.

Leider hatte ich es versäumt, Night irgendwann zu beichten, dass ich eigentlich *auch* ein Mädchen war und nach ein paar Monaten war dann der richtige Zeitpunkt auch schon viel zu lange vorüber gewesen. Erst recht nach einem Jahr. So hatte ich dieses kleine Spiel weitergespielt, auch wenn es mir immer wieder einen Stich versetzt hatte, sie anlügen zu müssen, speziell wenn es dann um Dinge ging, die man mich ‚mal als Mann' fragen musste.

‚Lügen' war vielleicht nicht der richtige Begriff, immerhin ist nirgendwo gesetzlich verankert, wie Männer und Frauen genau zu sein, beziehungsweise was genau sie für jeweilige Ansichten zu vertreten haben. Darüber hinaus war ich wohl auch keine typische Vertreterin meines Geschlechtes – etwas, was Colin, mein Mitbewohner und bester Freund, mir immerzu auf die Nase binden musste. Mit einer Begeisterung, die ich so gar nicht teilen konnte.

Nein, ich war keine seiner kleinen Prinzessinnenfreundinnen, die auf zierlichen Füßchen durchs Leben schwebte, und ich wollte es auch nicht sein, zumindest nicht immer. Mit Make-Up umzugehen hatte ich nie wirklich gelernt und die Tatsache, dass meine ‚beste Freundin' seit meinem fünften Lebensjahr der absolute Prototyp eines kernigen Jungen war, schaffte nicht gerade Abhilfe.

Die Hündin, die ich als Kind gehabt hatte, war mit einer äußerst dominanten anderen Hündin aufgewachsen, die ihr alles Wichtige beigebracht hatte – einschließlich des Beinhebens und Scharrens, das meist nur bei Rüden zu finden ist. Vermutlich war es mit mir so ähnlich und ich würde Colin an dem Tag erwürgen, an dem er es wagte, zu erzählen, wie ich das Im-Stehen-Pinkeln gelernt hatte. Ich würde gerne die vorübergehende Unzurechnungsfähigkeit durch Alkohol als Erklärung anbringen – leider war ich zu diesem Zeitpunkt noch ein unschuldiges Kind gewesen.

Midnightrider: *Noch da?*

Herrje, denken und schreiben zur gleichen Zeit war manchmal nicht gerade meine Stärke – vor allen Dingen wenn ich emotional belastet war.

Shadowhunter: *Na klar! Ich denk nur grad nach. Hattest du nicht gesagt, du lebst in Brighton?*

Als Antwort erschien ein Smiley, das eine Augenbraue hob. Dann eines, das zu schlafen schien, mit dem Wort ‚du' davor. Reizend! Manchmal war Night auch ein wenig *zu* direkt. Wir hatten sogar schon richtig heftige Chat-Streits gehabt. Aber machte das nicht eine gut funktionierende Beziehung erst aus? *Beziehung* … Ich musste grinsen. Doch Night war neben Colin nun mal meine allerbeste Freundin.

Midnightrider: *Ich bin vor ein paar Wochen umgezogen. Kram mal ein bisschen in deinen grauen Zellen herum!*

Oh! Sie hatte Recht. Ganz dunkel fiel es mir jetzt ein. Sie hatte gesagt, sie wolle nicht über diesen *Umzug des Grauens* sprechen, und deswegen waren wir nicht lange beim Thema geblieben. Dann war sie auch schon in den Urlaub gefahren. Kein Wunder, dass London bisher kein großes Thema bei uns gewesen war. Und so saß ich in der Falle. Unrettbar. Zum Tode verurteilt. Denn ich wusste genau, welche Idee in dem hübschen kleinen Kopf meiner Freundin herumspukte.

Midnightrider: *Das ist doch DIE Gelegenheit uns endlich mal persönlich zu treffen!*

Das war sie tatsächlich. Oder *wäre* es gewesen, wenn es nicht so viele Punkte gegeben hätte, die dagegen sprachen, uns in natura zu begegnen.

Midnightrider*: Boah, jetzt bin ich nervös.*

Da war sie nicht die einzige. Während meine Finger über den Tasten schwebten und verschiedene Smiley-Kompositionen zu tippen anstrebten, die ich dann wieder kurzfristig verwarf, vergingen einige Minuten des Schweigens, die meine Freundin vermutlich zu ihrem nächsten Kommentar veranlassten:

Midnightrider*: Und du sagst auch nix mehr. Heyyy, ich bin kein Monster und du musst dich meiner auch nicht schämen. Ich bin schon groß, kann mir schon alleine die Zähne putzen und mich anziehen. Und wenn ich nicht* *endlich in dieser Schreibanzeige über meinem Texteingabefeld (wtf? was für ein Wort) sehe, dass du tippst, logge ich mich aus und mache mir einen neuen Account woanders.*

***Shadowhunter**: Sorry, ich musste schnell wohin. Kennst mich ja.*

Oder auch nicht. Bei meinen Erklärungen zu Toilettengängen hatte ich allerdings stets die Wahrheit gesagt: Ich trank pro Tag recht viel, hasste es aber, ständig aufs Klo zu müssen, also hibbelte ich mitunter eine Stunde auf meinem Stuhl herum, bis es gar nicht mehr ging, nur um dann loszustürmen. Nicht, dass was davon hier wichtig wäre.

***Midnightrider**: Maaaaaann. Ich dachte schon, du lässt mich hier hängen mit meiner Idee. Müssen uns ja auch nicht sehen, wenn du nicht willst.*

An dieser Stelle folgten viele verschiedene traurige und heulende Smileys und ich musste kichern.

***Shadowhunter**: Na klar werden wir uns sehen! Hey, wann komme ich schon mal nach London? Und einen besseren Stadtführer als dich kann es ja wohl kaum geben.*

Da waren sie, die Worte, die ich eigentlich nicht hätte schreiben dürfen. Aber was hätte ich anderes tun können? Meine beste Freundin vor den Kopf stoßen? Oder ihr gar sagen, dass ich kein Mann war und sie die ganze Zeit nur auf den Arm genommen hatte? Denn so würde es garantiert auf sie wirken. Auf wen nicht?

Ich raufte mir nicht nur im übertragenen Sinne die Haare und starrte mit vor Verzweiflung verzerrtem Gesicht auf den Bildschirm.

***Midnightrider**: Ganz genau! Oh, Mann, ich freu mich so! Das wird definitiv das beste Wochenende unseres Lebens!*

Nur dass es nicht nur ein Wochenende war, sondern ganze fünf Tage. Aber das machte den Kohl jetzt auch nicht fett. Ich war erledigt! In die Enge getrieben. Tot.

***Shadowhunter**: Ganz bestimmt.*

Was für eine Heuchlerin ich doch war! Mir wurde heiß und kalt, dann wieder heiß … Panikattacke. Eindeutig. Für die Wechseljahre war es mit meinen zweiundzwanzig Jahren noch zu früh.

***Shadowhunter**: Du, lass uns das später nochmal genauer besprechen. Emma kommt grad nach Hause und ich will nicht, dass sie gleich mitbekommt, was wir hier planen.*

Emma Spencer – so war ihr voller Name – bewegte in Wirklichkeit momentan nichts weiter als ihre Finger. Ja, ich benutzte meinen eigenen Namen für Colin und den seinen für meine ‚Tarnung'. So weit war es mit mir gekommen. Night hatte mal gefragt, wie ich wirklich heiße und ich war mit der Frage so überfordert gewesen, dass mir nichts Besseres eingefallen war, als den Namen meines besten Freundes zu benutzen. Seitdem wusste ich, dass sie Anna hieß, vierundzwanzig war und in Brighton lebte. Gut, jetzt war es London. Überraschung!!!

Natürlich war Colin gerade *nicht* im Anmarsch, wie ich behauptet hatte, sondern noch bei seinem Gig, doch gegenwärtig war mir jede Ausrede recht, um aus dem Internet zu verschwinden und endlich den hysterischen Anfall zu bekommen, der schon die ganze Zeit in einer Ecke meines Bewusstseins herumzappelte.

Midnightrider*: Oh, na gut, dann lass uns später alles genauer bequatschen. Grüß Emma von mir! Spaaaaaß! XO XO*

Ich x-te und o-te zurück, loggte mich aus und erhob mich. Für ein paar Minuten stand ich einfach nur so da, regungslos, in Schockstarre verfallen. Das erste, was mir dann wieder gelang, war schwer zu schlucken. Das tat ich gleich ein paar Mal hintereinander. Ich plumpste schwerfällig zurück auf meinen Stuhl und schüttelte den Kopf – ebenfalls mehrmals, was mir nicht gut tat, da mir sofort schwindelig wurde.

„Emma, du hast komplett deinen Verstand verloren!“, stieß ich aus und lachte hysterisch. „Aus der Scheiße kommst du nicht mehr raus. *So* gute Verkleidungen gibt es nicht!“

Gut. Ich hatte relativ kurze Haare, nur ungefähr bis zur Schulter. Eine schicke Männerhaarfrisur war schnell gemacht und stand mir noch nicht einmal schlecht. Hatte ich alles schon ausprobiert. Aber rein figürlich kam ich einem Mann nicht gerade sehr nahe. Einem Knaben vielleicht – ich war eigentlich immer zu groß, zu schlank und zu schlaksig gewesen und meine Oberweite passte maximal in einen A-Cup – aber für einen Mann fehlten mir einfach das notwendige Kreuz und die Körperbehaarung. Als Teenager war ich zu meinem Leidwesen noch öfter als unterentwickelter Junge durchgegangen, mit zweiundzwanzig sahen die meisten Männer jedoch ganz anders aus. Ganz davon abgesehen, dass meine Stimme auch nicht tief genug war, um einen Kerl überzeugend zu verkörpern. Night war ein kluges Mädchen. Sie würde jede Verkleidung ohnehin sofort durchschauen. Verfluchte Sch…

Ich stand wieder auf und begann in meinem Zimmer auf und ab zu laufen, jede einzelne graue Zelle aufscheuchend, die bisher noch in meinem Kopf vor sich hin geschlummert hatte. Es musste doch eine Lösung für mein Problem geben – eine, mit der ich leben konnte; eine, die meine Freundschaft mit Night *nicht* für immer zerstörte.

Ich war so in meine Gedanken vertieft, dass mein Unterbewusstes die Stimme, die ein lautes, fröhliches „Ich bin wieder da-aaaaa!“ in die Wohnung rief, dem im Hintergrund laufenden Fernseher zuordnete und nicht meinem nach Hause kommenden Mitbewohner.

Nur das war der Grund, warum ich aufschrie und beinahe aus dem Fenster sprang, als Colin plötzlich mit gerunzelter Stirn direkt vor mir aus dem Nichts auftauchte.

„BIST DU DENN DES WAHNSINNS?!“, kreischte ich, als ich endlich wieder Luft bekam und begriffen hatte, dass der vermeintliche Freddy Krueger niemand anderes als mein verwirrter bester Freund war. „ICH STEHE KURZ VOR EINEM HERZINFARKT!“

Er zog die dunklen Brauen zusammen. „Ich hab laut angekündigt, dass ich wieder da bin! Komm mal wieder runter!“

Ich schloss die Lider und schüttelte den Kopf, um dann weiter durch das Zimmer auf und ab zu laufen.

„Lass mich einfach in Ruhe, okay?“, murmelte ich in meinen nicht vorhandenen Bart. „Essen steht im Kühlschrank.“

Normalerweise lösten diese Worte bei Colin eine Pawlowsche Reaktion aus: ein ‚Wortloses-aus-dem-Raum-Stürzen-und-sich-auf-das-Essen-Werfen‘, mit dazugehörigem Sabberfluss. Dieses Mal blieb er allerdings stehen, mit leicht besorgtem Gesichtsausdruck.

„Ist alles in Ordnung?“

Scheiße. Warum nur besaß selbst ein Egomane wie Colin manchmal ein gewisses Einfühlungsvermögen? Hm. Wahrscheinlich war ich selbst dran schuld, weil bestimmte Verhaltensmuster dann doch irgendwann auf die Personen abfärbten, die mit einem die meiste Zeit ihres Tages verbrachten. Und er kannte mich einfach verdammt gut!

„Ja, ja, alles klar. Mir geht’s gut. Geh nur ruhig was essen.“

Sehr überzeugend, Emma. Gut, dass ich mich schon früh gegen eine Karriere als Schauspielerin entschieden hatte.

„Ist was passiert?“, bohrte er weiter. „Geht es deinen Eltern gut?“

„Ja, ja, keine Sorge, es ist wirklich alles gut“, bekräftigte ich und versuchte mich an einem Lächeln, das mir gänzlich misslang. „Ich … ich verliere nur bald meine beste Freundin!“

Zur Krönung dieses peinlich kindisch hervorgebrachten Geständnisses brach meine Stimme auch noch am Ende des Satzes, mein Kinn begann zu zittern und Tränen stiegen in meine Augen. Toll! Die taffe Emma, die sich von nichts und niemandem so schnell aus der Bahn werfen ließ, musste sich ausgerechnet jetzt dazu entscheiden, das Handtuch zu werfen. Und das auch noch so schnell und ohne Vorwarnung!

Colin machte einen leicht verwirrten Eindruck. „Wen? Jennifer?“

„Ach, Jennifer!“ Ich machte eine wegwerfende Handbewegung. „Die ist doch nicht meine beste Freundin! Ich rede von Night!!“

„Oh!“, war Colins nicht gerade sehr geistreiche Reaktion auf meine Offenbarung. Er hatte allerdings auch nicht die Zeit, um viel mehr zu sagen, denn auf einmal platzte alles aus mir heraus, wie aus einem Bierfass, dem man den Hahn abgeschlagen hatte.

Colin wusste nur ein paar wenige Dinge über meine Internetbeziehung mit Night. Er hatte sich nie so wirklich für mein Onlinespiel-Hobby interessiert und sogar zeitweilig angenommen, dass es dabei in Wirklichkeit um „nette Sauereien“ ging, wie er es so freundlich ausgedrückt hatte. Innerhalb weniger Sekunden entwickelte er sich jedoch von Mr. Kein-Blasser-Schimmer zu Lord Überinformiert und zwar ohne dass er etwas dagegen unternehmen konnte.

Seine Augen wurden unter meiner verbalen Lawine immer größer und der noch zum ‚O‘ geformte Mund immer ovaler, bis es ihm schließlich zu viel wurde und er Einhalt gebietend eine Hand hob. Stoppen konnte mich das nicht. Ich hatte mich gerade *so* schön eingejammert.

„Emma! EMMA!“ Colin packte mich bei den Schultern und hielt mich fest. „Halt doch endlich mal die Klappe!“

Seine plötzliche Nähe und der Druck seiner Finger konnten mich tatsächlich aus meiner Hysterie reißen. Ich schloss meinen Mund, presste fest die Lippen zusammen und verdrängte tapfer meine Tränen der Verzweiflung. Ein wahrer Kraftakt. All das war ja *so* furchtbar. Colin hatte gar keine Ahnung wie –

„Ein und aus. Aaatmen.“ Er wartete, bis ich seiner Aufforderung nachkam, und nickte dann zufrieden. „Und jetzt mach so: f-f-f-f …“ Er begann stoßweise auszuatmen und ich schob ihn ärgerlich weg.

„Ich will keine Presswehen simulieren, du Idiot!“

„Soll ich dir besser eine kleben? Soll auch gegen Hysterie helfen.“ Er grinste. Mein Blick wurde nur noch finsterer.

„Okay, doofer Witz“, gestand er und zog mich einfach in seine Arme.

Ich sträubte mich ein wenig, aber im Grunde war das nicht ernstgemeint. Ich mochte es, wenn Colin mir so nahe kam – mehr als gesund für mich war. Trotz dieses Bewusstseins schloss ich die Lider, drückte meine Nase an seine Brust und atmete noch einmal tief ein und aus, seinen Duft inhalierend. In der Tat entspannte ich mich wieder. Dumm. Denn erstens würde auch Colins Umarmung mir nicht aus meiner Misere helfen und zweitens war *er* ja der Grund, warum ich überhaupt in Schwierigkeiten geraten war. Er und meine blöde Verliebtheit in ihn.

Ich wusste nicht mehr genau, wann meine Gefühle für ihn angefangen hatten, sich zu wandeln. Gut, ich war schon mal als Kind, so mit zehn, elf Jahren in ihn verliebt gewesen. Aber das zählte nicht. Als Kind war man nicht zurechnungsfähig – erst recht nicht als Teenager, wo diese Gefühle noch mal so richtig aufgeflammt waren. Aber dann war erst einmal für eine Weile Ruhe gewesen. Nicht nur durch unsere räumliche Trennung – Colin hatte ein Auslandsjahr in den USA verbracht, das er irgendwann auf zwei Jahre gestreckt hatte – sondern auch weil ich gemerkt hatte, dass unsere Interessen völlig auseinander gedriftet waren. Er war zu einem Partymenschen geworden, der keine Lust hatte, erwachsen zu werden, während ich klare Ziele für meine Zukunft gesteckt hatte: Journalismus studieren, Geld verdienen, um mir einen angenehmen Lebensstandard leisten und für meine Pulitzer-Preis-würdigen Reportagen durch die Welt reisen zu können.

Es war unseren Eltern zu verdanken gewesen, dass wir ungefähr vor zwei Jahren wieder zueinander gefunden hatten. Meine Mutter und die seine waren schon ein Leben lang befreundet und hatten wohl irgendwann, als wir noch Kinder gewesen waren, beschlossen, dass Colin und ich füreinander geschaffen waren und eines Tages zusammenfinden und heiraten mussten. Von Kindesbeinen an hatten wir ihre ‚lustigen' Bemerkungen diesbezüglich über uns ergehen lassen müssen, die mit unserem Erreichen der Volljährigkeit in ernsthafte Verkupplungsversuche gegipfelt waren.

Bei unserem gemeinsamen Sonntagsbrunch vor zwei Jahren – Colin war damals erst vor drei Wochen wieder in unsere Heimatstadt Bristol zurückgekehrt – hatte meine Mutter es dann gewagt, den ‚genialen' Vorschlag zu machen, mir Colin als neues WG-Mitglied anzutun. Jennifer, meine ehemalige Klassenkameradin, gute Freundin und Mitbewohnerin der ersten Stunde als Studentin an der Universität Bristol, hatte mich am Tag zuvor mit der Nachricht schockiert, dass sie schwanger war, demnächst mit ihrem Freund zusammenziehen und heiraten werde. Und ich Kamel hatte das auch noch mit weinerlicher Stimme in die Runde blöken müssen.

Selbstverständlich hatte ich es nicht übers Herz gebracht, meinen alten Freund vor den Kopf zu stoßen, dessen erste Reaktion folgende Worte gewesen waren: „Martha! Darf ich dich küssen?!"

Meine Mutter hatte albern gekichert und ihm sofort die Wange hingehalten, die er unter meinem angeekelten Blick regelrecht mit Küssen eingedeckt hatte. Alle hatten herzlich gelacht – außer mir. Mir hatte sich ein verkrampftes Lächeln ins Gesicht gemeißelt. Dennoch hatte ich genickt und ein „Ja, coole Idee" gemurmelt, als Colin mir seinen besten Hundeblick geschenkt hatte. Und damit war ich dazu verdammt gewesen, mit ihm auf unbestimmte Zeit zusammenzuleben.

Nachdem wir unsere persönlichen Grenzen gesteckt und unser Alltagsleben erstaunlich schnell geregelt hatten, waren wir trotz unserer unterschiedlichen Lebenseinstellungen ziemlich schnell wieder zusammengewachsen. Alles hätte so schön sein können, wären nicht plötzlich diese dämlichen Schmetterlinge in meinem Bauch erwacht, die sich immer dann besonders bemerkbar machten, wenn er mir sein süßestes Lächeln schenkte oder ein Kompliment machte (was selten genug vorkam). Ich fing an, seine Nähe zu suchen, sobald er zuhause war, ihn zu beobachten, wenn er abgelenkt war oder beim Fernsehen auf der Couch neben mir einschlief, und konnte es kaum ertragen, wenn er eins seiner dummen Weibchen mit nach Hause brachte. Ihn mit einer anderen herumknutschen zu sehen tat weh. Sehr. Und ab einem bestimmten Punkt konnte ich mich nicht mehr aus meinen Gefühlen herauslügen und musste mir eingestehen, dass ich bis über beide Ohren in Colin verliebt war und mir nichts sehnlicher wünschte, als mit ihm zusammenzukommen.

Mir diesen Wunsch zu erfüllen war gleichwohl ein mittelschweres bis unlösbares Problem, denn Colin sah in mir nichts weiter als seinen besten Kumpel. Ich war von seinem Typ Frau so weit entfernt wie unser Sonnensystem vom Urknall und Colin nahm mich im Grunde gar nicht als weibliches Wesen und somit auch nicht als mögliche Sexualpartnerin wahr. Das wusste ich mit Sicherheit, da er mir dies oft genug auch *nicht* durch die Blume gesagt hatte. Ich war die hartgesottene, coole Emma, der Jungs völlig schnuppe waren, mit der man Pferde stehlen gehen und Pub-Touren machen konnte und die immer ein offenes Ohr für Männerprobleme hatte, weil sie ja selbst ein halber Junge war.

Dabei entsprach das gar nicht der Wahrheit. Ich fühlte mich schon als Mädchen, beziehungsweise als junge Frau. Ich gab nur nicht so viel aufs Schminken und

Schick-Anziehen (hohe Stöckelschuhe und kurze Kleider waren mir ein Graus) und meine Hobbys waren auch eher sportlicher Natur. Ich liebte es, draußen zu sein, ging gern laufen, Rad fahren und schwimmen und wagte mich auch schon mal an Sachen wie Fallschirmspringen und Drachenfliegen heran. Ich konnte derbe Witze machen und besaß ein handwerkliches Geschick, das mich mehr oder minder unabhängig von jedweder Hilfe anderer Menschen machte, und im logisch-räumlichen Denken war ich ein As. Meiner Ansicht nach waren das alles Dinge, die für eine moderne Frau wichtig und auch normal waren – Colins Frauenbild deckte sich damit jedoch in keinem Punkt. Für ihn war Frau gleich Tussi. Und damit hatte ich ein großes Problem.

Hinzu kam noch, dass mein eigenes Liebesleben in meinem bisherigen Leben oft zu kurz gekommen war. Ich hatte schon einen festen Freund und ein paar nicht so ernste, dafür aber recht heftige Flirts gehabt. Dennoch war ich ein sogenannter Spätzünder, dem es auch nach der ersten großen Liebe schwerfiel, sich wieder neu zu verlieben oder gar zu binden. Dabei war es nicht so, dass ich beziehungsgeschädigt war. Nein. Andrew und ich waren nach zwei Jahren in Frieden auseinander gegangen. Es war vernünftig gewesen, sich zu trennen, weil einfach die Luft aus der Beziehung heraus gewesen war, und seitdem war ich Single. Seit drei Jahren, um genau zu sein. Drei Jahre ohne Küsse, ohne Zärtlichkeiten, ohne Sex – das konnte einen schon mürbe machen.

Mein Problem bestand darin, dass ich nicht nur verhältnismäßig hohe Ansprüche an meinen nächsten Partner hatte, sondern auch, dass ich schlicht und einfach nicht der Typ Mädchen war, auf den alle Jungs flogen und ich wollte es auch nicht sein. Sicher hätte ich mich über mehr Aufmerksamkeit von männlicher Seite gefreut, aber es gab ja auch noch andere Dinge im Leben, die sehr viel wichtiger waren – *und* wunderbare Schnulzen im Fernsehen, bei denen man sich insgeheim darüber ausheulen konnte, dass man etwas wollte, das man nicht bekam und auch nie zugeben würde, dass man es wollte.

Und natürlich spielte meine Verliebtheit in Colin eine große Rolle in meiner Unfähigkeit, mich neu zu binden. Ich wollte *ihn* und keinen anderen! Ich wusste bloß nicht, wie ich ihn dazu bewegen konnte, mich anders wahrzunehmen und sich letztendlich auch in mich zu verlieben. Seine beste Freundin und Ansprechpartnerin bei Problemen zu sein reichte nicht aus. Auch die Kuschelversuche beim Fernsehen und laszive Blicke hatten bisher nichts genützt. Als Colin mich das letzte Mal gefragt hatte, ob ich gekifft hätte, hatte ich beschlossen, dass ‚Lasziv-sein' nicht zu mir passte.

Ihm meine Gefühle zu gestehen traute ich mich nicht, weil ich furchtbare Angst davor hatte, von ihm zurückgewiesen zu werden und damit unsere Freundschaft zu zerstören. Also suchte ich schon seit Wochen nach einer neuen Möglichkeit, ihn irgendwie darauf aufmerksam zu machen, dass ich eine Frau war – eine *begehrenswerte* Frau, in die man sich durchaus verlieben konnte. Und diese Möglichkeit hatte sich mir gestern endlich geboten.

Colin war etwas niedergeschlagen von einem Date mit seiner Monatsfreundin Bridget nach Hause gekommen und hatte verkündet, dass diese mit ihm Schluss gemacht habe – und das direkt vor ihrem schon gebuchten Kurzurlaub in London. Ich hatte für kurze Zeit aufgehört zu atmen, weil mir der schlichtweg genialste Gedanke gekommen war, den ich jemals gehabt hatte.

„Also, wenn du trotzdem noch fahren willst …“, hatte ich ein wenig kurzatmig herausgebracht, „… ich könnte mir frei nehmen.“

Colin hatte mich ein paar Sekunden lang nur sprachlos angesehen. Dann hatte er aufgelacht, mich in seine Arme gezogen und mich ganz fest gedrückt.

„Em, du bist der beste Freund, den man haben kann“, hatte er behauptet. „Du wirst sehen: Das wird der genialste Urlaub, den wir je hatten!“

Das hatte ich auch geglaubt und mir einen genauen Plan zurechtgelegt, wie ich Colin verführen würde – denn das war es, was ihn meiner Meinung nach endlich dazu bewegen würde, mich mit anderen Augen zu sehen: Sex. (Ganz davon abgesehen, dass ich mich selbst ganz schrecklich nach dieser Art von Intimität sehnte.)

Nur leider geriet mein schöner Plan jetzt durch diesem verfluchten Chat mit Night ins Wanken und der Urlaub drohte zu einer glatten Katastrophe zu werden. Was hatte ich davon, wenn ich Colin um den Finger wickelte, aber dafür die Person verlor, die zu meiner engsten Vertrauten und hilfreichsten Beraterin in Sachen Colin geworden war? Night kannte mich und meine Gefühlswelt besser als jeder andere – sogar besser als meine eigene Mutter. Ich *brauchte* sie – gerade *wenn* mein Plan funktionierte. Sie war der Balsam für meine arme, gequälte Seele und ich konnte die Turbulenzen einer Liebesbeziehung mit Colin garantiert nicht ohne sie durchstehen – und schon gar nicht allein aus dem tiefen Loch hinauskriechen, in das ich fallen würde, wenn mein Plan schiefging.

Meine so belastenden Gedanken vertrieben sehr bald schon wieder die Ruhe, die Colins Umarmung mir geschenkt hatte, und veranlassten mich dazu, mich sanft aus seinen Armen zu befreien. Ich wischte mir eine mir entkommene Träne von meiner Wange und schniefte.

„Im … im Grunde kann ich jetzt gar nicht mehr mit dir nach London fahren“, brachte ich nur mit großer Mühe hervor. „Ich schreib ihr einfach übermorgen, dass ich krank geworden bin und …“

„Nein!“, protestierte Colin empört. „Das tust du nicht!“

Ich sah ihn verzweifelt an. „Aber was soll ich sonst tun? Ich kann sie nicht verlieren, Colin!“

Er zuckte die Schultern. „Na ja, du bist doch ich – also was spricht dagegen, dass ich du bin?“

Ich blinzelte ihn verstört an, weil mein Verstand Probleme hatte, aus seinen Worten einen Sinn herauszufiltern. Du – ich … Ich – du … Oh!

„Es geht doch nur um fünf Tage“, fuhr er fort, als er merkte, dass ich ihm langsam zu folgen begann. „Und wir haben noch drei Tage, um uns vorzubereiten.“

Meine Hand wanderte automatisch zu meinem Mund und mein Puls beschleunigte sich. Die Idee war irre! Aber sie konnte funktionieren. Immerhin hatte ich viele der Night geschilderten Details aus ‚meinem‘ Leben Colins Biografie entnommen. Er brauchte kaum etwas Neues zu lernen, musste sich nur zusammenreißen und charakterlich ein bisschen mehr ich sein. Und wir würden ja wohl auch kaum die *ganzen* fünf Tage mit Night verbringen. Dann blieb sogar Zeit, meinen Plan in Bezug auf Colin weiterzuverfolgen.

„Das … das …“, stammelte ich.

„… ist eine fantastische Idee!“, beendete er einfach meinen Satz. „Komm, sag schon: Colin, du bist genial! Sag es!“

Ich starrte ihn an wie ein armer Bettler, der gerade dabei war, dem Teufel seine Seele zu verkaufen.

„Das *wird* funktionieren, Em“, versuchte er mich weiter zu überzeugen. „Ganz bestimmt. Mach nicht unseren Urlaub kaputt, weil du zu feige bist, mal was zu riskieren. Du und ich in London! Das wird der Hammer! Und Night wird mich lieben – das verspreche ich dir. Ihr werdet danach noch bessere Freunde sein als zuvor.“

Ich atmete tief ein und wieder aus. Colin *konnte* verflucht charmant und süß sein, wenn er wollte, und seine Versprechen hatte er mir gegenüber bisher immer gehalten. Mehr oder minder.

„Okay“, gab ich schließlich nach und besiegelte damit mein Schicksal.

Colin strahlte mich an, packte meinen Kopf und drückte mir einen dicken Kuss auf die Wange. „Ich sag dir, dieses Rollenspiel wird uns noch einen Heidenspaß machen!“

Oh-oh. Colin und sein ‚Heidenspaß‘. War das jemals gut gegangen? Ich konnte mich nicht daran erinnern. Zurück konnte ich jetzt allerdings auch nicht mehr. Colin hatte sich an seiner Idee festgebissen und in dieser Beziehung war er wie ein Pitbull: Er ließ nicht mehr los.

Der Wolf im Schafspelz

Nur drei Tage später befanden wir uns auf dem Weg nach London oder auch hinein in die Katastrophe, wie ich mittlerweile vermutete, ohne etwas an meinem Schicksal ändern zu können. Gottseidank lebten Night und ich nicht so weit voneinander entfernt, dass sich ein Flug gelohnt hätte – wenn Colin auch ein wenig eingeschnappt deswegen war; wenn möglich, würde er sogar einen Jet zur Uni nehmen. Ich dagegen war zum Fliegen einfach nicht geboren – oder eher nicht zum Landen. Der Start war stets okay, ich bekam keine Panikattacken, wenn es ab und an mal etwas ruckelte, mir wurde nicht schlecht – aber sobald es in den Landeanflug ging (also etwa eine halbe Stunde lang) spielten meine Ohren verrückt.

Ich hatte *alles* ausprobiert und sowohl die Pharmaindustrie als auch die Naturheilkundler hatten es bis jetzt versäumt, mir für einen finanziellen Aufschwung persönlich zu danken. Ich war bei vier Ärzten gewesen, hatte unzählige Stunden in Wartezimmern und Behandlungsräumen verbracht und immer wieder die gleiche Antwort bekommen: „Das ist eben bei Ihnen so. Nehmen Sie ein hochdosiertes Schmerzmittel". Nach jahrelangen Migräneanfällen hasste ich nichts mehr als Tabletten, doch letztendlich verbrachte ich Flüge unter dem Einfluss von sehr viel Ibuprofen und wurde nach der Landung erst durch gefühlte vier Liter starken Kaffees wieder lauffähig.

So fuhren wir also eines schönen Vormittages von unserem Apartment in Horfield nach Temple Meads und bestiegen dort den Zug nach London, St. Pancras.

„Nervös?", fragte Colin grinsend.

„Wieso? Weil ich zur größten Lüge meines Lebens unterwegs bin?", giftete ich ihn an. Zu sagen, ich sei aufgeregt, war die Untertreibung des Jahres. Auch wenn es erst März war.

Er zuckte die Schultern. Colin war vieles, aber nicht nachtragend und wenn das nicht größtenteils daran gelegen hätte, dass er mich oft nicht ernstnahm, wäre das ein recht liebenswerter Charakterzug gewesen.

Ich ließ den Kopf hängen. Normalerweise hätte ich mich in einer solch vertrackten Situation in meinem Chat eingeloggt und geschaut, ob Night da war, um mich bei ihr auszuheulen, aber das ging ja jetzt schlecht. ‚Heeey, ein Freund von mir trifft sich demnächst mit seiner Internetfreundin, die er jahrelang angelogen hat. Wärst du sauer an ihrer Stelle? Waas? Neiiiin! Echt! Es geht *nur* um einen Freund …' – wäre wohl nicht die glaubhafteste Einleitung.

Ich fuhr mir mit einer Hand über das Gesicht. Seit ich Kontaktlinsen hatte, war das endlich auch möglich, ohne dabei seltsam aussehende halbe Kreisbewegungen um das zugehörige Gestell herum zu machen.

„Sorry", wandte ich mich wieder an Colin, doch er winkte nur mit seinem typischen ‚Pfff' ab, ein Laut, der mir zeigen sollte, für wie bedeutungslos er das Ganze hielt.

„Onkel Colin holt dich da schon wieder raus, lass mich mal machen", fügte er hinzu und legte mir groß-vät… onkelig eine Hand auf die Schulter.

„Mach nicht zuviel", ermahnte ich ihn sofort und erntete einen echauffierten Blick.

„Du erinnerst dich an den tosenden Applaus während meiner Schauspielzeit, ja? Ich war ein umjubelter Star, von allen geliebt und bewundert!"

„Du warst fünf und hast einen Baum gespielt." Ich rollte mit den Augen.

Er blätterte unbeeindruckt eine Seite seines Sportmagazins um. „Kunstbanause."

Ich schüttelte den Kopf und legte ihn dann an Colins Schulter, woraufhin er mir liebevoll-ruppig das Haar verwuschelte.

„Wieso stöpselst du nicht deine Kopfhörer ein und genießt eine Folge ‚Outnumbered'?", schlug er vor und deutete auf die kleinen Bildschirme, die jeweils am Rückenteil des Vordersitzes angebracht waren.

Ich war in meiner Kindheit und Jugend nicht so häufig mit einem der Züge dieser Linie gefahren und als ich die Bildschirme das erste Mal gesehen hatte, hatte ich ganz verschüchtert einen der anderen Passagiere gefragt, ob ich versehentlich in der ersten Klasse gelandet sei. Es hatte mir ein kopfschüttelndes Lachen und die ersten unzähliger Stunden, in denen ich beinahe das gesamte angebotene Programm rauf und runter schaute und hörte, eingebracht.

Doch irgendwie wollte es mir diesmal nicht gelingen, mich auf eine der Episoden zu konzentrieren, dazu war ich viel zu aufgeregt, und auch die schöne Landschaft, die draußen vorbeiflog, konnte mich nicht ablenken.

Night war mir wichtig, sie war mir sogar *verdammt* wichtig. Ich wollte sie auf keinen Fall verlieren und von daher durfte nichts – rein *gar nichts* – schiefgehen. Patzer waren nicht erlaubt, von keiner Seite.

„Wie heißt du noch mal im Chat?“, fragte ich Colin, der gerade eine Tüte Chips hervorkramte: Shrimps Cocktail. Ich schüttelte verständnislos den Kopf. Er liebte diese Sorten, die Gerichten nachempfunden waren. Sein absoluter Favorit war eine neue Sorte à la Chili con Carne. *Increíble.*

„Wer if fett?“, fragte er abwesend und beäugte mich dann kritisch. „Du bift dof niff fett. Wirft du jäks dof wo'n“, er schluckte, „richtiges Mädchen mit Diätknall oder was? Damit sie keinen Verdacht schöpft?“

Die nächste Ladung Chips wanderte in seinen Mund und er hielt mir die Tüte hin. „Iff ma, du würft öff braum.“

Ich knuffte ihn ob seiner klischeehaften Ansichten in den Arm, doch er lachte nur. „Wie 'n Mädpfn“, nuschelte er. „Fämpt schom am.“

„Co*lin*!!“, rief ich und betonte, wie immer, wenn ich ärgerlich oder frustriert seinetwegen wurde, die zweite Silbe seines Namens.

„Em*ma*!“, machte er mich nach und lachte dann. „Du hast den perfekten Namen: mit vollem und mit leerem Mund gut auszusprechen, egal ob man zu ist, breit, müde oder einfach nur am Essen.“

Ich rollte schon wieder die Augen – etwas, was ich in Colins Gegenwart oft und nur allzu gerne tat. Gleich würde er kommen, mein Lieblingssatz …

„Bist halt der perfekte Kumpel.“ Damit fuhr er mir durch die Haare und zerstrubbelte sie erneut auf diese liebevoll-raue Art, die junge Hunde unter sich pflegen.

„Was ich mich allerdings schon immer gefragt habe, ist, wie er wohl beim Sex klingt.“ Er seufzte und begann dann leise zu stöhnen. „Emma … oh Em, yeah Baby … yeah, genau so … Emma, fuck, yeah …“

Ich rammte ihm mit hochrotem Kopf den Ellenbogen in den (leider stahlharten) Oberarm. Er zuckte jedoch nur die Schultern.

„Besser als Stacey oder Dana in jedem Fall. Finden Sie nicht?“, fragte er ein Pärchen mittleren Alters, das sich von zwei Sitzen schräg vor uns zu uns umgedreht hatte und jetzt schleunigst wieder in seinen jeweiligen Lesestoff vertiefte.

Colin legte eine Hand unter mein Kinn und hob meinen Kopf an. Es wäre eine recht liebevolle Geste gewesen, wenn da nicht dieser mitleidige Ausdruck in seinen Augen gelegen hätte, der meine Bauch-Schmetterlinge sogleich wieder ins Puppenstadium verfallen ließ.

„Das war ein klares zwei zu Null gegen dich, Schnubbelchen, aber Onkel Colin mag dich trotzdem noch. Ach ja und übrigens: Shallow Chaser.“ Er grinste und zwinkerte mir stolz zu.

Nach siebzehn Jahren Freundschaft (mit kleinen Unterbrechungen) überraschte mich an seinem Verhalten kaum noch etwas. Ich hatte mich daran gewöhnt, mit ihm im sozialen Rampenlicht zu stehen, dennoch versuchte ich es gerne zu vermeiden.

„Shadowhunter, Colonel“, erwiderte ich seufzend. Colonel war ein selten genutzter Spitzname für ihn, der vor zirka zehn Jahren entstanden war. Auch wenn er seinen Sport oft mit militärischer Disziplin durchführte, so kam der Name nicht daher, sondern von der Abkürzung seines Namens, der der des militärischen Ranges entsprach: Col.

„Jaaa, schon klar“, erwiderte er und griff wieder nach seinen Knabbereien. „Shadowhunter und Morning Glory.“ Er zog eine Augenbraue hoch, als ich wiederholt den Kopf schüttelte. „Champagne Supernova? Wonderwall? Angel Child? The Girl in the Dirty Shirt?“

„Hör auf, Oasis-Titel zu zitieren! Du magst die Band nicht mal. Shadowhunter und Midnightrider, Colin. Shaaadooooowhuuunteeer und Miiiidniiightriiideeer. Los, wiederhol es zehn Mal!“

„Bist du irre?“ Er sah mich empört an. „Ich mach mich doch nicht hier vor allen Leuten lächerlich!“

Natürlich nicht. Blamiert wurden nur die Leute um ihn herum – oder eher ich im Speziellen.

„Ich nehme dich doch nur ein bisschen auf den Arm“, grinste er ein paar Sekunden später. „Kann mir das schon merken – keine Sorge. Und du nennst sie doch eh nur Night, oder?“

Ich nickte und versuchte, mich wieder zu entspannen. „Eigentlich heißt sie Anna. Anna Finchley.“

„Klar. Auch das hast du mir schon ein paar Mal gesagt.“ Er streckte sich und gähnte herzhaft. Dabei rutschte sein ohnehin viel zu eng anliegendes Shirt etwas höher und entblößte sein gebräuntes Sixpack.

Ich sah rasch aus dem Fenster, weil mir ein wenig heiß wurde. Warum nur musste Colin so verdammt gut in Form sein? Genügte es nicht, dass er ein klassisch schönes Gesicht hatte, einen von Natur aus gebräunten Teint und dieses dicke, dunkle Haar, das sich leicht lockte, wenn es nass wurde? Seine Oma war Italienerin, die sich im zweiten Weltkrieg in einen irisch-stämmigen Soldaten verliebt hatte und mit ihm nach Großbritannien gezogen war. Von dieser munteren, temperamentvollen alten Dame hatte Colin seine dunkelbraunen, lebhaft funkelnden Augen und diese verboten langen, dichten, schwarzen Wimpern. Er sah manchmal beinahe geschminkt aus – auf sehr natürliche Weise versteht sich – und wenn man ihm zu lange in die Augen sah, konnte man sich darin verlieren.

„Ist sie eigentlich heiß?“, vernahm ich nach einer kleinen Weile seine tiefe, ein bisschen schläfrige Stimme. „Anna, mein ich.“

Mein Kopf flog so ruckartig zu ihm herum, dass meine Nackenwirbel knackten, und ich schnaufte wie ein wildgewordener Stier.

„Wag es nicht!“, knurrte ich in dem unheilvollsten Ton, den ich zustande bringen konnte. „Wag es nicht, meine Freundin zu einer deiner kleinen Bettnummern zu machen!“ Bei jedem dieser Worte tippte ich ihm nachdrücklich gegen seine breite, durchtrainierte Brust. Und war *nicht* versucht, meinen Finger dort länger als notwendig ruhen zu lassen. Ich straffte die Schultern. „Nicht, dass sie überhaupt auf dich stehen würde! Aber versuch es trotzdem nicht. Hörst du?!“

„Jesus, Em! Jetzt atme mal!“

„Nein, nicht schon wieder Geburtsvorbereitungsatemübungen! Versprich es!“

Er seufzte auf diese Art, auf die er immer seufzte, wenn er kurz vor einer ‚Überdosis Frauengefühle‘, wie er es nannte, stand.

„Jaaa, ich verspreche es …“

„Ich meine das mit Anna!“

Sein Seufzen wurde lauter. „Jahaa, doch. Ich werde mich zurückhalten … bis zu dem Punkt, an dem sie von sich aus dem unglaublichen Colin-Charme erliegt und sich mir an den schönen Hals und in die muskulösen Arme wirft. Ich meine, du willst doch nicht, dass ich unhöflich bin?“

Oder so.

„Keine Angst, ich kann mich benehmen“, versicherte er. „Meistens jedenfalls.“

Ich verdrehte die Augen. Das konnte ja heiter werden. Wieso ließ ich mich überhaupt auf so etwas Dummes ein? Wir sollten aussteigen. Gleich jetzt. Oder einfach den nächsten Zug zurück nehmen. Oder-

„Sag mal, was ist eigentlich mit *dir*?“, unterbrach mein Freund meine gedanklichen Fluchtversuche.

Ich runzelte die Stirn. „Wieso? Was? *Ich* kann mich *immer* benehmen!“

„Das mein ich doch gar nicht. Ich will dich nur daran erinnern, dass ich nicht der einzige bin, der eine Rolle zu spielen hat und sich keine Entgleisungen leisten darf. Du bist schließlich der coole, sexy Colin.“

„Bin ich nicht“, wusste ich es besser. „Ich bin Emma.“

„Ja, aber nicht Emma-Emma sondern Colin-Emma“, fügte mein Freund grinsend hinzu. „Was heißt, dass auch du sexy und cool sein musst. Vielleicht solltest du besser einen Crashkurs in Colinologie machen, damit du mich nicht gänzlich blamierst! Ich hab einen Ruf zu verlieren.“

„Colin, ich habe einen summa cum laude Abschluss in diesem Fach“, erinnerte ich ihn.

„Dass du nah am Studienobjekt lebst, bedeutet nicht, dass du es auch gut imitieren kannst.“ Er stutzte. „Habe ich mich gerade im Ernst selbst als ‚es' bezeichnet? Wie dem auch sei: Zeig mir mal deinen besten Flirtblick.“ Er beugte sich zu mir vor. „Du weißt doch, was Flirten ist, oder?“

Ich warf ihm einen entrüsteten Blick zu, den er mit einem zweifelnden „Das müssen wir aber noch üben!“ sowie einem „Mach mir keine Schande!“ kommentierte. Klar, weil *er* ja auch hier derjenige war, der Probleme hatte.

„Schminken solltest du dich vielleicht auch“, schlug er nach einer dreisten Musterung meines äußeren Erscheinungsbildes vor. „Und was anderes anziehen. Hast du einen Rock oder ein Kleid in deinem Gepäck? Du hast doch hübsche Beine. Die kannst du ruhig zeigen."

Ich starrte ihn mit offenem Mund an. Er meinte das ernst.

„Emma!", ermahnte er mich. „*Du* bist *ich*! Was in deinem Fall heißt, dass du eine Aufreißerin bist! Du kannst keine Kerle ungeschminkt und im Schlabbershirt aufreißen!"

„Wo steht das geschrieben?", brummte ich ihn an, obwohl mir bewusst war, dass er Recht hatte. Emma *war* für Anna der männermordende Vamp, mit der der nette Colin, also ich, zusammenlebte und in die er heimlich verliebt war. Sie *musste* dementsprechend aussehen und sich verhalten. Wenn wir diese Charade für Anna durchziehen wollten, musste auch ich meine Rolle überzeugender rüberbringen.

„Ich … ich bin halt ein Wolf im Schafspelz", gab ich schon etwas kleinlauter zurück und erntete ein widerwilliges Kopfschütteln.

„Emma – auch wenn du es nicht gern hörst – selbst in dir steckt irgendwo da drin eine Frau!", erinnerte er mich freundlicherweise. „Es ist an der Zeit, dass du sie mal aus ihren Ketten befreist! Also: Hast du nun ein Kleid dabei oder nicht?"

Ich hatte. Mehr als eins. Schließlich hatte ich ja noch meinen eigenen Colin-Verführ-Plan und mir war von Anfang an klar gewesen, dass ich mich dafür verkleiden musste. Nur hatte ich diese ‚Waffe' nicht schon so früh ziehen wollen – und schon gar nicht auf *seine* Aufforderung hin! Wo blieb denn da der Überraschungseffekt?

„Du, ich guck auch selbst nach, wenn's sein muss", verkündete Colin, stand auf und griff nach meinem Koffer auf der Gepäckablage über uns.

Ich war schneller auf den Beinen als eine Antilope, die einen Löwen erspäht hatte, und riss ihm den Koffer aus der Hand – mit dem Effekt, dass er mir schmerzhaft gegen das Schienenbein knallte. Ich presste die Lippen zusammen, um nicht laut zu fluchen – wir hatten für meinen Geschmack ohnehin schon viel zu viel Aufmerksamkeit im Abteil erregt – funkelte Colin wütend an und knurrte ein leises „Ich komm gleich wieder!", bevor ich begann, mich durch den engen Gang des Abteils zu kämpfen.

„Und denk dran, dich auch ordentlich zu schminken, Coleena!", rief mein räudiger Freund mir nach.

Toll! Wenn ich wiederkam, war ich wahrscheinlich nicht nur der kritischen Musterung Colins ausgesetzt, sondern der des ganzen Abteils. Fehlte noch, dass jemand Schilder mit Punktbewertungen von eins bis zehn austeilte. Pah! Auch das würde ich abschmettern. Ich war die coole, taffe Emma – ganz gleich, als was ich mich verkleidete. Und ich würde versuchen, zumindest eine sechs Komma neun auf der Bewertungsskala zu erreichen. Das schwor ich mir. Denn selbst das würde Colin schon umhauen … wahrscheinlich … eventuell … ganz vielleicht … vorausgesetzt, dass er mich nicht nur als weibliche Kopie seiner selbst ansah und anfing, meine ‚Verkleidung' zu kritisieren und dumme Verbesserungsvorschläge zu machen. Was leider sehr viel wahrscheinlicher war. Ich seufzte tief und schwer, als ich meine Umkleide – die Behindertentoilette zwischen den Abteilen – erreichte und diese nach Drücken des Öffnungsknopfes zischend aufging.

„Also los, Emma!“, sagte ich zu mir selbst. „Mach dich erfolgreich zum Oberdeppen.“

Als ich nur wenige Minuten später ‚aufgebrezelt‘ durch den Gang des Abteils zurück zu meinem Platz stöckelte (dabei mit dem Koffer im Arm das Gleichgewicht zu halten, während das Abteil hin und her wackelte, war eigentlich eine Leistung, die mit einem Orden ausgezeichnet gehörte), bekam ich sehr viel weniger Aufmerksamkeit, als ich befürchtet hatte. Wahrscheinlich erkannten mich die meisten Reisenden nicht wieder. Was ein Kleid, High Heels und ein bisschen Schminke so ausmachten…

„Entschuldigen Sie“, wandte ich mich schmunzelnd an Colin, der sich so in sein Sportmagazin vertieft hatte, dass er nichts anderes um sich herum mehr wahrnahm. „Könnten Sie vielleicht meinen Koffer oben in die Ablage packen?“

Er hob den Blick und seine gerunzelte Stirn glättete sich rasch, als er mich gründlich musterte. Das eng anliegende dunkelblaue Kleid mit dem Spitzenbesatz an Ärmeln und Ausschnitt schien ihm zu gefallen.

„Wusst ich’s doch!“, brachte er sichtbar beeindruckt hervor.

Das war doch schon mal etwas. Fehlte noch das lüsterne Glimmen in seinen Augen, das ich schon zu oft zähneknirschend gesehen hatte, wenn er mit einer seiner ‚Freundinnen‘ zugange gewesen war. Aber ich wollte ja nicht ungeduldig sein. Vielleicht brauchten seine Synapsen einfach mehr Zeit, um von ‚guter Freund' auf ‚Sexobjekt' umzuschalten.

„Auch in dir steckt ein kleiner Colin!"

‚Nein. Kein Colin – eine begehrenswerte Frau!', wollte ich sagen. Aber ich tat es nicht, sondern lächelte tapfer weiter.

Sein erfreuter Blick wandelte sich viel zu rasch in einen kritischen. „Wir müssten aber noch was mit deinen Haaren machen", überlegte er laut, anstatt mir endlich den viel zu schweren Koffer abzunehmen. „Vielleicht hochstecken? Färben geht ja auf die Schnelle nicht. Obwohl blond dir bestimmt gut stehen würde."

Futsch war mein schönes Lächeln. So schnell konnte das bei meinem *lieben* Freund gehen.

„Ich mag meine Haare so, wie sie sind. Und Punkt!", knurrte ich. Ich hatte sie extra leicht toupiert, um für mehr Fülle zu sorgen, und sie mit Glanzspray gefoltert. Warum konnte dieser … *Kunstbanause* das nicht schätzen?! Und warum musste er mir immerzu das Gefühl geben, dass ich so, wie ich war, ihm nicht genügte? Jedenfalls nicht, um seine Freundin zu werden.

Nun wagte er es auch noch, mich unglücklich anzusehen. „Und was ist mit ein bisschen mehr Schminke?" Er führte Zeigefinger und Daumen dicht zusammen. „Nur so ein bisschen? Und … hast du keine falschen Wimpern?"

Ganz ruhig, Emma – gaaaanz ruhig, sprach ich mir innerlich selbst zu und versuchte, tief ein und aus zu atmen. Mein Blick und meine Haltung mussten Bände sprechen, denn Colin zog den Kopf ein und grinste verlegen.

„Okay, du siehst toll aus“, sagte er rasch. „Und Männer haben ja eh keine Ahnung von Stil, richtig?“

Ich ließ ihn noch ein wenig mehr in seinem Sitz versinken, bevor ich meinen Blick von vernichtend auf ‚nur‘ böse schaltete.

„Was ist jetzt?“, fragte ich streng. „Hilfst du mir, den Koffer da rauf zu heben?“

Ich wies nachdrücklich auf die Gepäckablage, doch Colin lachte nur.

„Komm! Nur weil du dich verkleidet hast, heißt das noch lange nicht, dass du deine Kraft verloren hast!“ Er vertiefte sich doch glatt wieder in seiner Lektüre und schüttelte auch noch lächelnd den Kopf.

Für einen langen Augenblick starrte ich ihn noch fassungslos an. Colin war noch nie ein Gentleman gewesen – aber *das* war ja wohl der Clou der schlechten Manieren. Ich sagte allerdings auch nichts mehr dazu, sondern verstaute lieber selbst meinen Koffer ächzend und schnaufend im Gepäckfach.

So weit kam es noch, dass ich aus lauter Verliebtheit darum *bettelte*, dass Colin mich besser behandelte! Dennoch würde ich meinen Plan nicht so einfach verwerfen. *Ein* kleiner Rückschlag – pff! Das steckte ich locker weg. Ich hatte noch ganz andere Tricks auf Lager, um ihn dazu zu bewegen, mich endlich zu ‚sehen‘. Ich musste nur hartnäckig bleiben und vielleicht noch ein bisschen direkter werden. Dann würde sich schon alles so hinbiegen, wie ich es haben wollte. Ganz bestimmt.

Das erste Mal

Kaum hatte ich mich hingesetzt, hielt der Zug auch schon wieder an. Einfach so, nach viel zu kurzer Zeit (gut, es war schon ungefähr eine weitere halbe Stunde vergangen, aber wenn man aufgeregt war, verging die Zeit wie im Fluge) und obwohl es doch weiter nördlich noch viel schönere Städte gab, die ganz weit weg von Anna und ihrem Zuhause lagen. Sheffield beispielsweise oder –

„Ist sie das?? *Die* ist ja heiß. Woohoo!!" Colin drängte mich zur Seite, um besser aus dem Abteilfenster schauen zu können, und drückte mein Gesicht dabei unvorteilhaft gegen die Scheibe. Ich schaffte es erst, mich zu befreien, als er meine erstickten Laute bemerkt und sich gnädig zurückgezogen hatte. Zu diesem Zeitpunkt klebte die Hälfte meines ‚tollen' neuen Makeups an der Fensterscheibe und ich war benebelt von einer Überdosis Colinschen Deos und Testosteronschwalls. Aus dem Fenster starrend versuchte ich ‚sie' ausfindig zu machen und stutzte, als mein Blick an einer vollbusigen Brünetten hängenblieb.

„Du bist *so* doof", knurrte ich und begann, meine Sachen zusammenzusuchen. Colin wusste ganz genau, dass

Anna rotblonde Haare hatte, schließlich hatte er mich erst vor zehn Minuten dazu gezwungen, ihm das einzige Foto zu zeigen, das ich von ihr hatte. Wir hatten vor ungefähr einem halben Jahr scheu Bilder von uns ausgetauscht, was hieß, sie hatte mir eins von sich geschickt und ich ihr eins von Colin. Sie war keine Schönheit. Einfach nur ein durchschnittlich aussehendes Mädchen – so wie ich. Nicht wunderschön, aber auch nicht hässlich und ganz bestimmt nicht die Art von ‚heiß', auf die Colin abfuhr. Er war enttäuscht gewesen. Das hatte ich seinem begeisterungsfreiem „Nett" entnehmen können.

„Vielleicht hat sie sich die Haare gefärbt", überlegte er laut.

Ich verdrehte die Augen. „Jaa und vielleicht auch die Brüste operieren lassen."

„Hat sie so was erwähnt?", fragte er hoffnungsvoll. Ich stöhnte nur genervt auf, doch er berichtigte mich schon: „Nee, die sind echt."

„Wie schön, dass du das von hier aus so gut einschätzen kannst, während ich alles alleine zusammenpacke!", giftete ich.

Ja, ich war empfindlich, na und?! Ich hatte oben herum nicht so viel zu bieten wie Miss Doppel-D da unter uns auf dem Bahnsteig, aber das war noch lange kein Grund… ja, wofür? Mich wie einen Kumpel und nicht wie eine potentielle Sexbombe zu behandeln? Colin machte das ja nicht, um mich zu ärgern. Für ihn war ich halt so etwas wie ein kleiner Bruder, aber das würde ich noch ändern. Ich richtete mich gleich ein wenig mehr auf.

Und drückte die Brust raus. *Und* streckte den Rücken durch.

„Wieder Rückenschmerzen?", fragte Colin mitfühlend. „Du brauchst dringend eine neue Matratze. So und jetzt raus hier, die hei-" Er fing meinen warnenden Blick auf. „-errliche Freundin suchen."

Wir kämpften uns erfolgreich durch die engen Gänge des Abteils, stiegen aus und sahen uns erst einmal um. Mir fiel wieder ein, dass Anna mir geschrieben hatte, dass man ohne gültige Fahrkarten den Bahnsteig gar nicht betreten konnte und ich teilte dies rasch meinem Freund mit. Seine Gentlemanqualitäten wiederentdeckend schnappte er sich die beiden Koffer und lief voraus zu den Bahnsteigsperren, die diesen Teil des Bahnhofs vom übrigen Bereich trennten und in die man sein Ticket stecken musste, um ihn zu betreten oder zu verlassen. Man konnte selbstverständlich auch einfach versuchen, über sie drüber weg zu springen, so wie Colin es gerade aus alter Gewohnheit tun wollte. Er überlegte es sich jedoch im letzten Moment noch anders, grinste die Dame vom Bahnhofsservice (die sofort dahinschmolz – wer konnte Colins Charme schon widerstehen?) breit an und schob brav sein Ticket in den Automaten, bevor er die beiden Gepäckstücke durch die sich öffnenden Türklappen bugsierte.

Ich zog die Riemen meines Rucksacks fest und griff nach meinem Koffer, doch er wurde mir gleich wieder entzogen.

„Tussis tragen ihre Koffer nicht selber", tadelte mich Colin und ich sah ihn entsetzt an.

„Ich *bin* keine Tussi und außerdem sehr wohl fähig, meine Sachen selber zu tragen!"

Es mochte Frauen geben, die es für selbstverständlich hielten, dass man alles außer ihrem Guccitäschchen für sie trug, ich gehörte nicht dazu.

„Über dein Frauenbild müssen wir uns nochmal dringend unterhalten", murmelte ich. „Junge, Junge, das ist ja wohl –"

„SHADOW!!", ertönte eine helle Stimme von irgendwoher und dann eine andere, weitaus tiefere: „HIER!! HIER AUF DER ROLLTREPPE!!"

Ich sah mich suchend um und entdeckte etwa zehn Meter vor mir eine wild winkende Person mit hellbraunen Haaren, die mit jedem Stück, das die Rolltreppe sich bewegte, weiter auf uns zusteuerte.

„DA SIND SIE!!", rief der junge, mir völlig unbekannte Mann und eilte ungeduldig auf uns zu, ein rotblondes Mädchen an der Hand hinter sich herziehend. Night! Da war sie! *Meine* Anna! Endlich!!

Statt meiner ließ Colin filmreif die Koffer stehen, als sie ihn breit angrinste, und stürmte auf sie zu. Mein hirneigenes Orchester spielte ‚Chariots of Fire', sie bewegten sich in Zeitlupe, riefen die Namen des anderen, näherten sich und – der junge Mann an Annas Seite fuhr dazwischen und riss Colin stürmisch an sich, drückte ihm die Luft aus den Lungen, was bei seinem stattlichen Körperbau eigentlich ziemlich schwer war.

Verblüfft sahen wir Mädchen uns an, doch dann wurde auch ich schon das nächste Opfer überschwänglicher Freude und Kandidatin fürs Rippenquetschen.

„Du musst Ben sein“, ächzte ich und er nickte begeistert, noch bevor er mich wieder losgelassen hatte. Ich war mir sicher, dass ich jetzt eine bewundernswerte Wespentaille besaß. Dabei sah mein ‚Formgeber‘ gar nicht *so* kräftig aus.

Ben war Annas geliebter, ebenfalls in London lebender Bruder und allerbester Freund. Es gab Geschwister, die sich nicht besonders gut verstanden und nicht viel Zeit miteinander verbrachten, nicht viel miteinander teilten; dann gab es Geschwister, die sich *sehr* mochten, sich oft sahen und sich regelmäßig über die wichtigsten Dinge in ihrem Leben austauschten; und dann gab es Ben und Anna. Anna hatte mir mal geschrieben, dass sie sich oft wie eineiige Zwillinge fühlten, die nur zu unterschiedlichen Zeiten auf die Welt gekommen waren und manchmal nicht einmal Worte brauchten, um zu verstehen, wie sich der andere fühlte. Soweit ich Anna verstanden hatte, wusste Ben alles über Annas und meine Freundschaft. Gut, *fast* alles, da unsere privatesten Gespräche über Liebe und Sex wohl eher geheim geblieben waren. Doch über alles andere war Ben gut informiert und Anna hatte mir am Abend zuvor versichert, dass er sich genauso darauf freute, uns kennenzulernen, wie sie selbst. So fühlte es sich jetzt auch an.

Leider hatte Colin die Begrüßungsumarmung wohl für eine gute Idee gehalten, denn als ich zu ihm hinüber sah, hatte er gerade Anna im Arm und zeigte ihr mit einem sanftem Ganzkörperkontakt und dazugehörigem Rückenstreicheln, wie sehr er sich darüber freute, sie ‚endlich‘ zu sehen. Sofort stieg Hitze in mir auf – obwohl Anna einen deutlich befangenen Eindruck machte und dann mich sehr viel herzlicher ebenfalls in die Arme schloss.

„Ich hoffe, du lebst noch“, meinte sie mit einem kurzen Blick in Richtung ihres Bruders und sah mich so warm an, dass mein Unmut sofort wieder zu verschwinden begann. „Tut mir leid. Er ist ein bisschen grobmotorisch.“

„Ha, ha, ha“, machte Ben und streckte ihr kurz die Zunge heraus.

„Und er ist noch soo klein“, setzte sie grinsend hinzu.

Da war sie: meine Anna. Witzig wie eh und je. Ich hätte sie am liebsten noch mal an mich gedrückt. Aber das war ja leider nicht möglich, ohne mich verdächtig zu machen, immerhin war ich nur Shadowhunters beste Freundin und kannte Anna theoretisch noch gar nicht.

Ben sagte gar nichts mehr. Seine Augen wurden nur ein wenig schmaler, das Blickduell gewann dennoch seine Schwester. Geschwisterliche Reiberein. Wie schön! So lag der Fokus nicht auf Colin und mir und wir konnten uns entspannen.

„Und? Hattet ihr eine angenehme Reise?“, fragten Ben und Anna schließlich wie aus einem Mund und fingen an zu lachen. Du liebe Güte, sahen die sich ähnlich, wenn sie sich freuten. Das gleiche lebhafte Funkeln in den grünen Augen, die gleichen Grübchen in den Wangen und Lachfältchen um die Augen herum … Irre! Ich begann sie sofort noch genauer zu mustern.

Ben war ein ganzes Stück größer als Anna, hatte sogar in etwa Colins Größe – stolze ein Meter vierundachtzig – doch er war schlanker und schlaksiger als mein Freund.

Er war eher der Typ ‚großer Junge', obwohl er ebenfalls ungefähr mein Alter haben musste, und sein braunes Haar besaß im Gegensatz zu dem leuchtenden Rotgold des lockigen Haares seiner schönen Schwester einen kaum merklichen Rotstich.

Ja, Anna als schön zu bezeichnen, war keine Übertreibung. Das Foto, das sie mir geschickt hatte, hatte ihr *so* Unrecht getan. Sie war groß, hatte eine schmale Taille, die durch die elegante Weste, die sie über ihrem T-Shirt trug, noch betont wurde, und sonst überaus weibliche Formen. Und ihr Gesicht … puppengleich! Niedliche Stupsnase inklusive bezaubernder Sommersprossen, Haut wie Porzellan, volle, rote Lippen und diese Augen! Groß und smaragdgrün – so ließ das Licht sie zumindest gegenwärtig erscheinen. Ich war sprachlos. Sprachlos und in gewisser Weise eingeschüchtert.

„Jaaa … war ganz in Ordnung …", gab Colin abwesend zurück, während sein Blick ein weiteres Mal viel zu auffällig über ihren Körper wanderte. „Wow … Du siehst toll aus!"

„Danke, ich habe mir auch große Mühe gegeben, mich schick zu machen", erwiderte Ben und grinste übers ganze Gesicht.

Colin sah ihn verwirrt an, während ich ein belustigtes Glucksen von mir gab, und kratzte sich dann verlegen am Kopf. „Entschuldigt, wo war ich nur mit meinen Gedanken?"

Ja, aber wirklich. Und erst mit deinen Augen!

Colin zog die Nase kraus, so wie er es wohl bei mir oft gesehen hatte, wenn ich mich verunsichert fühlte („Och

Em, wenn du das machst, siehst du immer wie eine kleine, putzig Ratte aus.“) und ich fragte mich gerade, ob ich froh darüber sein sollte, wie gut er mich zu imitieren verstand, als Ben wieder das Wort ergriff.

„Anna wird im Zug immer schlecht, wenn sie in entgegengesetzter Fahrtrichtung sitzt.“

Wir sahen ihn alle irritiert an, weil wir nicht wussten, was genau wir mit dieser Information anfangen sollten, doch er zuckte die Schultern und griff nach einem der Koffer. „Vielleicht sind die Kotzgeschichten meiner Schwester auch nicht der richtige Auflockerungsspruch fürs erste Date zwischen uns vieren. Soll ich dir mit dem Gepäck helfen?“

Mein Freund – *mein Freund*, hach, schön wär's – schüttelte energisch den Kopf und Ben nickte verständnisvoll. „Klar, männliches Ego und so, versteh ich.“ Er zwinkerte ihm zu und wies dann nach vorne. „Wollen wir erst mal einen Kaffee bei Costa trinken oder gleich los?“

Oh, ein weiterer Costa-Liebhaber! Wie erfreulich! Ich wollte begeistert nicken, doch Colin kam mir zuvor.

„Ich würd gern erst das Apartment sehen. Vielleicht müssen wir ja nochmal umbuchen. Ich mag nämlich keine Kakerlaken.“

Ich wandte ihm im Zeitlupentempo den Kopf zu, während die Rolltreppe uns langsam ins Erdgeschoss transportierte. „In genau wie vielen Unterkünften hast du die noch mal bis jetzt gesehen?“

Ich war im Allgemeinen eine recht gutmütige Person und auch nicht immer die, die ihren Willen durchsetzen musste, doch es gab die goldene Costa-Regel, die besagte, dass nichts und niemand mich vom Erwerb eines Getränkes dieser Marke abhalten durfte, wenn ich das Bedürfnis danach hatte. Speziell dann nicht, wenn ich nicht einmal gefrühstückt hatte.

Colin tat so, als müsse er lange über meine Frage nachdenken. „Zum Glück noch in keiner. Aber ich gehe *immer* lieber auf Nummer sicher! Das weißt du doch."

„Dann solltest du vielleicht mal öfter dein Zimmer aufräumen", erwiderte ich immer noch etwas zu zickig, während Annas und Bens Köpfe wie bei einem Tennismatch von einem zum anderen gingen. „Das bietet nämlich *den* Nährboden für deine schnuckeligen Freunde!"

„Iiih, bist du mies drauf! Hast du zu viel Haarspray eingeatmet?", beschwerte sich Colin und streckte mir die Zungenspitze raus, damit Bens Schuljungennummer grandios imitierend. „Is' ja gut, dann gibt es halt einen Kaffee zum Mitnehmen, okay?"

Atmen, Emma. Nicht aufregen. Er *meint* es nett, auch wenn er es herablassend *sagt*. Und er kann weder etwas dafür, dass Anna mit ihrem Aussehen deine Minderwertigkeitskomplexe verstärkt, noch dafür, dass er offensichtlich voll auf sie abfährt. *Du* kannst allerdings etwas daran ändern, dass dich hier alle gleich für eine verwöhnte Zicke halten.

„Wenn man *mich* von Strawberry Cheesecake abhalten würde, wäre ich auch nicht gerade erfreut", sagte Anna und lächelte mir zu. Ich konnte Colins darauf folgende Testosteronausschüttungen neben mir so klar hören wie das Rauschen eines nahegelegenen wilden Flusses. Sie hatte aber auch ein tolles Lächeln. Eines das man unbedingt erwidern *musste*.

„*Du* bist ein Süßschnabel?", fragte Colin in seinem weichsten Flirtton und mein Lächeln begann sofort zu bröckeln. „Sieht man dir gar nicht an."

„Das weißt du doch!", erinnerte Ben ihn an meiner Stelle und ich nickte, ihm beipflichtend. Colins durchdrehende Sexualhormone würden mir noch alles kaputt machen!

Er lachte unecht. „Meine Güte, lasst mich doch mal ein Kompliment machen, ohne mich gleich dafür zu hängen!", verteidigte er sich und sorgte damit für die erste unangenehme Gesprächspause zwischen uns vieren. Dabei hatten Ben und Anna es uns bisher so leicht gemacht, sich mit ihnen wohl zu fühlen. Colin war ein blöder Vollidiot! Warum war ich gleich noch mal in ihn verliebt?

„Also, wer will jetzt alles einen Kaffee zum Mitnehmen?", fragte Ben, als wir Costa endlich erreicht hatten. Alle Finger gingen hoch. Sieh an, sieh an …

„Okay", grinste Ben und sah überraschenderweise ausgerechnet mich auffordernd an. „Kommst du mit rein und hilfst mir die Becher tragen?"

Oh. Den unwiderstehlichen Hundeblick hatte er fast noch besser drauf als Colin. Ich konnte nicht anders, als zu nicken und ihm in das Café zu folgen, obwohl ich kein gutes Gefühl dabei hatte, Colin und Anna allein zu lassen.

Die Auswahl war nicht zu verachten. Ach Papperlapapp, nicht zu verachten: Sie war grausam groß in Anbetracht meiner schwachen Seele und meines kleinen Portemonnaies. Seele? Moment, hieß es nicht, der Geist war willig, doch das Fleisch war schwach? Bei mir war auf gar keins von beiden Verlass, wenn ich Süßem gegenüberstand, speziell, wenn es sich um Mischungen aus Nüssen und Schokolade handelte. Oder Cheesecake. Oder Lemon Pie. Oder Apple Bread. Das Hauptproblem bestand darin, dass ich bei meiner Bestellung gerne aus allen ‚oders' ‚unds' gemacht hätte. Dabei hatte ich weniger Angst um die Kalorien als darum, wie eine Fressmaschine zu wirken, sowie darum, bereits am ersten Tag pleite zu sein.

„Ach du meine Güte!", ertönte eine tiefe Stimme neben mir und ein leiser Seufzer folgte. Ich schaute neben mich und sah, wie Ben mit einem verzückten Grinsen die Auslage studierte. „Das ist ja schrecklich. Ich kann mich gar nicht entscheiden."

„Ich dachte, wir holen nur Kaffee", erinnerte ich ihn leise, um zu vertuschen, welche Gier mich selbst beim Anblick dieser unwiderstehlichen Naschereien befallen hatte.

„Das dachte ich auch", seufzte Ben. „Aber ich bin *so* schwach …" Sein theatralischer Gesichtsausdruck brachte mich zum Kichern. Ben war seiner Schwester nicht nur äußerlich ähnlich – sie teilten auch denselben Humor und dieselbe herrliche Selbstironie. Ich mochte ihn. Schon jetzt.

„Ich dachte immer, richtige Kerle stehen auf salzige oder gar scharfe Sachen", konnte ich es nicht lassen, ihn zu ärgern. Das behauptete zumindest Colin immer.

„Was?!" Ben sah mich schockiert an. „Nur Männer, die zugeben, dass sie verrückt nach Süßem sind und ab und an mal so richtig heulen, sind *richtige* Männer! Richtige Kerle können auch rosa tragen und total alberne Sachen machen, ohne *einen* Deut ihrer Männlichkeit zu verlieren!“

Er reckte übertrieben stolz das Kinn und brachte mich nur noch mehr zum Lachen. Meine schlechte Laune begann langsam zu verfliegen. Es war erstaunlich leicht, sich in Bens Gegenwart zu entspannen und man selbst zu sein.

„Trägst *du* manchmal rosa?“, fragte ich grinsend, während wir weiter in der Schlange vorrückten. Es störte mich kaum noch, dass das Café so übervoll war.

„Immer!“, sagte er mit hocherhobenem Haupt.

Ich musterte ihn kurz und hob eine Augenbraue. „Lass mich raten … Rosa Ringelsöckchen?“

„Dicht dran, aber leider daneben.“

Ich lachte nur noch mehr. „Okay, ich glaub, ich frag lieber nicht weiter.“

Er grinste breit, konzentrierte sich dann aber wieder auf die Kuchentheke. „Was sagst du zu zwei Stücken Strawberry-Cheesecake und zwei Stücken Banoffee-Pie? Wir können ja dann halbe-halbe machen.“

Ich hob enthusiastisch beide Daumen und dann waren wir auch schon dran. Der Kaffee war schnell bestellt und ebenso schnell hatten wir die Becher und den verpackten Kuchen in der Hand und konnten zurück zu dem Rest unserer kleinen Gruppe kehren. Natürlich war Colin damit beschäftigt, Anna gerade eine irrsinnig komische Anekdote zu erzählen und sie somit erfolgreich zum Lachen zu bringen – Warum musste sie nur so verdammt hübsch dabei aussehen? – und ich hoffte inständig, dass er sich dabei nicht schon verplappert hatte oder dies noch in seinen weiteren Flirtversuchen tun würde.

Das war auch der einzige Grund, warum ich die beiden unhöflich mit einem viel zu fröhlichen „Hier ist euer Kaffee!“ unterbrach – und nicht weil mich dieser niederträchtige Gefühlsmix aus Eifersucht und Panik dazu anstachelte. Nein. Ganz bestimmt nicht.

„Und was ist das?“, fragte Colin neugierig, als er seinen Kaffee entgegengenommen hatte, und wies auf das Päckchen in meiner Hand.

Ben und ich sahen uns an und schmunzelten.

„Lockmittel für die Kakerlaken“, behauptete ich.

„Die sind hier in London wahre Feinschmecker“, ergänzte Ben zu meiner Freude und wir lachten alle – Colin tat das allerdings etwas verkrampft. Wie schon erwähnt – er mochte es nicht, ungewollt Mittelpunkt eines Witzes zu sein, was mich diese Situation ganz *besonders* genießen ließ.

Nur wenig später saßen wir alle zusammen in Bens Auto und fuhren Richtung Hampstead, wo sich nicht nur unser Apartment, sondern – so hatte es der Zufall gewollt – auch Bens Wohnung befand. Er hatte aus einem mir unerfindlichen Grund darauf bestanden, dass ich neben ihm auf dem Beifahrersitz saß („Nur das Beste für die Lady.“ – ja, mit ‚Lady‘ konnte man mich kriegen, schließlich hörte ich das nicht allzu oft) und Colin und Anna sich hinten auf den Rücksitz seines alten Ford Fiestas quetschten. Ich saß gern vorn und hatte mehr Beinfreiheit, also hatte ich nichts dagegen einzuwenden gehabt – bis mir aufgefallen war, *wie* eng Colin und Anna nun beieinander saßen und wie sehr vor allem Colin das zu genießen schien.

Ich hatte unter dem Vorwand, meine Schminke überprüfen zu müssen – Modepüppchen taten das doch alle fünf Minuten – die Sonnenblende hinuntergeklappt und dann einfach ‚vergessen', sie wieder hochzuklappen, was mir das Vergnügen bescherte, Colins Flirtversuche live im Spiegel der Blende zu beobachten.

„Du kannst dir gar nicht vorstellen, wie sehr ich mich darauf gefreut habe, dich endlich kennenzulernen", behaupte er gerade. „Nach all der Zeit und den tollen, tiefgehenden Gesprächen, die wir hatten."

Anna lächelte verlegen. „Ja, wir haben uns eigentlich immer was zu sagen, oder?", erwiderte sie und warf einen undefinierbaren Blick auf ihren Bruder, der zu meiner Überraschung ebenfalls neugierig in den Rückspiegel gestarrt hatte. War es ihr peinlich, hier vor uns ‚Außenstehenden' über unsere Chats zu sprechen? Eigentlich wollte auch ich nicht, dass sie das tat. Es mochte ja sein, dass ihr Bruder ihre Vertrauensperson war, dem sie alles erzählte, aber meine war er nicht – so nett er auch war!

„Ist schon toll, dass man richtige Freunde im Internet kennenlernen kann", mischte ich mich wider besseres Wissen in die Unterhaltung ein. „Hätt ich nicht gedacht. Ich bin ja nicht so ein ‚Kontaktknüpfer' im Netz."

Hatte ich wirklich gerade diese albernen Gänsefüßchen in der Luft gemacht? Gott! Ich wurde tatsächlich zu Colin!

„Nee, ich auch nicht“, stimmte Ben mir zu. „Aber es ist schon klasse. Anna ist immer *so* glücklich, wenn sie mit dir chatten kann, Colin.“ Er schenkte seiner Schwester ein breites Grinsen über den Rückspiegel, das sie mit einer Grimmasse quittierte. Dabei hatte ich überhaupt nicht das Gefühl gehabt, dass er sie mit seiner Bemerkung hatte ärgern wollen. Tja, man konnte ja nicht immer ein Herz und eine Seele sein.

„Für mich ist das auch immer das Highlight jedes Tages“, schleimte Colin schamlos weiter und sah Anna dabei viel zu tief in die Augen – mit diesem widerlichen Herzensbrecher-Blick. Bärks!

„Achtung!“, stieß ich aus und Ben bremste sofort scharf, sodass ein Ruck durch das Auto ging, der die beiden Turteltauben ordentlich nach vorne warf.

„Was denn?“, fragte er irritiert.

„Nichts. Ich dachte nur, der kleine Vogel schafft’s nicht mehr“, log ich und schenkte ihm ein entschuldigendes Lächeln.

„Oh! Ich hab gar keinen Vogel gesehen.“

„Der war ja auch ziemlich schnell.“

„Wie ’ne Rakete“, spöttelte Colin von hinten. „Vielleicht hat er sich einen Düsenantrieb umgeschnallt, weil sein eifersüchtiges Weib hinter ihm her war.“

Meine Brauen zogen sich zusammen, als ich seinen Blick im Spiegel suchte und er wagte es auch noch, mich dreist anzugrinsen. Der konnte noch was erleben, wenn ich erst mit ihm allein war!

„Was ist eigentlich mit dem Kuchen?“, erkundigte sich Anna.

„Den hat Emma." Ben wies auf meinen Schoß. O ja. Das hatte ich in meiner Eifersucht ja schon beinahe wieder vergessen. Der schöne, leckere Kuchen. Glücklicherweise hatte ich ihn gut festgehalten.

„Ich dachte mir, wir essen ihn vielleicht bei euch im Apartment", verkündete Ben. „So als kleine Einweihungsfeier?"

„O ja!", freute sich seine Schwester, während mir beinahe der Mund vor Entsetzen aufklappte. „Dann können wir noch ein bisschen zusammenbleiben und quatschen!"

‚... und mit unserer Flirterei schön weiter Emma quälen', setzte ich innerlich nur für mich hinzu. Dabei hatte ich doch *so* ein großes Bedürfnis Colin anzuschreien und ihn in die Schranken zu weisen, wie er es verdient hatte!

„Super Idee", strahlte Colin Anna an, als hätte *sie* diesen Einfall gehabt. „Holen wir noch ein bisschen Bier irgendwo?"

Bier und Kuchen. Das war ja mal ein ganz klassisches Abendessen. Fantastisch. Warum war ich die Einzige, die Colin einen angewiderten Blick über die Schulter zuwarf?

„Wir sollten ohnehin bei einem Supermarkt anhalten und ein paar Sachen für euch zum Frühstück besorgen", stimmte Ben ihm mit einem Nicken zu. „Emma und ich springen einfach schnell raus und holen das Zeug. Ihr kommt da hinten viel zu schlecht raus."

Er lächelte mir zu, so als wartete er auf meine Zustimmung, und bekam sie in Form eines Nickens. War ich denn bescheuert? Anscheinend schon, denn weniger als eine viertel Stunde später lief ich mit Ben zwischen den Regalen eines Supermarktes hin und her und versuchte, eine neuen Rekord im Speed-Shopping aufzustellen. Ben kam mit dem Einkaufskorb gar nicht so schnell hinterher, wie ich die Lebensmittel hineinwarf, und musste mehrmals Sachen in der Luft auffangen, damit sie nicht auf den Boden knallten und zerplatzten.

„Mann! *Du* hast aber Hunger!“, stellte er nach einer Weile lachend fest, worauf ich wieder nur stumm und debil lächelnd nickte und zur nächsten freien Kasse stürmte.

Meine schlimmste Vorstellung – Colin und Anna beim wilden Herumknutschen auf der Rückbank des Autos zu erwischen – erfüllte sich, als wir das Auto endlich wieder erreichten, zu meiner großen Erleichterung nicht. Sie quatschten und lachten ‚nur‘ miteinander und ich wünschte mir das Ende dieses Tages sehnlichst herbei. Es war nicht so, dass ich Anna und Ben nicht mochte – sie waren supernett und sympathisch – aber ich wollte endlich wieder allein mit Colin sein, wollte aus *seiner* Haut hinaus und zurück in die *meine* schlüpfen – und ihn mir dann ordentlich zur Brust nehmen.

Nach unserem Einkauf erreichten wir das Apartment recht schnell und ich war überrascht, in welch schicker Straße wir uns eingemietet hatten. Vornehme, meist dreistöckige Häuser mit weißer Fassade und stattlichen Pfeilern und Ornamenten an der Front bestimmten das Bild. Die Vorgärten waren grün und die Straße wurde von erstaunlich vielen Bäumen gesäumt. Es gab sogar ein paar gepflegte Parkanlagen zwischen den Häuserblöcken, die dazu einluden, sich an einem sonnigen Tag auf eine der hellen Bänke zu setzen, den Kopf in den Nacken zu legen und einfach nur vor sich hin zu dösen. Schwer vorzustellen, dass es hier Kakerlaken gab. Jedenfalls keine ohne Frack, die sich mit höflichem Gruß verbeugten, wenn man ihnen begegnete. So drückte es jedenfalls Ben aus und Colin lachte höflich. Er mochte diese Viecher wirklich nicht.

Von innen hielt das Haus, in dem sich unsere Unterkunft befand, nicht ganz, was es von außen versprach. Der Teppich im Flur war fleckig und die Wände benötigten ganz dringend mal einen neuen Anstrich. Dasselbe galt für unser Apartment. Es war für drei Personen gedacht, aber keiner von uns konnte sich vorstellen, dass drei erwachsene Menschen hier schlafen und für längere Zeit leben konnten. Früher oder später würde man das Shining bekommen und sich gegenseitig umbringen.

Unsere Bleibe erstreckte sich zwar über zwei Etagen, jedoch war sie so eng, dass man, wenn man hochgewachsen war und lange Arme hatte, ohne große Mühe beide gegenüberliegenden Wände mit den Fingerspitzen berühren konnte, wie Colin, obwohl er sie selbst ausgesucht hatte, herumjammernd bewies. Ihm gefiel das Apartment gar nicht. Zu klein, zu wenig schick, zu hellhörig. Er fragte sogar Anna, ob er nicht bei ihr schlafen könnte – getarnt als unheimlich komischer Witz. Zu meinem Glück lehnte sie lachend ab und behauptete, ihre Wohnung sei noch sehr viel kleiner und man könne dort ganz gewiss keine drei Leute für fünf Tage unterbringen.

Mir selbst gefiel das Apartment sogar. Gut, es war klein und ein wenig schäbig – der Schimmel an den Rändern der Waschbecken sowohl in der Miniküche als auch dem Bad im oberen Geschoss hätte nicht sein müssen – aber es gab eine funktionierende Dusche, bei der das heiße Wasser gleich aus dem Hahn kam und nicht erst in einem Boiler erhitzt werden musste. Und wir konnten uns in der Küche selbst versorgen! Außerdem gefiel mir das breite Bett und der Fakt, dass das zweite Bett nur eine zusammenfaltbare Matratze am Boden war, störte mich, im Gegensatz zu Colin, überhaupt nicht. So waren wir wohl gezwungen, in einem Bett zu schlafen, wenn sich nicht einer von uns den Rücken grün und blau liegen wollte. Eine Perspektive, die meine Laune gleich erheblich verbesserte.

Auch wenn Colin es nur ungern zugab: Nachdem wir den Tisch in der Ecke am Fenster gedeckt und uns auf unseren (leider etwas schiefen und klapprigen) Stühlen niedergelassen hatten, kam doch direkt ein klein wenig Gemütlichkeit auf und Colins Bedürfnis, sofort ein neues, besseres Apartment zu verlangen, verflüchtigte sich unter unserem fröhlichen Geplapper und dem leckeren Essen. Auch ich wurde immer zufriedener. Im Großen und Ganzen war unsere erste Begegnung doch sehr erfreulich und ohne Patzer verlaufen – wenn man von Colins nervigem Flirtverhalten absah, das er auch beim Essen nicht abstellen konnte. Anna war so nett, wie sie auch schon immer im Chat gewesen war, und ihr Bruder Ben war ebenfalls furchtbar liebenswürdig und besaß einen großartigen Humor.

Ich war mir nach einer Weile sicher, dass wir alle eigentlich tolle Freunde werden konnten, wenn nicht diese riesige von mir konstruierte Lüge wie eine unsichtbare Wand zwischen uns stehen würde – nur für mich und vielleicht auch für Colin spürbar. Nur diese machte es mir schwer, mich völlig zu entspannen, und ließ mich insgeheim hoffen, dass Ben und Anna, so viel Spaß wir auch hatten, möglichst bald verschwinden würden. Ich brauchte endlich Zeit allein, um meine Gedanken zu sortieren, mich auszuruhen und später auch Pläne für die nächsten Tage zu machen.

So war ich Anna äußerst dankbar, als sie sich nach einer Weile in ihrem Stuhl zurücklehnte, zufrieden einatmete und dann ihren Bruder auffordernd ansah. „Wollen wir langsam los?", fragte sie ihn. „Ich denke, Emma und Colin brauchen mal ein bisschen Zeit allein, um sich von der anstrengenden Reise auszuruhen und sich hier ein bisschen einzurichten."

Was war meine Night doch einfühlsam! Ich hätte sie knutschen können!

„Ach was! Ihr stört doch nicht!", platzte es aus Colin ungefragt heraus und er packte sich den letzten Rest unseres Kuchens auf den Teller. „Ist doch noch früh! Und wir müssen uns noch die Gegend ansehen – um zu schauen, was es hier so gibt."

„Ja, aber vorher ein wenig auszuruhen, wäre keine schlechte Idee", sagte ich rasch und versuchte, ihm unauffällig einen mahnenden Blick zukommen zu lassen. Leider sah er gerade den Banoffee-Pie verliebt an, bevor er seine Gabel in ihm versenkte.

„Wir könnten uns ja auch später am Abend nochmal treffen“, schlug Ben mit einem Schulterzucken, jedoch mit hörbarer Begeisterung in der Stimme vor.

„Oh! Ja!“, rief Anna und berührte ihren Bruder an der Schulter. „Wie könnten ins *Hart* gehen. Da gibt es doch heute sogar Life-Musik!“

„Großartig!“, freute sich Colin und alle sahen mich an.

Ich blickte von einem zum anderen und musste mich zwingen, zu lächeln. „Heeey – ja, klasse!“, sagte ich, weil ich nicht den Partypuper spielen wollte, als den Colin mich immer so gern dastehen ließ.

„Na, dann haben wir wohl ein Date für heute Abend“, meinte Anna und stand gemeinsam mit ihrem Bruder auf. Natürlich war ich es, die die beiden bis zur Tür begleitete und sich dort verabschiedete, große Freude über unseren Pub-Abend vorheuchelnd, weil Colin sich nicht von seinem Essen losreißen konnte und nur von weitem fröhlich „Bis später!“ rief.

Ich schloss die Tür hinter ihnen, wartete ein paar Sekunden und wandte mich dann mit einem mörderischen Blick zu meinem Mitbewohner um, der, glücklich seinen Kuchen in sich hineinstopfend, am Tisch saß, völlig ahnungslos, dass ihm nun das Donnerwetter seines Lebens drohte. Donnerwetter? Was dachte ich denn da? Es würde ein Hurrikan Stufe fünf werden und danach würde er mich anflehen, endlich nach meiner Pfeife tanzen zu dürfen. Jawoll!!

Ein Plan mit Raffinesse

Das Pub war toll. Ben und Anna hatten nicht übertrieben. Es war zwar klein, aber ordentlich und hübsch anzusehen und vermittelte eine gemütliche Atmosphäre – trotz der vielen Leute, die sich hier an diesem Abend amüsierten. Die Angestellten waren überaus freundlich und sofort zur Stelle, um die Bestellungen aufzunehmen, und auch die Musik, die im Hintergrund spielte, traf durchaus meinen Geschmack: Eine Mischung aus neuer und alter Rockmusik, Folklore, aber auch alter Evergreens aus den letzten drei Jahrzehnten der Musikgeschichte. Mit *dem* Mix konnte man eigentlich nichts falsch machen.

„Und? Zu viel versprochen?", fragte Ben laut über unseren Tisch direkt gegenüber der Bar hinweg, weil es schwer war, sich in normaler Laustärke zu verständigen.

Colin schüttelte freundlich lächelnd den Kopf und sah sich nochmal um. „Na, ein Pub halt", sagte er mit einem kurzen Schulterzucken.

„Er meint, es ist toll!“, übersetzte ich rasch und Colin nickte sofort brav (meine Standpauke im Apartment hatte wohl doch etwas gebracht), obwohl das Lokal für seine Ansprüche wohl viiieeel zu klein und leer war. *Ich* fand es in der Tat toll.

„Muss ein Stamm-Pub ja auch sein“, setzte ich hinzu, bevor Colin eine Frage stellen konnte, die genau zeigte, wie unwissend er bezüglich Annas Lebensgewohnheiten war. Ich hatte ihm zwar gestern noch einmal die wichtigsten Details eingeimpft, doch ich traute ihm zu, diese längst schon wieder vergessen zu haben oder sie aber kräftig durcheinander zu wirbeln.

„Ab neunzehn Uhr dreißig gibt es sogar Live-Musik“, verkündete Ben stolz und Colin runzelte sofort die Stirn. Bei dem Thema Musik wurde er immer sofort hellhörig. Er spielte seit acht Jahren in einer Rockband, mit der er mittlerweile auch auftrat und mit den Gigs Geld verdiente. Musste er ja auch, da er wegen seiner ‚Karriere‘ als Musiker kürzlich sein Studium geschmissen hatte – was seine Eltern auf keinen Fall wissen durften, weil sie ihn noch weiter finanziell unterstützten. Aus ihm sollte schließlich ein gaaaanz toller Anwalt werden.

„Hier gibt’s ’ne Bühne?“, fragte mein Freund skeptisch und sah sich noch einmal um.

„Ja, da drüben vor dem Kamin gibt es eine Klappe, durch die die Bühne dann hochfährt und sich vollautomatisch aufbaut“, erklärte Ben mit toternstem Gesicht.

„Echt?“ Colin sah ihn mit großen Augen an. Ich fing an zu lachen und Anna knuffte ihren ebenfalls lachenden Bruder in die Seite, musste jedoch selbst schmunzeln.

„Ha, ha, wie komisch“, erwiderte Colin jetzt. Er lächelte zwar, aber für mich war das wenig überzeugend.

„Die Musiker spielen allerdings tatsächlich vor dem Kamin“, versuchte Anna wieder Frieden zwischen den Jungs zu stiften. „Es sind meist Songwriter, die nur mit Gitarre auftreten und dann brauchen sie ja nicht viel Platz.“

„Und wer kommt heute?“, fragte ich mit echter Begeisterung. Ich mochte solche Musik und wir saßen so nahe an dem Kaminbereich, dass wir einen guten Blick auf den Musiker haben würden.

„John Hazard“, antwortete Ben auf meine Frage und das Leuchten auf seinem Gesicht verriet mir, dass er die Musik des Mannes schon kannte und wirklich mochte. „Der hat eine Hammerstimme.“

„Ist das so ’n Folkloresänger?“, erkundigte sich Colin freundlich. Er gab sich große Mühe, sich nicht anmerken zu lassen, dass das so gar nicht seinen Geschmack traf. Er stand auf harte Rockmusik. Kein Wunder, spielte seine eigene Band doch auch eher Hardrock und er bildete sich eine ganze Menge darauf ein, Musiker zu sein. Ich fand es ja auch toll. Aber man musste dennoch nicht andere Künstler abwerten und an ihnen herumkritisieren. Ich hoffte nur, dass er jetzt nicht damit anfing, uns allen eine Standpauke über Musik zu halten und damit verriet, dass er nicht ich war.

„Indie Rock oder Folk Rock“, verbesserte Anna ihn. „So wie David Gray und Jake Bugg – die magst du doch auch so gern.“

„Ja – jaaa!" Colin nickte übereifrig und ich konnte mich nur mit Mühe davon abhalten, die Augen zu verdrehen.

Glücklicherweise kam nun das Essen, das wir zuvor bestellt hatten – zwei Frühlingsplatten – und so gut aussah, dass wir alle unser Gesprächsthema vergaßen und die nächsten fünf bis zehn Minuten damit beschäftigt waren, die verschiedenen Dips auszuprobieren und überschwänglich zu loben. Gerettet! Wenigstens für den Moment.

Meine Laune sank erst wieder in den Keller hinab, als Colin es doch tatsächlich zustande brachte, Anna mit unserem Fingerfood zu füttern, und diese auch noch anfing, dabei albern zu kichern. Einen Herzschlag lang starrte ich die beiden nur fassungslos an, ohne dass sie Notiz davon nahmen, dann senkte ich den Blick, wischte meine Finger an der Serviette ab und verkündete, dass ich mal kurz die Toilette aufsuchen müsse.

Es war nicht schwer, diese Räumlichkeiten zu finden. Die Bedienung beschrieb mir den Weg die Treppe hinauf sehr genau und glücklicherweise war niemand anderes anwesend, als ich den Raum betrat. Ich schloss mich in eine der beiden Kabinen ein, klappte den Deckel hinunter und setzte mich erst mal hin.

„Nicht heulen, Emma", flüsterte ich mir selbst zu und vergrub mein Gesicht in meinen Händen. „Es gibt keinen Grund dazu …"

Den gab es auch nicht. *Noch* nicht. Ich war nur so furchtbar enttäuscht. Colin hatte bei unserem letzten ‚Gespräch' einen so einsichtigen Eindruck gemacht und mich wieder beruhigen können. Ich hatte ihn nochmal inständig darum gebeten, nicht weiter mit Anna zu flirten. Ich hatte ihm genau erklärt, dass es Annas und meine Freundschaft schwer belasten würde, wenn er ihr das Herz brach, und er hatte mir geschworen, dass das nicht passieren würde. Sie sei ohnehin nicht sein Typ. Nicht so wirklich. Diese Formulierung hätte mich eigentlich schon stutzig machen müssen.

Zu dem Zeitpunkt hatten wir beide ja auch noch nicht geahnt, wie toll Anna am Abend aussehen würde, mit dieser tief ausgeschnittenen grünen Bluse, ihrer Porzellanhaut, dem rotgoldenen Haar und ihren großen, grünen Augen. Ach ja, volle, kirschrote Lippen hatte sie ja auch noch! Und ihre Bluse war deutlich besser ausgefüllt als die meine. Beinahe fing ich an, sie zu hassen. Verdammter Mist! Das durfte nicht passieren! Sie war meine beste Freundin! Colin durfte uns nicht auseinandertreiben, gegeneinander aufbringen. Nun ja, *gegeneinander* stimmte ja wohl nicht, weil Anna ja überhaupt kein Problem mit mir hatte und anhaltend nett zu mir war. Sie schien mich zu mögen – auch die Colin-Emma – obwohl sie eigentlich annehmen musste, dass *ich* diejenige war, die Liebesbeziehungen nicht ernstnahm und ihrem Freund ‚Shadowhunter' ständig das Herz brach. Und was mein Online-Alter-Ego anging … wenn ich Pech hatte, verliebte sie sich sogar in ‚mich'. Aaaaaaaaargh!

Ich raufte mir die Haare. Das war doch zum Verrücktwerden! Warum hatte ich mich nur auf diesen idiotischen Plan eingelassen?! Jetzt gab es kein Zurück mehr und ich musste versuchen, alles unter Kontrolle zu behalten, ohne einen meiner Freunde zu verlieren.

Ich atmete ein paar Mal tief ein und aus und stand dann wieder auf. Ich musste zurück an den Tisch. Wenn ich verhindern wollte, dass Anna und Colin sich ineinander verliebten, durfte ich sie keine Minute allein lassen. Ich musste alle Gespräche dominieren und Colin immer wieder zügeln. Er mochte mich und wollte mich ganz bestimmt auch nicht verlieren. Also würde er schon nach meiner Pfeife tanzen. Und dann, wenn ich wieder allein mit ihm im Apartment war, würde ich ihn einfach verführen. So schnell wie möglich. Wir teilten uns dieses schließlich und wahrscheinlich sogar das Bett. Wie schwer konnte es dann sein, meinen Plan durchzuziehen?

Wenn er sich in mich verliebte, *bevor* Annas Gefühle für ihn so richtig erblühten, war ich gerettet. Ich würde dann einfach sagen, dass ich *auch* schon seit Ewigkeiten in Colin verliebt war, dies aber nie hatte zeigen können, da ich Angst gehabt hatte, damit unsere Freundschaft zu zerstören. Deswegen hatte ich auch nie ernsthafte Beziehungen mit anderen Männern gehabt – weil ich eigentlich immer nur ihn wollte. Für mich klang das ziemlich plausibel und es würde mich sofort in einem besseren Licht dastehen lassen. Emma war kein gefühlloses Weib, das die Liebe nicht ernstnahm. Sie hatte nur auf den Richtigen gewartet… Tja, genau das wünschte ich mir im Grunde für Colin. Und selbstredend war *ich* die Richtige!

Ich verließ die Kabine, trat ans Waschbecken und betrachtete mich kritisch in dem Spiegel, der darüber an der Wand angebracht war. So schlecht sah ich gar nicht aus. Mein dunkelbraunes Haar glänzte und fiel mir in weichen Wellen auf die Schultern. Die Wimperntusche und der

Kajal machten meine ohnehin schon großen, braunen Augen noch größer und ausdrucksvoller und auch *meine* Lippen waren voll und rot – dank des Super-Stay-Lippenstifts, den ich zuvor aufgetragen hatte. An meiner Nase konnte ich nichts ändern. Form und Größe blieben leider so, wie sie waren – solange hier kein Chirurg eingriff und das würde ich selbst nicht wollen, wenn ich das Geld dazu *hätte*. Irgendwie gehörte dieses knubbelige Ding zu mir, machte mich aus und ich hatte schon schlimmere Nasen gesehen. Mein Kinn war ein bisschen zu kurz, meine gesamte Kopfform zu rund und meine Ohren zu groß. Doch im Großen und Ganzen sah ich ganz hübsch aus – nicht so hübsch wie Anna, das musste ich ihr neidlos zugestehen, aber auch nicht sehr viel unattraktiver. Und ich war schlanker als sie. Okay, dafür besaß sie mehr weibliche Kurven.

Ich starrte auf meine Oberweite. Der Push-Up, den ich unter meiner Bluse trug, war nicht gut gefüllt, aber das fiel nicht weiter auf. Von daher sah auch mein Dekolleté nicht so übel aus, wie ich gedacht hatte.

Ha! Wäre doch gelacht, wenn ich Colin heute Nacht nicht um den Finger wickeln konnte! Vielleicht sollte ich ihn noch abfüllen, damit seine Hemmschwelle gänzlich verschwand. Hemmschwelle. Besaß der so was überhaupt? Wahrscheinlich nur in Bezug auf mich. Aber das würde ich ihm schon noch austreiben. Ich hatte es verdient, mich nach dieser langen Zeit der Enthaltung (Hand bei sich selbst anzulegen zählte ich nicht als richtigen Sex) endlich mal wieder so richtig zu vergnügen.

Auch wenn Colin glaubte, dass ich nicht so der sexuelle Typ Frau war (das hatte er einmal wortwörtlich zu mir gesagt) – er irrte sich darin gewaltig! Das Problem war nur, dass ich kein Fan von One-Night-Stands war und mich nur auf Sex einlassen konnte, wenn ich meinen Partner gut kannte und ihm absolut vertraute. Da Colin diese zwei Kriterien mehr als ausreichend erfüllte, stand meinem Vorhaben eigentlich nichts im Weg und ich hatte den Punkt ‚Emma hat endlich wieder Sex' fest in meinen Urlaub eingeplant und würde davon auch nicht mehr abrücken. Komme was da wolle!

Ich straffte die Schultern und machte mich wieder auf den Weg nach unten. Das war zumindest der Plan. Doch mitten auf der Treppe traf ich auf Ben, der dort vor einer der Fotografien stand, die die Wände entlang der Treppe schmückten. Ich lächelte ihn freundlich an und wollte mich schon an ihm vorbeischieben, als er in seiner kritischen Betrachtung leider einen Schritt zurück machte und mir den Weg versperrte. Ich blieb stehen und runzelte die Stirn.

„Irgendwie … ist die Perspektive nicht ganz stimmig", murmelte er in meine Richtung. „Was sagst du?"

‚Lass mich durch, damit ich mich zwischen deine Schwester und meinen lausigen Freund werfen kann!' lag mir auf der Zunge, doch ich sagte es nicht. Stattdessen betrachtete ich brav das Foto. Es zeigte ein goldgelbes Kornfeld, über dem sich ein violetter bis purpurfarbener Himmel erstreckte. Was für Farben! Der Fotograf musste sich mitten im Feld befunden und hingehockt haben, da einige der Kornähren im vorderen Bereich verschwammen, alles andere aber gestochen scharf war. Eigentlich war es ein fantastisches Bild, an dem es nichts herumzunörgeln gab. Aus diesem Grund wunderte es mich, dass Ben es dennoch tat.

„Ich find's toll!", beantwortete ich endlich seine Frage. „Eigentlich ist es der Wahnsinn!"

„Ja?" Er sah mich zweifelnd an. „Findest du nicht, man hätte noch ein bisschen tiefer gehen und ein bisschen mehr zwischen den Ähren hindurch fotografieren können?"

Ich legte den Kopf in meiner Betrachtung des Bildes schräg. Eigentlich hatte ich für so was ja überhaupt keine Zeit, aber Ben war Annas Bruder und war ich da nicht verpflichtet, nett und höflich zu ihm zu sein?

„Dann wär aber zu wenig von dem Himmel draufgekommen", ließ ich ihn an meiner Ansicht teilnehmen. „So wirkt das ganze viel eindrucksvoller. Und der Kontrast ist einfach sagenhaft!"

„In natura sah das fast noch besser aus", gab er lächelnd zurück und meine Augen wurden ganz groß.

„*Du* hast das gemacht?!"

Er nickte und wurde sogar ein wenig rot. „Alle Fotos, die hier hängen."

Mein Blick flog die Treppe hinauf. Landschaftsaufnahmen, Porträts, Detailaufnahmen – alles in wahnsinnig guter Qualität, mit einer durchaus künstlerischen Note. Die Hobbyfotografin in mir reckte neugierig den Hals und verlangte nach mehr Informationen.

„Wow! Ich bin echt beeindruckt!", gab ich zu und Bens Gesichtsfarbe wurde noch intensiver.

„Danke."

„Du hast richtig Talent. Machst du das beruflich?"

„Als Nebenerwerb. Ich studiere noch."

„Und was?" *Emma! Warum so neugierig?* Hatte ich nicht etwas Besseres zu tun? Aber Fotografie hatte mich eigentlich schon immer fasziniert.

„Grafikdesign", gab er mir bereitwillig zur Antwort.

Ah! Ein Künstler, genau wie seine Schwester.

„Studiert Anna das nicht auch?"

„Nee, die studiert Kunst."

Oh, dann hatte ich das wohl durcheinandergebracht – oder sie hatte ihr Studienfach gewechselt. Hatte sie mir nicht so etwas vor einer kleinen Weile erzählt? War ja auch egal.

„Aber sie fotografiert auch", wusste ich. „Ziemlich gut sogar."

Ben nickte rasch. „Liegt uns im Blut", sagte er und bewegte sich eine Treppenstufe hinauf zum nächsten Bild, mich automatisch mit schiebend, obwohl ich eigentlich in die andere Richtung wollte. „Aber sie macht das nur hobbymäßig."

Ich nickte ebenfalls, obwohl ich der Meinung war, dass auch sie mir mal berichtet hatte, ein paar ihrer Bilder verkauft zu haben. Anna. Colin. Verflucht! Ich musste endlich zurück zum Tisch!

„Was sagst du *da*zu?", hielt Ben mich ein weiteres Mal auf. Ich konnte nur mit Mühe ein gequältes Seufzen unterdrücken und trat stattdessen brav näher an das Bild heran. Es zeigte einen alten Mann, der ein winziges Entenküken in den Händen hielt und es beinahe zärtlich ansah. Es war eine Schwarzweißfotografie, die in ihrer Schlichtheit so unglaublich schön und anrührend war, dass ich ein tief berührtes „Wow!“ ausstieß.

„Da sieht man mal, wie unaufmerksam man durch die Gegend läuft“, fügte ich beschämt hinzu. „Mir sind die tollen Bilder vorher gar nicht aufgefallen.“

Er zuckte die Schultern und grinste mich an. Eines musste man Ben lassen: Er hatte ein verdammt gewinnendes Grinsen, das auch noch furchtbar ansteckend war. Ich konnte nichts dagegen tun, auch meine Lippen verzogen sich zu einem Schmunzeln. So standen wir dort für eine viel zu lange Zeit einfach nur auf der Treppe und lächelten uns an. Peinlich.

Ich wandte mich schnell wieder dem Bild zu. „Ist das jemand, den du kennst?“

Ich fühlte, dass Ben dicht hinter mich trat und es war mir noch nicht einmal unangenehm. „Nein. Man nennt ihn den alten Gilbert Duck. Er lebt recht abgeschieden in einem Cottage bei Sparrow’s Green. Das liegt südöstlich von London.“

„Gilbert Duck?“, hakte ich nach.

„Ja, wegen der Enten.“

Ich hob fragend die Brauen.

„Er isst die so gerne“, setzte Ben erklärend hinzu und ich schnappte nach Luft. Die arme kleine Ente! Wie grausam!

Ben fing an zu lachen und schüttelte den Kopf. „War ein doofer Scherz. Tut mir leid. Manchmal hab ich keine Kontrolle darüber.“

Ich strafte ihm mit einem bitterbösen Blick, musste aber dennoch schmunzeln. Blöde Witze war ich auch schon von Colin und Anna gewöhnt.

„Warum heißt er sonst so?“, hakte ich nach.

„Weil er verwaiste Entenküken und Eier aufnimmt und die Kleinen dann großzieht, bis sie flügge werden und er sie wieder freilassen kann“, erklärte er, dieses Mal mit einer solchen Begeisterung in den Augen, dass mir sofort klar war, dass es der Wahrheit entsprach. Ich war beeindruckt – und schon wieder schrecklich gerührt.

„Oooh, wie toll“, seufzte ich und sah das Bild noch einmal an.

„Er kann interessante Geschichten erzählen. Nicht nur über seine Enten, sondern auch über sein Leben“, fuhr Ben begeistert fort. „Er ist schon 92 Jahre alt und hat eine ganze Menge erlebt.“

„Das kann ich mir vorstellen.“ Ich sah Ben wieder an. „Wie lange warst du bei ihm?“

„Ein Wochenende lang“, verriet er mir. „Ich hab in einem Gasthaus geschlafen, aber tagsüber war ich bei ihm. Da sind tolle Fotos entstanden.“

„Die würde ich gern mal sehen“, entwischte es mir, ohne dass ich weiter darüber nachgedacht hatte.

Er machte einen überraschten Eindruck, zuckte dann aber die Schultern. „Gerne. Ich wohn nicht weit von hier entfernt.“

Ups! *Der* ging aber ran!

„Äh … ich meinte eigentlich nicht jetzt“, stammelte ich und Ben wurde knallrot.

„I-ich doch auch nicht! Ich wollte nur … also … falls du ein anderes Mal Interesse daran hast, die Fotos zu sehen … da wollt ich nur sagen, dass ich nicht so weit weg wohne. Also … um die dann zu holen – nicht, um dich in meine Wohnung zu schleppen!“ Er lachte – viel zu laut und angespannt – und ich fiel genauso verkrampft in sein Lachen mit ein.

„Ja, natürlich“, kam ich ihm zu Hilfe. „Das dachte ich mir ja auch schon fast.“

Was für eine Lüge! Ich hatte geglaubt, er würde mich angraben. Das wäre ja auch ganz was Neues gewesen. Emma, die Sexbombe, die von allen Männern begehrt wurde. Hahaha! Was für ein Witz! Obwohl … eigentlich war es ja genau das, was ich darstellen sollte, und vielleicht war ich damit so erfolgreich gewesen, dass Ben tatsächlich darauf reingefallen war und … Und was? Mich flachlegen wollte? Gleich am ersten Abend? Wohl kaum! Er sah ja nun wirklich nicht aus wie ein Aufreißertyp, sondern eher wie der nette Junge von nebenan. Ganz hübsch, wohlgemerkt, aber nicht der Typ Mann, dessen bloße Gegenwart die Frauen gleich reihenweise in Ohnmacht fallen ließ. Gab es so was überhaupt? Wahrscheinlich nur im Film oder in diesen übertriebenen Aftershave-Werbungen.

Leider wusste jetzt keiner mehr von uns so recht, was er sagen sollte. Wir sahen uns nur hilflos lächelnd an und standen auf der Treppe, als hätten wir dort Wurzeln geschlagen.

„Tja also …“, begann Ben, während ich zur selben Zeit mit „Na dann …“ versuchte, uns aus der unangenehmen Situation zu retten. Wir brachen beide ab und lachten erneut – genauso ‚echt' wie zuvor.

„… wieder runter gehen, zu den anderen?", fragte Ben mit einem Nicken in Richtung der Bar.

Ich imitierte seine Geste und setzte mich zeitgleich mit ihm in Bewegung, so dass wir uns aufgrund der engen Treppe mit den Schultern rammten.

„Oh, entschuldige", murmelten wir erneut zur selben Zeit und Ben trat zurück an die Wand und machte eine auffordernde Geste an deren Ende er noch eine Verbeugung hängte. „Ladys first", insistierte er und dieses Mal klang mein Lachen glücklicherweise ein wenig echter.

Lady … Das war schon das zweite Mal, dass er mich so nannte, und es ging runter wie Butter. So lief ich doch durchaus mit einer gewissen Eleganz zurück zu unserem Tisch und bedachte Colin und Anna, die leider in ein angeregtes Gespräch vertieft waren, mit einem überaus fröhlichen „Da bin ich wieder!", das sie beide zu meiner Genugtuung sogar zusammenzucken ließ. Pfui, wie gemein! Aber es machte Spaß.

„Wie schön!", erwiderte Colin und ihm war anzusehen, dass er das überhaupt nicht so meinte. Dieser Mistkerl! Hatte er so schnell vergessen, was er mir versprochen hatte? Anna hingegen machte den Eindruck, als freute sie sich in der Tat, mich zu sehen. Hmm … war sie etwa genervt von Colins Baggerversuchen? Und sollte ich mich darüber freuen oder eher Angst haben? Für meinen Plan in Bezug auf Colin war das ja wundervoll, aber was meine Freundschaft zu Anna anging, durfte das auf keinen Fall passieren. Welch ein Zwiespalt!

„Seht mal! John Hazard ist endlich angekommen“, wandte sich Anna an uns alle – auch Ben gesellte sich gerade wieder zu uns – und strahlte. „Dann geht’s gleich los.“

„Super!“, freute sich Colin. Ich blinzelte. Auch wenn das alles zu seiner Rolle gehörte – dieses Wort in Bezug auf Indie-Rock aus seinem Mund kommen zu hören, war beinahe surreal.

„Ich bin schon *so* gespannt, was er spielen wird und ob seine Stimme so toll ist, wie ihr sagt“, setzte er noch eins oben drauf.

„Er klingt ein bisschen wie eine Mischung aus Ed Sheeran und Ray LaMontagne“, erklärte Anna bereitwillig und Colin schenkte ihr seine volle Aufmerksamkeit, als sie weiter ausführte, was für Instrumente der Mann spielte und in welchem Stil seine Songs gehalten waren und so weiter. Er nickte sogar ab und an beeindruckt und ich konnte ihn nur mit großen Augen anstarren.

„Komm, lass uns noch mehr Bier holen“, vernahm ich eine tiefe Stimme neben mir und erst, als mich Ben auch noch sanft an der Schulter berührte, konnte ich mich aus meinem Schockzustand befreien. Ich stand auf, ohne weiter darüber nachzudenken, und folgte ihm an die Bar, immer wieder einen Blick über die Schulter auf das turtelnde Pärchen werfend.

„Willst du noch ein Bulmer’s Cider Pear?“, fragte mich Ben und ich musste mich widerwillig zu ihm umdrehen.

„Äh, ja“, erwidert ich nicht sehr intelligent.

Er bestellte die Getränke für unseren Tisch und sah mich dann an. „Lass die beiden doch kurz mal allein quatschen", sagte er auf einmal und setzte sich auf einen der Hocker. „Die haben sich *so* viel zu erzählen. Ich weiß, ihr habt den Urlaub für euch geplant, aber euch beiden bleibt ja noch genug Zeit, um alle Unternehmungen zu machen, die auf eurer Liste stehen, oder?"

Jetzt musste er auch noch so aufmunternd grinsen, dass ich ihm am Liebsten eine geklebt hätte. Er hatte ja so was von keine Ahnung, was hier los war, und musste trotzdem auf verständnisvoller, neuer Freund machen, der *den* Überblick hatte und alles soooo durchschaute.

„Ja, klar", sagte ich jedoch und zwang mich, ebenfalls zu lächeln. Er war Annas Bruder. Ich *musste* nett zu ihm sein. Musste ... leider. Dabei brauchte ich so dringend ein Ventil, um meinen Ärger abzubauen, damit ich nicht irgendwann zu einem völlig unpassenden Moment platzte und alles kaputt machte.

„Aber er ist oft so unsicher in sozialen Situationen", fuhr ich fort. „Und er fühlt sich meist viel besser, wenn ich an seiner Seite bin." Oh, ja! Das war gut!

„Meine Schwester kriegt das schon hin, dass er sich nicht unwohl fühlt", konterte Ben leider und zwinkerte mir auch noch verschwörerisch zu.

Erwürgen. Erwürgen war auch eine gute Idee und brachte recht befriedigende Fantasien mit sich, die es mir möglich machten, weiterhin überzeugend zu lächeln. „Bestimmt."

Dass er mit seiner Bemerkung Recht hatte, tat besonders weh. Anna war ein toller Mensch und hatte einen echten Unterhaltungswert. *Logischerweise* fühlte sich Colin mit ihr wohl! Aber eigentlich gehörte sowohl ihre als auch Colins Zuneigung *mir*! Verdammte Hacke! Warum musste mir Ben so in die Suppe spucken?!

„Das glaub ich dir gern“, sagte ich. „Das Problem ist nur, dass ich was mit dem Rücken habe und auf Hockern einfach nicht sitzen kann. Und wir werden schon nicht so sehr stören.“

Ben gefiel das, was ich ihm sagte, nicht, das war deutlich aus seinem Gesicht zu lesen. Er kniff die Lippen zusammen und dachte viel zu lange über meine Worte nach, bevor er gnädig nickte. „Na gut, dann lass uns zurückgehen.“

Na endlich! Ich ergriff schnell zwei der Biergläser und eilte dann mit einem solchen Tempo zurück zum Tisch, dass das Bier gefährliche Wellen zu schlagen begann. Umso stolzer war ich, als ich die Getränke, ohne etwas zu vergießen, vor Anna und Colin auf den Tisch stellen konnte. Ich setzte mich rasch auf den freien Stuhl neben Colin, den auch Ben anvisiert hatte, und rutschte damit so dicht wie möglich an meinen Freund heran.

„Zum Wohl!“, sagte ich und ergriff eines der Gläser, um mit dem verdatterten Colin anzustoßen. Da er aber gerne und viel trank, zögerte er nicht lange und kam meiner Aufforderung nach.

„Auf eine tolle Tour durch London!“, sagte er und stieß sogleich auch mit Anna und Ben an, die ihre Gläser ebenfalls erhoben hatten. Ich blinzelte verwirrt. Tour durch London?

„Anna hat gesagt, dass sie sich hier bereits gut auskennt und uns eine 1A-Führung geben kann", strahlte mein kleiner Casanova.

„Oh, wie schön!", heuchelte ich Begeisterung für etwas vor, das ich auf keinen Fall tun wollte. *Ich* wollte mit Colin durch London touren und Spaß haben! Ich *allein* mit ihm! Aber was wunderte ich mich? Anna hatte das ja schon bei ihrer ersten Reaktion auf meine Reisepläne geäußert.

„Gleich morgen früh geht's los!", freute sich Colin weiter. „Je früher desto besser!"

Noch ein Heuchler. Nur war Colin schlimmer als ich. Er wollte Anna damit eindeutig um den Finger wickeln, um sie ins Bett zu kriegen.

„Morgen früh schon?", hakte ich nach und konnte meinen Unwillen dieses Mal nicht so gut verstecken. „Können wir das nicht am Nachmittag machen?"

„Bist du auch ein Morgenmuffel wie mein lieber großer Bruder?", lachte Anna.

Aha! Heuchlerin Nummer drei meldete sich zu Wort. Wie oft hatte Anna mir schon geschrieben, wie sehr sie es hasste, früh aufzustehen, dass sie doch viel eher ein Nachtmensch war und es nichts schlimmeres gab als Morgenmenschen, die einen mit ihrer guten Laune in den Wahnsinn trieben. Aber was tat man nicht alles, um dem Anderen zu gefallen …

„Wir können uns ja morgen nochmal genauer abstimmen, schließlich sind die beiden erst heute angekommen und brauchen vielleicht ein bisschen Ruhe", versuchte Ben zwischen uns zu vermitteln.

Anna und Colin sahen sich an und nickten dann einträchtig. Seit wann musste sich Colin mit *ihr* abstimmen?!! Wut kochte in mir hoch und mein Puls beschleunigte sich. Wenn er es wagte, jetzt mit Anna auf ‚beste Freunde' zu machen, würde ich ihn noch heute Nacht umbringen und irgendwo im Wald verscharren … Weil es hier ja auch so viel Wald gab. Obwohl … Hampstead Heath lag nicht weit von hier entfernt. Und das war laut Stadtplan ein riesiger Park, der gewiss auch verwilderte und schlecht einzusehende Bereiche besaß. Da würde sich in der Nacht bestimmt ein nettes, stilles Plätzchen finden. Fragte sich nur, wo ich zu so später Zeit eine Schaufel herbekam. Und ein Auto. Ich konnte den langen Lulatsch ja schlecht Huckepack durch Hampstead tragen. Erstens war ich nicht so stark und zweitens war das dann doch zu auffällig. Ben hatte ein Auto. Vielleicht würde er es mir ja borgen, wenn ich meinen schönsten Mädchenblick aufsetzte. Immerhin schien *er* mich ja als Frau und potentielles Sexobjekt wahrzunehmen.

Colins lautes Lachen riss mich aus meiner morbiden Fantasie und brachte mich zurück in die Realität.

„Doch wirklich – das hab ich mir nicht ausgedacht!", beteuerte Ben gerade und Colin lachte nur noch lauter. Au weia! Hatte ich jetzt *die* Geschichte des Abends verpasst?

„Ich hab auch 'ne ganze Menge Mist gebaut, als ich klein war", gestand mein alter Freund jetzt. „Vor allem in der Schule. Man musste ja vor den Freunden ein bisschen angeben – insbesondere, wenn man zu den angesagten ‚Gangs' gehören wollte."

„Da haben wir nie dazu gehört", wandte Anna ein und strich sich beinahe anmutig eine ihrer rotgoldenen Locken aus dem Gesicht. Sie beugte sich vor, um einen weiteren Schluck von ihrem Bier zu nehmen und Colins Blick landete prompt und nur allzu auffällig in ihrem üppigen Dekolleté.

„Wir waren anfangs eher Außenseiter", setzte sie hinzu.

„Was? *Du*?", entfuhr es Colin beinahe entrüstet und sein Blick glitt wieder zurück in Annas Ausschnitt. „Kann ich mir gar nicht vorstellen …", sagte er zu ihren Brüsten.

O Erde, tu dich auf und verschlucke mich!, rief ich innerlich, doch die übermächtigen Kräfte des Universums hatten kein Erbarmen, wollten mich weder verschwinden lassen, noch meinen besten Freund zur Vernunft bringen. Ben schon.

„Nee, is klar", erwiderte er trocken. „Unsere Brüste waren ja auch damals noch ein bisschen kleiner. In die Gruppe der coolen Kids kam man erst mit Doppel-D. Die Grundschule ist ein hartes Pflaster. *Ich* hab's nie in die Gang geschafft. Guck!" Er zog mit traurigem Blick an dem Ausschnitt seines T-Shirts und beugte sich zu Colin vor.

Ich konnte nicht anders: Ich prustete los und presste dann mit knapper Not beide Hände auf meinen Mund, während Anna ihren Bruder mit einem mahnenden „Ben!" in die Seite knuffte.

„Jetzt bringst du mich aber in Verlegenheit", erwiderte Colin und gab eine wunderbare Vorstellung des peinlich berührten jungen Mannes – *mit* dazugehörigem Erröten.

Wie er das machte, wusste ich auch nicht. Es konnte allerdings auch der Alkohol sein, der ihm langsam in die Wangen stieg.

„Nicht doch“, grinste Ben zurück. „Das war doch so *gar* nicht meine Absicht! Au!“

Anna hatte ihn ein weiteres Mal geknufft und schenkte ihm einen strafenden Blick. Ich jedoch giggelte nur weiterhin fröhlich in mich hinein. Colin hatte das ja *so* verdient – obwohl er mit Sicherheit nur halb so bestürzt war, wie er tat. Glücklicherweise fing nun John Hazard endlich an zu spielen und gab uns Raum, uns für eine Weile mit etwas anderem als uns selbst zu beschäftigen. Er war richtig gut und hatte eine außerordentlich schöne Stimme. Gänsehaut pur. Das konnten nicht viele bei mir verursachen.

Als ich merkte, dass Colin mich von der Seite her ansah, prostete ich ihm zu, warf ihm aber auch einen versteckt mahnenden Blick zu. Dann nahm ich einen weiteren großen Schluck von meinem herrlichen, süßen Bier. Mehr trinken war eine gute Idee. Das würde mich bestimmt beruhigen und gelassener machen. Also orderte ich per Zeichensprache bei der Bedienung noch ein Bier und rückte näher an Colin heran, um ihn darauf aufmerksam zu machen, dass auch ich ab und an seine Zuwendung brauchte.

Er schien zu verstehen, denn er legte nur wenig später einen Arm um meine Schultern und drückte mir ein Entschuldigungsküsschen auf die Schläfe – jedenfalls interpretierte ich das so und konnte mich endlich wieder entspannen.

Ruhe zu bewahren, war eine gute Idee. Ich hatte doch noch so viel Zeit mit Colin allein. Anna war zwar eine tolle Frau, aber ich hatte einen großen Vorteil ihr gegenüber: Ich kannte Colin besser als jeder andere Mensch auf dieser Welt. Ich wusste, was er mochte und was nicht, worauf er stand und was ihn anwiderte. Alles, was ich tun musste, war, mich so zurechtzubiegen, dass er gar nicht anders konnte, als sich auf eine sexuelle Beziehung mit mir einzulassen. Wir hatten bereits eine tiefe Freundschaft und liebten uns in gewisser Weise. Freundschaft plus Sex – was konnte anderes daraus entstehen als eine Beziehung, als Liebe zwischen Mann und Frau?

Ich würde meinen Plan für heute Nacht einfach durchziehen und mit Colin Sex haben. Mein Herz begann schneller zu schlagen und in meinem Bauch erwachten die Schmetterlinge. Heute Nacht. Eigentlich hatte die Nacht schon begonnen. Nur wenige Stunden und unser beider Leben würde sich deutlich verändern. Darauf musste ich mir noch mal einen kräftigen Zug Bier genehmigen. Und noch einen. Und noch einen. Gut, dass die Bedienung schon das nächste gebracht hatte.

„Durst?", erkundigte sich Ben und schob mir den Glaskrug mit dem Wasser, das das Pub frei zur Verfügung stellte, herüber. „Dann trink lieber das hier."

„Ach was", grinste Colin. „Emma kann ganz schön was wegstecken!"

Ich nickte, ihm beipflichtend, und nahm gleich noch einen Schluck Bier. Warm war mir allerdings schon. Und ein bisschen schwindelig. Aber das würde sicherlich gleich wieder verschwinden.

„Ihr müsst's ja wissen“, murmelte Ben, schüttelte verständnislos den Kopf und wandte sich wieder dem Musiker zu.

Klar, wusste ich, was ich tat. Ich trank mir Mut für mein Vorhaben an. Das war wichtig und richtig. Ich hatte ja nicht vor, mich um den Verstand zu saufen. Schließlich brauchte ich den noch und ein bisschen Auflockerung konnte niemandem an unserem Tisch schaden. Wir würden alle noch richtig viel Spaß heute Abend haben – und Colin und ich *noch* mehr sehr viel später in der Nacht. So ein bisschen Bier würde mich wohl kaum umhauen. Das dachte ich zumindest – bedenklich lange.

Späte Vögel

Ich spürte sofort, dass etwas nicht in Ordnung war, als ich am nächsten Morgen mit einem dicken Brummschädel erwachte. Es war einfach zu still. Colin war glücklicherweise kein Morgenmensch, aber *wenn* er wach wurde, dann war er ziemlich laut. Nicht bewusst, um mich dazu zu bringen, ebenfalls aufzustehen oder gar zu ärgern, sondern einfach nur, weil er eben ein geräuschvoller Mensch war. Er konnte weder Türen leise öffnen und schließen noch sich leise duschen – meist pfiff oder trällerte er dabei ein fröhliches Lied – noch sich ohne Teller- und Topfgeklapper Frühstück machen. Dazu brauchte er meist Radiomusik, um richtig wach zu werden, und wer schon einmal mit lauter Rockmusik wach gemacht wurde, weiß, wie schwer es ist, danach wieder einzuschlafen.

Zu meinem Glück waren die Wände in unserer Wohnung zu Hause in Bristol relativ dick, was auch für die Türen galt, und ich hatte mir zusätzlich angewöhnt, mit Ohrstöpseln zu schlafen, sodass ich am Wochenende nicht immer geweckt wurde, wenn Colin früher wach war als ich. Gestern Abend war ich einfach zu blau gewesen, um daran zu denken – und gerade deswegen kam mir die Stille um mich herum sehr seltsam vor.

Ich setzte mich vorsichtig in meinem Bett auf und kniff die Augen zusammen, weil mir sofort schwindelig wurde und zwei winzige Bauarbeiter in meinem Kopf damit begannen, meine Schläfen mit einem Schlagbohrer zu bearbeiten. Verdammter Mist! Warum nur hatte ich mich gestern Abend so besaufen müssen? Das war doch gar nicht mein Plan gewesen. Ich hatte nur meine Hemmungen bekämpfen wollen, um Colin in der Nacht endlich zu zeigen, was ich für ihn empfand, und ihn nach allen Regeln der Kunst zu verführen. Stattdessen hatte ich ihm ‚kunstvoll' auf dem Nachhauseweg vor die Füße gekotzt.

Nein, Moment mal! Ben war an meiner Seite und es waren seine Schuhe gewesen, die nur knapp der Ermordung durch Magensäure entkommen waren… während er mich gestützt und mir das Haar aus dem Gesicht gehalten hatte… zusammen mit seiner Schwester, die mir tröstend den Rücken gestreichelt hatte. Colin hatte sich rechtzeitig in Sicherheit gebracht. „Ich kotz sonst auch!", hatte er gelallt. Oh. Ja. Er war ebenfalls angetrunken gewesen. Fantastisch! Was mussten wir für einen ‚tollen' Eindruck auf Ben und Anna gemacht haben! Und das gleich am ersten gemeinsamen Abend!

Ich vergrub mein Gesicht in meinen Händen und schüttelte betrübt den Kopf. Hoffentlich wollte Anna überhaupt noch mit mir befreundet sein, nach diesem Absturz! Und hoffentlich hatten Colin und ich uns nicht in unserem Zustand geistiger Unzurechnungsfähigkeit total verplappert.

Ich hob meinen Blick und sah mich um. Ich saß in dem großen Bett unseres Apartments – angezogen, weil in der Nacht ohne Frage nichts zwischen mir und Colin gelaufen war – und die zerwühlte Decke auf der Matratze am Boden verriet mir, dass Colin dort geschlafen hatte. Wo er jetzt war, konnte sie mir selbstverständlich nicht sagen. Es war immer noch mucksmäuschenstill im Apartment. Nicht gut. Gar nicht gut, denn mich befiel sofort eine schreckliche Vorahnung und die ließ die leichte Übelkeit der durchzechten Nacht noch stärker werden.

„Colin?“, fragte ich in die Stille hinein, obwohl ich längst wusste, dass ich keine Antwort erhalten würde. Draußen fuhr ein Auto vorbei und über mir lief jemand durch seine Wohnung. Mein eigenes Apartment ließ mich jedoch weiter in der Bände sprechenden Stille schmoren. Scheiße! Colin war weg und er war bestimmt nicht losgegangen, um für uns beide Frühstück zu holen. Das hatten wir ja schon gestern eingekauft.

Ich rutschte schwerfällig an den Bettrand heran, schlüpfte in meine Tigerhausschuhe (hoffentlich hatte Colin die nicht schon herausgeholt, als Ben und Anna noch da gewesen waren, um mich ins Bett zu bugsieren) und stand auf. Au. Mein Kopf hatte sich dazu entschieden, gleich zu explodieren. So fühlte es sich zumindest an. Ich brauchte dringend Tabletten… die wir nicht besaßen. Mist. Daran hatte ich bei unserer Abfahrt vor lauter Aufregung gar nicht mehr gedacht.

Ich schleppte mich wie der Tod auf Latschen hinüber zum Tisch, auf dem mein Handy lag, und stellte fest, dass Colin, der irgendwie zu einem ‚frühen Vogel' mutiert war, mir großzügiger Weise eine SMS geschickt hatte.

Bin schon mit Anna unterwegs. Wollte dich noch deinen Rausch ausschlafen lassen. Ben kommt so gegen zwölf und holt dich ab. Der ist auch so ein Faultier wie du. Er holt aber gern mit dir die kleine Stadttour nach, die Anna grad mit mir macht. Hat er versprochen, der Gute! Habt Spaß! Wir treffen uns dann später am Nachmittag in der Stadtmitte. XO, Col.

‚Bin schon mit Anna unterwegs.' Dieses miese Stück Sch… Ich biss die Zähne zusammen und stieß ein paar Flüche aus, die es in sich hatten. Es kam nicht oft vor, dass ich Colin hasste, aber manchmal trieb er es einfach zu weit. Er wusste ganz genau, welche Ängste ich in Bezug auf ihn und Anna hatte (Na gut, nicht *ganz* genau – aber er wusste, dass er die Finger von ihr lassen sollte!) und dennoch wagte er es, sich allein mit ihr zu treffen. Wie sollte ich da rechtzeitig einschreiten, falls sie doch auf seine Anmachtour reinfiel, sich seines Charmes nicht mehr erwehren konnte? Ich war ja meilenweit weg und es konnte sonst was passieren!

Ich warf einen raschen Blick auf die Uhr meines Handys. Fünf vor zwölf. Wenn ich den Turbogang einschaltete, mich in Sekundenschnelle anzog, eine Notiz für Ben schrieb, dass ich schon weg war, und dann los düste, hatte ich noch eine Chance, Colin und Annas Date rechtzeitig zu stören. Sie konnten mich ja schlecht allein durch London wandern lassen und Ben würde schon nicht sauer sein. Er war ein netter Kerl.

Ich holte tief Luft, straffte die Schultern und warf mich auf den Kleiderschrank, um, in dem Versuch die passende Kleidung für Colin-Emma herauszusuchen, innerhalb von Sekunden ein heilloses Chaos anzurichten. Schließlich stand ich in einem hübschen, schlichten Kleid (so viele Kleider hatte ich mein Lebtag nicht getragen) und flachen, farblich nicht gerade passenden Slippern vor dem Spiegel und kämpfte mich mit einer Bürste bewaffnet durch mein in alle Richtungen abstehendes Haar. Es tat weh, dieses Gestrüpp in der Schnelle zu bändigen, aber ich biss die Zähne zusammen. Ich durfte nicht noch mehr Zeit verlieren.

Ein lautes Klopfen an der Tür ließ mich zusammenfahren. Ich warf einen Blick auf meine Armbanduhr. Fünf nach zwölf! Das konnte doch nicht wahr sein! Wo war die verdammte Zeit geblieben?! War das überhaupt schon Ben?

Er *war* es leider, wie ich feststellte, als ich vorsichtig die Tür öffnete. Ein fröhlich grinsender, viel zu gutgelaunter Ben, der meinen schönen Plan völlig zerschmettert hatte, ohne es zu ahnen.

„Guten Morgen!“, sagte er und im nächsten Augenblick hatte ich eine kleine Tüte aus einer Apotheke im Gesicht.

Ich riss meine Augen auf und ihm die Tüte sofort aus der Hand, wie ein Junkie, dem sein Drogendealer grad ein hochdosiertes Geschenk gemacht hatte. Verschwunden war mein Frust.

„Du bist ein Engel!“, stieß ich aus, während ich mich schon zum Tisch bewegte, dabei die Packung mit den Kopfschmerztabletten aus der Tüte zerrend. „Ein Heiliger!“

Ich riss sie auf, drückte mir zwei Tabletten in die Hand und spülte sie mit ein paar großen Schlucken Wasser aus der Flasche, die auf dem Tisch stand, herunter.

„Gott persönlich?“, schlug Ben vor und ließ seinen Blick durch das Apartment schweifen.

„Soweit würde ich dann doch nicht gehen“, erwiderte ich. Ich wollte ihn breit angrinsen, doch gelang mir das nicht so recht, weil ich bemerkte, dass Ben gerade den Haufen durcheinandergewirbelter Wäsche vor dem Schrank betrachtete, ganz oben auf meine neuen, für einen ganz bestimmten Zweck gekauften Dessous. Oje! Wie unangenehm. Ich eilte schnell zu ihm, klaubte alles im rasanten Tempo auf, warf es in den Schrank und schloss die Türen, mir dabei auf die Zunge beißend, weil Kopf und Magen sich gleichzeitig beschwerten.

„Ah, du bist auch ein Freund der Schneeschieber-Aufräum-Technik“, stellte Ben grinsend fest und seine grünen Augen funkelten amüsiert. Obwohl … nur grün waren die gar nicht. Eher grün-blau, beinahe türkis. Eine tolle Farbe. Und Colin war nicht der einzige Mann mit langen Wimpern. Bens waren nur heller, so wie seine Haut und seine Haare …

„Ähm … also … Wollen wir jetzt los?“, riss er mich aus meinen Gedanken.

Ich blinzelte ein paar Mal. Hatte ich ihm tatsächlich die ganze Zeit nur stumm in die Augen gestarrt? Peinlich!

„Ja, klar … ähm“, ich schob mich an ihm vorbei und ergriff meine Tasche, stopfte schnell mein Handy und die Kopfschmerztabletten hinein. Sonst war schon alles andere, was ich brauchte, drin. „Aber … ich müsste … also nochmal kurz wohin.“ Normalerweise stotterte ich bei diesen Worten nicht so herum, sondern gehörte eher zu den Personen, denen die Worte ‚Ich muss noch mal aufs Klo‘ alles andere als peinlich waren. Hier lag der Fall jedoch anders.

Ben zuckte die Schultern und setzte sich auf einen der Stühle. „Klar.“

„Nein, leider müsstest du dazu das Apartment verlassen.“

Er warf den Kopf in den Nacken und lachte, aber als ich nur die Nase kraus zog, sah er mich konsterniert an. „Das ist dein Ernst?“

Ich begann nervös meine Hand zu kneten, dann straffte ich ärgerlich über mich selbst und meine Unsicherheit die Schultern und erklärte geradeheraus: „Die Wände hier sind extrem dünn und alles, was oben passiert, hört man auch hier unten. Und zwar in aller Deutlichkeit. Und so gut kennen wir uns einfach nicht. Ich geb dir also gerne ein paar Pfund, damit du dir in der Zwischenzeit einen Kaffee an der Ecke holen kannst, aber du musst jetzt leider raus.“

Ben schüttelte immer noch lachend den Kopf, stand aber auf und verließ das Apartment. Zeit, Plan B in die Tat umzusetzen! Was hieß, das komplette Körperpflegeprogram in neuer Rekordzeit durchzuziehen und mich so hübsch wie möglich zu machen. Wenn ich mich jetzt doch auf Bens Touristenführung einlassen und erneut die ‚schicke' Emma spielen musste, wollte ich dabei auch richtig toll aussehen, um später, beim Zusammentreffen mit Colin und Anna, neben meiner Freundin nicht wieder völlig zu verblassen.

Ich eilte die Treppe hinauf ins obere Stockwerk, riss mir dabei das Kleid über den Kopf, streifte die Schuhe ab und verteilte meine Sachen auf dem Boden. Ein wenig wehmütig bemerkte ich, dass es hier nach der stürmischen Nacht aussah, die ich so gerne gehabt hätte, doch jetzt war nicht die Zeit, in Selbstmitleid zu zerfließen. Ich sprang unter die Dusche, stellte sie so kalt wie erträglich ein und duschte mich innerhalb einer guinnessbuchverdächtigen Rekordzeit.

Mein Plan, die Haare auszulassen, weil sie eigentlich noch am brauchbarsten aussahen, wurde von dem fest an der Wand angebrachten, hohen Duschkopf zunichte gemacht, doch das ließ sich nun nicht mehr ändern. Dann würden sie halt unterwegs trocknen (und ich mal wieder aussehen, wie eine explodierte Klobürste – ich konnte ja immer noch behaupten, dass das neuerdings ‚in' sei). Ich putzte mir noch schnell die Zähne, damit ich niemanden mit meinem sicherlich bezaubernden Mundgeruch betörte, dann riss ich die Badezimmertür auf und stürzte wieder hinaus. Es war ein minimales Schönheitsprogramm, doch wenigstens hatte ich es versucht.

Ich war nicht übertrieben empfindlich, was Körpergeruch anging, jedoch wusste wohl jeder, dass man nach einer durchzechten Nacht und Knoblauchgenuss – und in den Pasten, die ich mir tonnenweise aufs Brot geschmiert hatte, war genug Knoblauch für eine Kleinstadt gewesen – nicht gerade am allerbesten roch. Speziell, wenn man sich auch noch übergeben hatte. Vermutlich war die Luft im Apartment grauenvoll gewesen und Ben ganz froh, schnell wieder hier heraus zu sein.

Viereinhalb Minuten später folgte ich ihm und fand ihn draußen auf der Treppe sitzend vor. Er steckte das Handy, mit dem er noch bis eben gespielt hatte, weg und stand auf. Ja, er war tatsächlich so groß wie Colin, wenn nicht sogar noch ein paar Zentimeter größer. Ich mochte das, war ich doch selbst mit meinen ein Meter achtundsiebzig nicht gerade das kleinste Persönchen.

„Ich schwöre, ich hab keinen einzigen Laut vernommen", grinste er und musterte mich dann einen Sekundenbruchteil, bevor er sich vorbeugte und mich entschuldigend ansah, während er eine Hand hob.

„… darf ich? Du hast da noch …"

Ich nickte zögerlich und er fuhr mir mit einem Finger über den Kieferknochen und roch dann kurz daran, bevor er ihn an seiner Jeans abwischte. „Melone-Pfirsich-Shampoo?"

Ich biss die Zähne zusammen und brachte nur ein klägliches „Ja" zustande.

„Benutzt meine Mom auch immer", erwiderte er und ich wusste nicht, was ich sagen sollte. Was nicht so schlimm war, da Ben einfach weiterplapperte, während wir uns auf den Weg zur nächsten U-Bahn-Station machten.

„Und schon klinge ich nach einem seltsamen Muttersöhnchen und du überlegst dir, ob ich vielleicht eine Art

Norman Bates bin und bist froh, dass wir hier unter Leuten sind. Also theoretisch. Auch, wenn gerade wenige da sind. Und vermutlich wirst du dich gleich weigern weiterzugehen, wenn ich weiter so einen Mist rede, oder?“ Er zog verunsichert die Schultern. Mittlerweile waren wir fast bei der Swiss-Cottage-Station angelangt. Man musste an ein paar Mülltonnen vorbei eine recht eingeengte Treppe hinuntergehen, um dann durch einen Seitentunnel in die eigentliche Station zu gelangen.

„Vielleicht hätte ich mir meine Psychopathen-Kommentare schenken sollen“, sagte Ben entschuldigend, doch ich grinste ihn nur an und zuckte die Schultern.

„Wieso? Hast du Angst?“ Damit hüpfte ich die einzelnen Stufen hinunter und biss die Zähne zusammen, weil mein Kopf sich damit gar nicht einverstanden erklärte.

Wir nahmen die Jubilee Line Richtung Oxford Circus. Eigentlich war ich nicht gerade der Shoppingtyp, aber um meinem Ruf als ‚Colinia‘ gerecht zu werden, hatte ich Bens Vorschlag mit gespielter Begeisterung zugestimmt und sogar ein überzeugendes „Super! Das Beste, was es gegen Kater gibt und ich brauche unbedingt neue Klamotten!“ hervorgebracht.

Er hatte mit einem „Klar, allein der Haufen vor dem Kleiderschrank war ja *winzig*!“ gekontert und ich hätte fast zugegeben, dass das meine ganze *Kleider*sammlung war, aber mich gerade noch zurückhalten können.

War es an unserer Haltestelle noch recht leer gewesen, war die des Oxford Circus mehr als gut besucht oder besser gesagt: zum Bersten voll. Hunderte von Menschen, vermutlich Tausende, drängten sich auf dem Bahnsteig dicht aneinander – nicht freiwillig, sondern weil einfach nicht genug Platz in der weiß gekachelten Station war. Zugegeben, ich kam aus einer Kleinstadt, aber ich war schon des Öfteren in größeren Städten gewesen – nur nach London hatte ich es bisher nie geschafft. Ich hatte deutsche Städte besucht, unter anderem Berlin und das war mir bereits sehr groß vorgekommen – London jedoch spottete in dieser Hinsicht jeder Beschreibung, wie ich auch im weiteren Verlauf unserer Reise immer wieder feststellen sollte.

Samstag war anscheinend *der* Shopping-Tag. Es war nicht nur voll – es war übervoll! Es war das erste Mal, dass ich sah, wie Menschen anstanden, um aus einem U-Bahnhof *hinauszukommen*! Ohne Witz. Die Massen schoben sich millimeterweise vorwärts, teilten sich ab und an, wie der Strom eines breiten Flusses um Felsen im Wasser – die in unserem Fall andere Leute waren, die auf den nächsten Zug warteten – um sich dann wieder vor der Treppe zusammenzuschließen. Ich war froh, Ben an meiner Seite zu haben, ansonsten hätte ich wahrscheinlich Panik bekommen und nach einer Weile schreiend um mich geschlagen.

Menschenmassen und Enge in Kombination machten mir Angst. Das war schon immer so gewesen und ich hasste es an die Körper von Leuten gedrückt zu werden, die ich nicht kannte. Aus diesem Grund hatte ich auch nichts dagegen, dass Ben irgendwann meine Hand nahm und mich dicht an sich zog, um mich nicht zu verlieren. Ich wusste nicht genau warum, aber ich fühlte mich gleich besser, sicherer … beschützt. Er überraschte mich, als er sich auf einmal zu mir hinunterbeugte, ein gespielt dramatischen Gesichtsausdruck aufsetzend.

„Vertraust du mir?“, fragte er in diesem theatralischen Ton, den Superhelden immer gegenüber ihren Liebchen verwandten, wenn sie einen riskanten Plan in die Tat umsetzen wollten.

Ich zog misstrauisch die Brauen zusammen, musste aber gleichzeitig schmunzeln. „Ähm, ich denke schon …“

Er grinste breit, richtete sich zu seiner vollen, durchaus beeindruckenden Größe auf und holte tief Luft. Was dann geschah, verschlug mir zunächst die Sprache. Ben hob die Faust in die Luft und begann laut zu fluchen, sodass die meisten Leute um uns herum erschrocken zusammenzuckten und uns konsternierte Blicke zuwarfen. Ben schimpfte auf die Menschheit, die „heruntergekommene Gesellschaft gotteslästerlicher Geschöpfe“, die es nicht wert waren, „auf dieser von Gott erschaffenen, heiligen Welt zu wandeln!“. Seine Augen glühten dabei vor gespieltem Fanatismus und Verrücktheit und das Wunder geschah: Vor uns öffneten sich die Massen der Menschen und machten uns Platz, so wie sich das Wasser vor Moses’ Füßen zurückgezogen hatte.

Ben lief los und ich folgte ihm ganz automatisch mit großen Augen. Ich wusste nicht genau, ob ich vor Scham im Erdboden versinken oder mich vor Lachen biegen sollte, entschied mich dann aber zu meiner eigenen Überraschung zu etwas ganz anderem.

„Die apokalyptischen Reiter sind schon auf dem Weg!“, stimmte ich in Bens lautes Lamentieren über den

Zerfall der Gesellschaft mit ein. „Sie werden euch alle holen! *Alle*!“

Ich starrte einem hageren Mann, der einfach nicht die Treppe für uns räumen wollte, mit weit aufgerissenen Augen ins blasse Gesicht – und schon kamen wir noch schneller vorwärts. Ben warf mir einen erstaunten Blick über die Schulter zu und ich konnte ihn kurz grinsen sehen, bevor er weiter fluchte und schimpfte. Und dann ging meine Fantasie mit mir durch. Als wir oben ankamen, wusste ich gar nicht mehr, was ich den Leuten alles verkündet hatte. Ich wusste nur, dass es mir auf seltsame Weise einen Heidenspaß gemacht hatte.

Natürlich hatten wir mit dem Quatsch aufgehört, bevor wir in den Bereich der Bahnstation gekommen waren, in der es eine ganze Menge Ordnungshüter gab. Wir mussten dort noch ein wenig mit den Menschenmassen vor den Ticketbarrieren kämpfen, doch unsere ‚Aktion‘ hatte uns in vergleichsweise kurzer Zeit ziemlich weit nach vorn gebracht.

„Es wird also mehr als sieben Plagen geben?“, fragte Ben mich grinsend, als wir die Station endlich hinter uns gelassen hatten und uns in den dichten Personenverkehr auf der Oxford Street einreihten.

Ich brauchte einen Moment, um mich wieder auf ein Gespräch mit ihm einzulassen, weil mich der Anblick der beeindruckenden alten Gebäude, in deren Innerem sich die verschiedensten Geschäfte befanden, schier umwarf. Altes mischte sich hier auf atemberaubende Weise mit Neuem und forderte einen zu einem ausgedehnten Stadtbummel auf. Ich fragte mich, ob diese Straße, wohl nach einer Weile ihren Reiz verlor, wenn man in London wohnte, oder ob jede Shoppingtour hier wieder die gleiche Faszination ausübte.

Schließlich reagierte ich doch noch auf seine Frage und nickte übereifrig. „Die Menschheit hat eindeutig mehr verdient! Und nach Harzer Käse schmeckende Milch und der Zusammenbruch des Internets und somit der Zivilisation haben uns auch den letzten Zentimeter Weg freigeräumt."

Er lachte und ich stimmte in sein Lachen nur allzu gern ein. Es war angenehm. Sehr tief und warm… fast Gänsehaut erzeugend. *Fast*! Er war ja nur Annas Bruder und konnte maximal ein guter Freund werden.

„Das war irre!", ließ ich ihn kopfschüttelnd wissen.

„Ja, oberpeinlich, oder?", schmunzelte er und da ich die Ernsthaftigkeit seiner Frage in seinen Augen wahrnahm, schüttelte ich nochmal den Kopf und zuckte dann die Schultern.

„Vielleicht schon … aber sehr hilfreich", fügte ich meinen uneindeutigen Gesten hinzu. „Ich hätte es da unten zwischen all den Leuten nicht lange ausgehalten und dann ohnehin einen psychotischen Anfall bekommen."

„Ich hätte dich auch dann gerettet", behauptete er kühn und ich kicherte.

„Ach ja? Bist du mein Ritter in silberner Rüstung?"

Er richtete sich noch ein bisschen mehr auf und drückte die Brust raus. „Selbstredend! Die Rüstung musste ich allerdings heut zuhause lassen. Die quietscht, weil ich das letzte Mal, als ich vor deiner Haustür Wache stand, in einen starken Regenguss gekommen bin."

„Vor *meiner* Haustür!“ Ich fasste mir mit einem Ausdruck unbändigen Entzückens an die Brust. „Gott, mein Herz! Es schlägt so schnell!“

Wir mussten beide laut lachen – bis wir ungefähr in derselben Sekunde bemerkten, dass wir immer noch Händchen hielten, und uns losließen, als hätten wir glühende Kohlen angefasst.

Wie dankbar war ich, dass es in der Oxfordstreet so viele schöne Schaufenster gab – und glücklicherweise befanden wir uns gerade vor einem Schuhladen. Was für eine willkommene Gelegenheit, sich mitten hinein in die gängigen Klischees über Frauen zu stürzen!

„Oooooh, *die* sind ja schön!“, ließ ich Ben wissen und wies auf ein Paar knallroter Pumps, für deren Absätze man gewiss einen Waffenschein brauchte.

„Ja, schön farbig“, meinte er und trat neben mich. „Da fällt das Blut nicht so auf.“

Peinliche Situation gekonnt aus dem Weg geräumt. Yay! Ich sah ihn von der Seite an und hob eine Augenbraue, musste aber meine Lippen fest zusammenpressen, um nicht schon wieder zu grinsen. Ich war wohl nicht die einzige, die manchmal recht morbide Fantasien hatte.

„Na ja …“ Er zuckte hilflos die Achseln. „Laufen kann man darauf ja wohl kaum.“

„Hast du’s schon mal ausprobiert?“, fragte ich ihn neugierig.

„Nee, meine Latschen sind zu groß, um in die Schuhe meiner Schwester reinzupassen“, gab er in einem überzeugend traurigen Tonfall zurück und wackelte mit den in Chucks steckenden Fußspitzen.

Jetzt grinste ich doch, allerding ein wenig hinterhältig. „Vielleicht haben die hier ja deine Größe …“

Seine Augen verengten sich und seine Lippen hoben sich zu einem Schmunzeln. ‚Provozierst du mich?‘, fragte er stumm und ich hob nur wieder meine Brauen, ohne mein Grinsen abstellen zu können.

„Dann lass uns doch mal fragen!“, schlug er vor und marschierte kurzerhand in den Laden.

Leider machten uns Bens ‚Latschen‘ und die brüskierte Verkäuferin, an die wir uns wandten, einen Strich durch die Rechnung. Stilettos in Übergröße führte der Laden nicht und Miss *Super-schick* merkte obendrein überfreundlich an, dass ‚die junge Dame‘ sich vielleicht nach anderen Modellen in einem Internetshop für ‚besondere Wünsche und Personen‘ umsehen solle.

Ben brachte es trotz dieser Dreistigkeit zustande, in einem sehr hohen Ton und mit tuntiger Gestik zu fragen, ob sie denn ihre Bluse und diesen totschicken Rock von einer solchen Seite habe, was die Dame dazu brachte, sich wortlos abzuwenden und mit hoch erhobenen Kopf davon zu stolzieren.

Draußen auf der Straße bog ich mich vor Lachen, während Ben perfekt in seiner Rolle blieb und mir nur konsterniert dabei zusah, wie ich wieder einmal die Aufmerksamkeit aller Umstehenden auf mich lenkte. Aufhören konnte ich dennoch nicht. Mein Gelächter blieb mir erst im Halse stecken, als mir mein Handy vibrierend mitteilte, dass ich eine Nachricht erhalten hatte. Das konnte nur Colin sein. Colin und Anna, die ich total vergessen hatte! Himmel! Wie hatte das nur passieren können?

Ich zerrte das Handy aus meiner Handtasche und starrte auf das Display.

Haben ein nettes Restaurant in der King's Road gefunden. Nummer zwölf. Italiener. Würden uns freuen, wenn ihr zu uns stoßt. Sind hier noch ein kleines Weilchen. XO Col.

„Die gehen *jetzt* schon essen!“, stieß ich verärgert aus. Hunger hatte ich nun wirklich noch nicht und die Vorstellung, dass Colin und Anna bereits bei Kerzenschein an einem Tisch saßen (und vielleicht sogar Händchen hielten!) gefiel mir überhaupt nicht. Dann wiederum war Colin nicht so der Typ fürs Händchenhalten – oder etwa doch? Was wusste ich denn, was er alles tat, um seine jeweiligen Bekanntschaften rumzukriegen? Es war ja nicht so, dass er seine Fähigkeiten bei mir testete, nein, *ich* bekam immer nur das Endprodukt seiner Bemühungen mit.

„Alles in Ordnung?“, erkundigte sich Ben und ich nickte, wenn auch ein wenig zu nachdrücklich. So ganz verzieh mir mein Kopf solche Aktionen noch nicht. Wenigstens hatte ich nur Bier getrunken, wenn auch zwei oder drei verschiedene Sorten, und nicht auch noch zu anderen Alkoholsorten gegriffen. Die Erinnerung an den Grund meiner wieder aufflammenden Kopfschmerzen war nicht gerade hilfreich.

„Nochmals Riesenentschuldigung für gestern Abend“, sagte ich und Ben zuckte die Schultern. Er schien wesentlich weniger Probleme mit meinen Gedankensprüngen zu haben als mein bester Freund und Immernochnichtlover.

„Pfffft", machte er bloß und dann eine wegwerfende Handbewegung.

„Ich bin sonst nicht so."

„Meinst du, ich habe noch nie meinen Mageninhalt zur Verschönerung der langweilig asphaltierten Straße zur Verfügung gestellt?"

„Am ersten Abend mit einer Person, die du bis dato vielleicht zwei Stunden kanntest?", gab ich zu bedenken.

„Nein, mit fünf bei meiner Tante Janice, aber die war weder meine richtige Tante noch danach je wieder bei uns zu Besuch. Ich denke, ich fange an zu verstehen, warum." Er zuckte die Achseln. „Zugegeben, der Vergleich hinkt ein bisschen, aber ich denke, du verstehst, was ich sagen will. Gesellen wir uns zu den beiden? Ich weiß nicht, wie es dir geht, aber der Gedanke an leere Mägen hat mich erst recht hungrig gemacht."

Ich hob entgeistert eine Augenbraue und Ben runzelte die Stirn, als auch er das ‚Hinken' *dieses* Vergleiches bemerkte, und winkte dann ab. „Keine Sorge; sobald mein Hirn Proteine und Kohlehydrate bekommt, gebe ich wieder das übliche hochphilosophische Zeug von mir."

Scherzend machten wir uns auf den Weg zu den anderen beiden. Das Restaurant war ein gutes Stück entfernt und wir mussten mit verschiedenen Bussen fahren, aber all das nahm ich gerne in Kauf, nur um ‚Schlimmeres' zu verhindern. Schlimmeres? Colin und Anna saßen ja nur in einem Restaurant in der Öffentlichkeit und hatten den ganzen bisherigen Tag auch unter vielen anderen Menschen verbracht, da würde wohl kaum viel gelaufen sein. Außerdem war Anna, *meine* Night, nicht so eine, die schon am zweiten Abend mit einem Typen ins Bett sprang. Mit einem, den sie für ihren Seelenverwandten hielt und eigentlich bereits seit einem Jahr kannte. Das Maß an gleichzeitiger Nervosität und Zufriedenheit ob dieser Tatsache war mir fast ein wenig peinlich, doch zum Glück konnte Ben ja keine Gedanken oder eher Gefühle lesen.

Das brauchte er auch gar nicht, denn etwa eine halbe Stunde später standen mir eben diese nur allzu deutlich ins Gesicht geschrieben. Das ‚nette Restaurant', das Colin uns genannt hatte, war entweder in einem Zeitloch verschwunden oder hatte ein recht eigenwilliges Design, das so gar nicht seinem üblichen Stil entsprach.

„Heimelig", bemerkte Ben neben mir. „Besonders den bunten Vorgarten finde ich gelungen. Und diese Aussicht…"

„Ganz großes Kino", murmelte ich. „Und schau mal, sie haben sogar einen künstlichen Wasserfall."

Wir gingen ein paar Schritte die Straße hinauf und hinab, starrten auf die Hausnummern links und rechts, doch es stimmte. Das hier *war* Nummer zwölf. Eine Baustelle mitten in der Stadt, das Skelett eines noch unfertigen Neubaus, von dem irgendwoher Wasser in eine schmutzige Pfütze tropfte.

Ich griff nach dem Handy, entfernte mich unbewusst ein paar Schritte von Ben und wartete, dass Colin abnahm, was er nach dem fünften Klingeln des vierten Versuchs auch tat.

‚Kann es sein, dass ich die Adresse vielleicht falsch verstanden habe?‘, hätte ich nonchalant fragen *sollen*, stattdessen herrschte ich ihn an: „WO ZUM HENKER BIST DU, DU MI-“

Das ‚-ieser Verräter, das ich dransetzen wollte, konnte ich zum Glück noch in ein ‚-santhrop‘ umwandeln, damit mich meine Begleitung nicht für völlig durchgeknallt hielt.

„Na, im Restaurant“, erwiderte mein Freund und ich konnte direkt hören, wie er die Augen rollte. „*Drinnen*.“

„Ooh, und ist es schön luftig, ja??“

„Hä? Ja ja, is duftig – was auch immer das für ein neuer Mädchenausdruck ist.“ Er murmelte etwas, vermutlich lachten er und Anna über die überkandidelte, kleine, doofe Emma. Vielleicht hatten sie das schon den ganzen Tag getan, weil Colin zu viel von dem gehört hatte, was ich über ihn erzählt hatte, und sich aus gekränkter Eitelkeit mir und seinen Versprechen gegenüber zu nichts mehr verpflichtet fühlte. Ab und an hatte ich mich in meiner Verzweiflung ganz schön über ihn ausgelassen und Anna in einem Anfall von weinseligem Selbstmitleid mein ganzes Colindrama erzählt und mich über seine Oberflächlichkeit und ständig wechselnden Freundinnen ausgeheult.

„Du hast es versprochen, Colin. Du hast mir fest versprochen –“

„Wieso telefonieren wir noch? Ich weiß ja, wie sehr du auf dein Smartphone stehst, aber müssen wir das alles am Handy klären? Können wir nicht weiterreden, wenn ihr drinnen seid? Nu mach schon! Wir haben einen Tisch ganz oben am Fenster. Warte, ich winke mal."

Ich hörte, wie er gegen eine Fensterscheibe pochte und dann fortfuhr: „Wo seid ihr denn? Ich seh euch gar nicht."

„Na, King's Road zwölf!!", blaffte ich ihn an und sparte mir meine anderen Kommentare. Ich kannte Colin lange genug, um zu wissen, wann er schwindelte, und in seiner Stimme schwang ehrliche Verwirrung mit. Er mochte oberflächlich und oft recht egoistisch sein, aber er hatte mich noch nie hintergangen, also war sein Zögern wohl nicht einer hastigen Suche nach einer gelogenen Erklärung zuzuschreiben.

„King's *Cross* Road, Honey. In der Nähe vom Bahnhof, an dem wir gestern angekommen sind."

Dass er selbst mir King's Road geschrieben hatte, fiel dem Herrn anscheinend nicht auf.

Ben tippte mir auf die Schulter und rollte die Augen. „Die sind Nähe King's Cross, sagt meine Schwester." Er wackelte mit seinem Handy.

Bestimmt hatte es ihm zu lange gedauert. Klar, er musste sich ja auch nicht mit all diesen widersprüchlichen Gefühlen herumschlagen: Angst über das, was zwischen Colin und Anna lief; Verzweiflung darüber, dass nix mit mir lief; Erleichterung, weil etwas mir sagte, dass das hier nur ein blöder Zufall war; Frustration, weil das Schicksal mich hasste; Ärger, weil ich mich hier zum Deppen machte…

„Ist etwa 40 Minuten in die andere Richtung."

„Bleibt, wo ihr seid!", befahl ich Colin. „Wir sind in einer halben Stunde da." Ja, ich schwindelte ein bisschen mit der Zeit, aber das da am anderen Ende war nicht der geduldigste Mensch, daher –

„Anna sagt, ihr braucht mindestens vierzig und ich will hier nicht ewig warten, nur weil du ein bisschen schusselig bist, okay? Nich sauer sein. Du, mein Akku gibt auf. Pass auf, wenn ihr's nicht in 'ner halben Stunde schafft, dann ziehen wir weiter und treffen uns einfach am Abend im Pub von gestern, okay? Die Stadt ist heut so voll, dass es in meinen Augen keinen Sinn macht, uns gegenseitig zu suchen."

Bevor ich noch etwas sagen konnte, wurde die Leitung unterbrochen und bei meinem erneuten Anruf wurde ich sofort auf die Mailbox umgeleitet. Das konnte ja wohl nicht wahr sein!! Dieser miese, hinterhältige Verräter!! Wie konnte er es wagen?? Das war *meine* Freundin, die er mir da vorenthielt! Ich tobte innerlich vor Wut, doch was sollte ich tun? Einen Schreikrampf bekommen hier vor Ben? Mich auf den Boden werfen und ihn mit den Fäusten bearbeiten? Mir war nach einer guten Mischung aus all dem, allerdings wollte ich nicht verraten, was wirklich mit mir los war oder gar im Irrenhaus landen.

Und dann gab es da noch meinen Stolz, der es mir wenigstens für heute verbot, noch weiter hinter Colin und Anna herzulaufen. Genug war genug! Ben war ein toller Begleiter und Stadtführer und, wie mir die letzte Stunde gezeigt hatte, sehr wohl dazu in der Lage, mich von meinem Kummer und meinen Problemen abzulenken. Wir konnten durchaus auch ohne die beiden anderen eine Menge Spaß haben. Also straffte ich die Schultern, drehte mich kurzerhand zu Ben um und lächelte ihn offen an.

„Weißt du was?“, sagte ich. „Wir suchen uns jetzt unser eigenes Spitzenrestaurant und bestellen uns etwas, das die anderen vor Neid erblassen lassen wird, wenn wir ihnen später davon erzählen. Was hältst du davon?“

Ben grinste breit und streckte mir enthusiastisch beide Daumen entgegen. Deutlicher ging es wohl kaum und irgendwie fühlte ich mich sofort besser. Vielleicht konnte der Tag doch noch einer von den besseren werden …

Von Gurken und Menschen

Als Ben und ich am Abend das Pub erreichten, die Füße platt vom vielen Laufen und am Ende unserer körperlichen Kräfte, war der Laden schon richtig voll. Nach einer halben Stunde, die wir damit verbracht hatten, uns auf der Toilette frisch zu machen (natürlich jeder für sich) und danach literweise Wasser in unsere ausgetrockneten Kehlen zu gießen, schien das Pub langsam aus allen Nähten zu platzen. Oder aus allem Putz. Oder Raumecken. Oder Tapetennähten. Womit man wieder beim Anfang war.

Ich hatte mich Ben gegenüber gesetzt; auf die Seite, an der sich die Bank befand. Es mochte ihm gegenüber unhöflich sein, aber ich hatte nach unserem ersten Besuch gelernt: auf dem Platz zum Gang hin wurde man alle zwei Sekunden angerempelt. Ich hatte das gestern ertragen, jetzt war er dran.

Die Musik wummerte dieses Mal sehr viel lauter als am gestrigen Abend aus den Boxen und Unterhaltungen konnten nur schriftlich, per Lippenlesen oder im Schreimodus stattfinden. Da keiner von uns beiden genug Papier für Ersteres hatte und Zweites nicht annähernd ausreichend beherrschte (immerhin konnte ich ‚hallo', Pronomina, Zahlen bis 999, die Wochentage, ‚leider' und ‚können' ausdrücken, aber das daraus entstehende Gespräch würde wohl nur die ersten Sekunden interessant sein), blieb nur eine Option.

„Wieso tun sie eigentlich Gurke in das Eiswasser?", fragte ich laut gegen den Lärm an, nachdem wir einen weiteren Krug dieser lebensrettenden Flüssigkeit geordert hatten.

„Na ja, das *Hart* hat einen Kooperationsvertrag mit der ortsansässigen Gurkenindustrie", schrie Ben zurück. „Je mehr Gurken sie in ihren Speisen verwenden, desto weniger Miete müssen sie bezahlen."

Ich starrte ihn verwundert an, weil die Gruppe zwei Tische weiter gerade in lautes Grölen ausgebrochen war und ich somit nur die Worte ‚Ja … *Hart* … Operationsverlag … trieb' und ansonsten kaum etwas verstanden hatte. Nach seinem bisherigen Verhalten zu urteilen, hatte er einen Witz gemacht, also lachte ich auf und erwiderte ein allgemein gültiges „Ach sooo …"

Dass Bens Gesicht einen erstaunten Ausdruck annahm und er sogar eine Braue hob, verwirrte mich. Er beugte sich zu mir vor.

„Das war ein Witz!", sagte er laut. „Ich hab keine Ahnung, warum da Gurke drin ist. Ich vermute, dass es so frischer schmeckt. Magst du es nicht?"

„Doch, ist toll“, antwortete ich und grinste dann verlegen, weil mir erst jetzt einfiel, meine Sprechlautstärke der neuen Nähe anzupassen. „Doppeltes Sorry“, fügte ich daher hinzu. „Ich kenn es so nur nicht.“

Ich zuckte zusammen, als ich etwas Weiches, Haariges an meinem Bein fühlte und warf rasch einen Blick nach unten. Ach ja! Snowball. Ich hatte Bens kleinen Hund schon beinahe wieder vergessen. Sie war eine kleine Malteser-Mischlingshündin mit weißem, lockigem Fell und dunklen Knopfaugen unter dem wuscheligen Pony, die sie perfekt für ihre Zwecke (Streicheleinheiten und Leckerlies abstauben) einzusetzen wusste.

Am späten Nachmittag, als wir bereits einige der vielen Brücken über die Themse genommen, den Buckingham Palace, Westminster Abbey und den Big Ben betrachtet und auch beim Wandern über den Trafalgar Square mit seinen eindrucksvollen Löwenstauen eine Menge Spaß gehabt hatten, hatte mir Ben gebeichtet, dass er vor dem Treffen im Pub noch kurz nach Hause müsse. Es gäbe da jemanden, dem er versprochen habe, nicht allzu lange wegzubleiben und ihn abzuholen, falls wir am Abend noch was zusammen machen wollten.

Für einen viel zu langen Augenblick hatte ich geglaubt, dass Ben von seiner Freundin sprach, deren Existenz er mir bisher verschwiegen hatte – und seltsamerweise hatte dieser Gedanke mir einen kleinen Stich versetzt (ich war wohl emotional nicht so ganz auf der Höhe, weil die Sache mit Colin und Anna so aus dem Ruder lief). Dann hatte sich allerdings herausgestellt, dass diese ‚Freundin‘ nichts anderes als ein kleiner Hund war, den er vor ungefähr drei Monaten von einer verstorbenen Tante geerbt hatte. Ganz dunkel konnte ich mich daran erinnern, dass auch Anna mir davon berichtet hatte.

Tagsüber, wenn Ben in der Uni war oder arbeitete, kümmerte sich Bens und Annas Mutter um den kleinen Racker. Diese war aber am heutigen Nachmittag zu einem Kaffeekränzchen bei einer Freundin eingeladen worden, was hieß, dass Snowball (ja, so hieß das arme Tier leider) allein geblieben war. Und soweit ich Ben verstanden hatte, war das eine mittelschwere Katastrophe – nicht nur für den Hund, sondern auch für Bens Nachbarn, denn die Kleine konnte einen Krach machen, der selbst gestandene Männer in den Wahnsinn trieb.

Also waren Ben und ich nach unserem London-Marathon zunächst zu ihm nach Hause gefahren (ich hatte keusch unten vor dem Haus gewartet), hatten die entzückende Snowball abgeholt, die mich sogleich überfreudig mit Gekläff, Schwanzgewedel und fröhlichen Hopsern bis hoch auf Kniehöhe begrüßt hatte, waren danach zu meinem Apartment gefahren, um dort meine Shoppingtüten abzustellen, und dann erst weiter zum Pub gelaufen.

Snowball wedelte nun wieder mit ihrem buschigen Schwanz und blinzelte mich unter ihrem weißen Pony hindurch mit ihren braunen Knopfaugen an, sich das Mäulchen auffällig oft beleckend.

„Oooh, du Süße", entwischte es mir sofort, in diesem zuckersüßen Ton, der einen irgendwie immer befiel, wenn man es mit Tieren und kleinen Kindern zu tun hatte. Ich streichelte ihr Köpfchen und kraulte sie hinter den Ohren, was sie nur noch aufdringlicher werden ließ.

„Mach das nicht“, riet mir Ben lächelnd. „Sie denkt nur, dass sie was von dir bekommt, und springt dir nachher noch …“

Schwupps, schon saß der Hund auf meinem Schoß und versuchte mir das Gesicht abzulecken.

„Snowy! Aus! Pfui!“, hörte ich Ben schimpfen, während ich selbst lachend versuchte, den Hund wieder sanft von meinem Schoß herunter zu bekommen. Mit vereinten Kräften gelang es uns schließlich. Es war erstaunlich, wie viel Widerstand ein so kleines Tierchen leisten konnte.

„Tut mir leid“, sagte Ben zerknirscht und versuchte mir dabei zu helfen, mein Kleid von den Pfotenspuren und Haaren seines Hundes zu befreien. Dass er dabei meine Schenkel begrabbelte, schien ihm erst aufzufallen, als ich verlegen, aber bestimmt seine Hand wegschob.

Seine Augen weiteten sich und er zog sich sofort zurück, hob entschuldigend die Hände. „O Gott, ich … das…“

„Schon gut!“, winkte ich ab. „Ich weiß, wie es gemeint war.“

Er schenkte mir ein leicht angestrengt wirkendes Lächeln und schon war sie da, eine dieser unangenehmen Gesprächspausen, die immer dann eintraten, wenn gerade etwas Peinliches zwischen uns passiert war. Was konnte man jetzt noch tun, außer debil zu lächeln? Neues Schreithema?

„Wann kommen nochmal die anderen?“

Ben zuckte die Schultern. „Sie meinten so zwischen acht und neun.“

Ich sah auf die Uhr. Es war halb neun, also mussten sie jeden Moment erscheinen. Mein Blick wanderte zur Tür. Immer wieder waren Menschen eingetreten, aber ein bekanntes Gesicht war bisher nicht darunter gewesen. Das änderte sich auch nicht in den nächsten zwanzig Sekunden, die ich damit verbrachte, die sich ständig öffnende Tür anzustarren. Colin und Anna ließen sich anscheinend Zeit.

Ich wurde wieder nervöser und holte mein Handy heraus, um Colin eine Nachricht zu senden. Ein weiteres Brauenhochziehen Bens folgte dieser Handlung.

„Was genau machst du da jetzt?"

„Wonach sieht's denn aus?"

Er lachte. Es klang dieses Mal nicht sehr natürlich. „So, als ob du es auf einmal kaum aushältst, mit mir allein zu sein."

„Nein!" Ich schüttelte nachdrücklich den Kopf. „Ich wollte Colin nur schreiben, dass auch wir nicht ewig warten werden!"

Ich suchte seine Nummer im Display und begann rasch zu tippen. Dann stutzte ich.

„Wieso?" Ich musterte ihn und grinste. „*Wolltest* du denn weiterhin mit mir alleine sein?"

„Na klar", grinste er zurück. „Eigentlich wollte ich dich noch mal besoffen machen und dann abschleppen. Ist meine ganz übliche Masche."

„Ah, daher auch die Frage, ob ich das gleiche wie gestern will, oder? Damit es dann noch rechtzeitig so richtig schön reinhaut, weil du weißt, dass es sehr lange her ist, dass ich was gegessen habe. Aber da mache ich dir eiskalt einen Strich durch die Rechnung und bestelle mir einen Burger und Pommes. *Und* eine Extraportion Cole Slaw, jawohl!“ Ich wandte mich nach der Bedienung um, während Ben mal wieder dieses leise, angenehm tiefe Lachen von sich gab.

„Wir könnten uns auch zusammen eine Grillplatte bestellen“, hörte ich ihn sagen. „Die ist echt lecker. Pommes und Burger kriegst du überall.“

„Oha, da spricht der Gourmet.“ Ich studierte die Karte und nickte dann. Es klang richtig gut.

Snowball drückte ihre Nase gegen mein Knie und verlangte erneut nach Aufmerksamkeit, also beugte ich mich herunter, kraulte sie und sagte ihr, was für ein ‚guuter, ja so sooo ein guuuuter Wauzi‘ sie war.

„Ich hoffe, dass Hunde nie vollkommen unsere Sprache lernen, solange wir so peinliche Dinge von uns geben“, kommentierte ich meinen eigenen verbalen Ausfall. „Ich meine, niemand nennt seine Freundin oder seinen Freund eine ‚feiiiine, ja so eine guuuute Freuzi‘. Wobei wir ja auch wiederum nicht mit dem Hund flirten und… ich einfach weitertrinken sollte, bis was Intelligentes aus meinem Mund kommt oder du zu blau bist, um mir zu folgen. Also hoch das Glas!“

Ben folgte lachend meiner Aufforderung und stieß mit mir an, obwohl er der einzige von uns beiden war, der etwas Alkoholisches trank. „Ein tolles, tolles Prosti auf einen feini, feini Abendleini!“

Gottseidank war die peinliche Gesprächspause vorbei – dachte ich und sah mich einer neuen gegenüber. So war das doch bisher nicht zwischen uns gewesen. Komisch.

Ob das an dem Dämmerlicht im Pub lag, das ganz automatisch eine romantische Atmosphäre vermittelte, mit der keiner von uns beiden sich wohl zu fühlen schien? Wir hatten uns auf einem guten Weg befunden, Freunde zu werden. Da passte diese Candle-Light-Dinner-Atmosphäre weder ihm noch mir in den Kram. Sie war eher unangenehm. Also nippte ich recht lange an meinem Getränk und fragte mich, wie lange es wohl dauern würde, bis das Essen kam. Auf jeden Fall roch es schon danach… oh, riechen war nicht ganz der richtige Ausdruck. Es stank. Nach faulen Eiern, gemischt mit etwas noch Üblerem. Gott! Ich sah Ben an und er wusste meinen Blick vollkommen richtig zu deuten, denn er schüttelte sofort den Kopf.

„Das war ich nicht. Das kommt von dem Hund."

Ich prustete los. „Ach was", gelang es mir, irgendwann zu sagen. Ich tätschelte Snowys Kopf, die sich einfach nur schwanzwedelnd freute, dass man um sie herum fröhlich war. „Wie kann etwas so fies Riechendes aus etwas kommen, das so knuffig ist?"

Ben nickte zustimmend. „Vor allen Dingen in einer solchen Dosierung. So was traut man eher einem Dutzend Wasserbüffeln zu. Aber sie trägt nicht umsonst ihren Spitznamen."

„Und wie lautet der?", fragte ich schmunzelnd, dankbar dafür, dass wir wieder ein Thema gefunden hatten, über das wir sprechen konnten.

„Blume."

Ich brauchte ein paar Sekunden, um zu verstehen, dann kicherte ich. „Der ist gut!"

„Auf jeden Fall besser als ‚Fartball', wie ein paar meiner Freunde sie nennen."

„O ja", lachte ich.

Ben kniff die Augen zusammen und sah grüblerisch zur Decke. „Ich hab schon überlegt, sie als Wunderwaffe der Waffenindustrie vorzustellen. ABC-Waffen sind ein Witz gegen sie. Sie hat schon mal eine tolle Party von über 60 Mann innerhalb von fünf Minuten aufgelöst."

„Was für Luschen", bemerkte ich amüsiert.

„Hey, du kennst sie nicht, wenn sie mit den richtigen Sachen ‚geladen' ist", grinste Ben breit.

„Ich kenne Hundefurze, glaub mir. Labrador-Schäferhund-Riesenschnauzermischling nach unerlaubt vertilgtem Chili." Ich nickte bedeutend, während Bens Augen deutlich größer wurden. „Oooh ja."

„Und du musstest nicht deine Nasenscheidewände erneuern lassen?"

„Doch, und sie sind jetzt viel schicker als die alten."

Er beugte sich über den Tisch und duckte sich. „Heb mal den Kopf … Ich kannte ja nicht die alten, aber ja, sieht gut aus. Respekt. Und gleich noch was anderes mitgemacht? Nase an sich? Die ist eindeutig zu niedlich!"

Ich unterdrückte ein geschmeicheltes Lächeln und gab stattdessen ein übertriebenes „Ooooooh!" von mir. „Bekommst du die anderen so rum? Hund und Komplimente – sicherlich eine gute Mischung für die meisten."

Ben lachte erneut und mir fiel zum ersten Mal auf, dass Colin nicht der einzige Mann war, bei dem sich dabei diese unwiderstehlichen Lachfältchen um die Augen herum bildeten. Und er hatte Grübchen in den Wangen! Wie süß! Hatte ich das gerade wirklich gedacht?

„Meistens“, beantwortete er meine Frage. „Die kühleren meiner *un*zähligen Eroberungen sind bisher allerdings erst bei Stufe drei meiner Verführungskünste eingeknickt.“

„Was war denn die zweite?“ Meine Güte! Fing ich schon wieder an, mit dem Kerl zu flirten? Das war mir an diesem Tag leider schon einige Male passiert, obwohl das sonst so gar nicht mein Ding war. Leider machte es auch noch Spaß – wie fast alles, was mit Ben zusammenhing.

Er grinste. „Die haben wir noch gar nicht erreicht. Ja, ich muss ganz bescheiden sagen, dass ich noch so einiges auf dem Kasten habe.“ Er nickte, sich selbst zustimmend, und bemühte sich um einen übertrieben arroganten Gesichtsausdruck, der mich doch glatt ein weiteres Mal zum Kichern brachte.

„Gut, dass du dir nichts darauf einbildest“, erwiderte ich schmunzelnd und wartete auf die nächste schlagfertige Bemerkung seinerseits. Doch die kam nicht. Stattdessen änderte sich der Ausdruck in seinen Augen, wurde noch wärmer, aber auch nachdenklicher.

Ich runzelte die Stirn und spürte, wie mir Hitze ins Gesicht stieg, weil Ben mich nun ungeniert von oben bis unten musterte.

„Was ist?“, fragte ich nervös und strich mir verlegen die Haare aus dem Gesicht.

„Nichts … nur …“ Er zuckte hilflos die Schultern. „Du bist so anders, als ich dich mir vorgestellt hatte.“

Die Linien auf meiner Stirn wurden noch ein wenig tiefer, das fühlte ich genau. „Wie … anders?"

„Na ja … also …" Er lachte befangen und fuhr sich mit den Fingern durch das lockige Haar. „Colin hat bei meiner Schwester eine ganze Menge über dich erzählt …"

„Uuund?", hakte ich nach, weil ein paar Atemzüge lang nichts mehr von ihm kam. Es tat mir ja leid, dass ich ihn so quälen musste, aber warum hatte er auch damit angefangen?

„Sie hat mich vor dir gewarnt", gestand er mit einem schiefen Lächeln.

„Gewarnt?", wiederholte ich überrascht.

Er nickte.

„Warum?"

„Weil sie geglaubt hat, dass du gern mit Männern flirtest, ohne es ernst zu meinen. Du sollst schon ziemlich viele Herzen gebrochen haben."

Ich presste die Lippen zusammen. Nicht weil ich wütend war, sondern weil ein schlimmer Lachkrampf in meiner Brust gurgelte und ich ihn nicht herauslassen durfte. Emma, das männermordende Weib! Das war das Komischste, was ich in meinem ganzen Leben gehört hatte!

„Womit ich nicht sagen will, dass das schlimm ist", lenkte er sofort ein. „Und auch nicht, dass ich was in der Richtung von dir will."

Natürlich nicht. Damit hatte ich auch gar nicht gerechnet. Emma war immer nur für jeden der tolle Kumpel. Merkwürdigerweise war ich tatsächlich geknickt.

„Nicht dass du denkst, ich wolle dich belästigen …"

„Nee, bestimmt nicht“, gab ich sofort zurück, obwohl ich doch für einen kurzen Moment gedacht hatte, dass so ein bisschen ‚Belästigung‘ manchmal ganz schön war – einfach nur um zu wissen, dass manche Männer einen doch als Frau wahrnahmen.

„… ich bin ja auch nicht so der Frauentyp …“

Hä? Ich sah ihn erstaunt an. „Wie meinst du das jetzt? Dass ich es nicht mögen würde, von dir angegraben zu werden, weil du deiner Meinung nach kein Frauentyp bist?“

„Na ja, die meisten Frauen fühlen sich eher geschmeichelt, wenn so ein markanter Macho sie umwirbt, oder?“

„Du siehst doch gut aus!“, platzte es aus mir heraus.

O Gott! Hatte ich das laut gesagt? Meine Wangen wurden urplötzlich sehr warm. Bens allerdings wohl auch – zumindest sprach ihre Farbe dafür.

„Danke“, gab er leise zurück.

„Bitte“, erwiderte ich ebenso leise.

„Ist nur so, dass männliche Typen wie Colin oft viel besser ankommen als solche … na, eher weichen wie ich.“

Meine Güte! Ich war nicht die einzige hier am Tisch mit riesigen Komplexen. Ich war fasziniert.

„Komisch, dass er sich selbst nicht so gutaussehend findet“, fügte Ben hinzu. „Und die Frauen sollen ihn nur als guten Freund sehen und kaum interessiert sein, worunter er verständlicherweise sehr leidet, aber … stimmt das wirklich?“

Ich blinzelte. Sogar ein paar Mal hintereinander, ohne etwas zu sagen. Das, was Ben gerade von sich gab, hatte *ich* Anna geschrieben, im Vertrauen darauf, dass sie es niemandem weitererzählte.

„Wo… woher weißt du das?!", stieß ich mit einem Mix aus Verwirrung und Verärgerung aus. „Das ist ein Geheimnis, das i… Colin ganz bestimmt nur unter der Bedingung erzählt hat, dass Anna es nicht weitergibt!"

Ben starrte mich an. Ertappt. Geschockt. Dann schloss er die Augen und fuhr sich mit einer Hand über das Gesicht. Seine Schultern senkten sich und jegliche Spannung schien aus seinem Körper zu weichen.

„Ben?", fragte ich mit wackeliger Stimme und mein Puls beschleunigte sich merklich. „Woher, verdammt nochmal, weißt du das?"

„Emma …", kam es beinahe kläglich über seine Lippen und er sah scheu zu mir auf. „Bitte verrat das weder Colin noch meiner Schwester! Bitte!"

Sein flehentlicher Blick machte mich fast wahnsinnig. „*Was* denn?"

Er schluckte schwer und holte tief Luft. „Ich … ich hab das Passwort meiner Schwester für ihren Chat-Account mal gefunden und … mich unter ihrem Namen eingeloggt …"

Mir wurde schlecht. „Du hast *was*?"

„Ich war so neugierig, mit wem meine Schwester da angebandelt hat!", versuchte Ben sofort sein Handeln zu verteidigen. „Und das war der einfachste Weg das herauszufinden."

„Du hast dich für Anna ausgegeben?!", rief ich so laut, dass sich sogar die Leute an den anderen Tischen in unserer unmittelbaren Nähe zu uns umdrehten.

Ben legte einen Finger an seine Lippen und sah sich ängstlich um, als befürchtete er, irgendwer Wichtiges könne uns belauschen.

„Wie oft?“, zischte ich ihm zu und ließ ihn nur allzu deutlich spüren, dass ich sein Verhalten überhaupt nicht gutheißen konnte.

Sein Adamsapfel bewegte sich sichtbar auf und ab, als er ein weiteres Mal schluckte. „Zwei, drei Mal. Öfter nicht!“

„Und wieso?“ Gott, ich hatte Seelenstriptease vor einem mir damals wildfremden Mann gemacht, ohne es zu wissen. Ich hatte über meine tiefsten Sorgen und Gefühle gesprochen und über … mir wurde gleich noch schlechter … über den Sex mit Andrew. Hoffentlich war es nicht eines *dieser* Gespräche gewesen, in die er sich eingeklinkt hatte. Bitte, bitte nicht!

„Das erste Mal wollte ich nur sichergehen, dass meine Schwester nicht auf einen Perversen hereingefallen ist“, erklärte Ben rasch.

Damit erwischte er mich sofort. Ich fühlte, wie mein Wut-Pegel verhältnismäßig schnell sank, wie bei einem Luftballon, den man vorsichtig mit einer Nadel angepiekst hatte. Der große Bruder, der seine kleine Schwester heldenhaft beschützte, war eine ziemlich gute Karte.

„Und dann … hat es einfach nur verdammt viel Spaß gemacht, sich mit Colin zu unterhalten“, fuhr Ben fort. „Er hat so viel Charme – selbst wenn man ihn nicht sieht…“

Das ging runter wie Butter – dabei wollte ich doch sauer auf ihn sein.

„… und einen wahnsinnig tollen Humor. Aber das weißt du ja sicher."

Ich nickte verhalten und hoffte, dass er in dem spärlichen Licht des Pubs nicht erkennen konnte, wie rot ich mittlerweile geworden war. Wenn ich eines nicht konnte, dann war das mit Komplimenten umzugehen. Selbst wenn sie nur indirekt an mich gerichtet waren.

„Über was habt ihr denn so alles gesprochen?", brachte ich einigermaßen gefasst heraus.

Er hob die Schultern. „Über alles Mögliche. Was wir so gerade machen, das Studium, Probleme mit den Eltern…"

Gut. Das war möglich und wenig verfänglich, was aber nicht hieß, dass das alles war. Vielleicht wollte er mir die pikanteren Details auch einfach nicht verraten, um Colin zu schützen. Löblich für ihn, aber mich machte es ganz kribbelig.

„Auch über sein Sexleben?" So, nun war es raus.

Er zog die Brauen zusammen. „Wieso sollten wir? Würde dich das interessieren?"

„Pff – nö!", winkte ich ab. „Ich weiß ja im Grunde alles darüber." Stimmte sogar. Schließlich war es *mein* (sozusagen gegenwärtig non-existentes) Sexleben. „Also, fast", verbesserte ich rasch.

„Steht ihr euch *so* nahe?"

Ich nickte übereifrig. „Wir sind *soo* dicke!" Ich verkreuzte Zeige- und Ringfinger. Aber warum nur konnte ich mit diesem dümmlichen Kopfnicken nicht aufhören?

„Ja …" Ben seufzte. „Das hat er auch gesagt. Und dass ihr euch schon ewig kennt."

Jetzt passte mein Nicken sogar wieder. „Schon seit der Sandkastenzeit. Unsere Mütter kennen sich auch schon seit sie Kinder waren. Und wir waren in unserer Grundschulzeit unzertrennlich."

Ben schenkte mir ein sanftes Lächeln. „Das erklärt vieles. Auch die ganze Art, wie ihr so miteinander umgeht…"

„Ist die so besonders?"

Er schüttelte den Kopf. „Eben nicht. Man merkt, dass ihr euch schon ewig kennt. Ihr geht so miteinander um wie Anna und ich."

Da hatten wir es wieder – direkt aus dem Munde eines Augenzeugen. Colin und ich waren wie Bruder und Schwester. Jeder konnte sehen, dass er nicht an mir interessiert war, und ich konnte jedem vormachen, dass es mir genauso mit ihm ging. Super!

„Ich find das toll", verkündete Ben überschwänglich. „So enge Freunde zu finden, ist echt schwer. Da könnt ihr euch glücklich schätzen."

Aber nur, wenn man nicht *mehr* wollte. Ich war kurz davor, tief zu seufzen, konnte mich aber grad noch so zusammenreißen und kommentierte Bens Worte nur mit einem ebenso freudigen „Jaa …"

Als hätte er auf diesen Augenblick gewartet, schrieb mir Colin ausgerechnet jetzt zurück. Ich rief seine Nachricht auf und musste nur Sekunden später fest die Zähne zusammenbeißen, um nicht vor Ärger aufzuschreien.

Sind im Queen's Knight in Soho. Geiler Laden! wagte er mir zu schreiben. *Viel mehr los als bei euch. Kommt doch auch her. Haben ein paar echt urige Typen getrof-*

fen, die uns hierher geführt haben. Anna amüsiert sich auch. XO Col

„Und? Was schreibt er?“, wollte Ben wissen.

Ich schob ihm wortlos mein Handy hinüber und konnte beobachten wie sich Bens Brauen erst hoben und dann wieder senkten und aufeinander zu bewegten.

„Was soll das denn jetzt schon wieder?!“, brüskierte auch er sich endlich. „Warte mal …“ Er zückte sein eigenes Handy, stand auf und gab mir per Zeichensprache zu verstehen, gleich wieder da zu sein. Dann verschwand er aus dem Pub, um draußen (vermutlich mit seiner Schwester) zu telefonieren.

Snowball trippelte ihm bis zur Tür hinter, besann sich dann aber eines Besseren und nutze die Abwesenheit ihres Besitzers, um zu mir zurück zu rennen, sich auf die Hinterbeine zu stellen und eine weitere Portion Streicheleinheiten abzuholen.

„Männer sind scheiße“, sagte ich ihr. „Gibt dich bloß nie mit denen ab. Der eine sieht dich nicht und der andere gibt sich als jemand anderes aus und entlockt dir damit Geheimnisse, die du ganz bestimmt *nie* einem Mann preisgeben würdest.“

So ganz fair war ich dabei in meiner Beurteilung nicht. Wenn ich Ben seinen kleinen Ausrutscher zum Vorwurf machen wollte, musste ich mich selbst gleich mit in den Sack der Verräter und Betrüger stecken. Im Grunde war ich sogar viel schlimmer als er. *Er* hatte sich nur für kurze Zeit als eine andere Person ausgegeben – *ich* hingegen hatte das von Anfang an gemacht und ließ Colin auch noch mich vor anderen spielen, um meine Lüge aufrechterhalten zu können. Ich hatte überhaupt kein Recht, auf Ben sauer zu sein und ihn zu verurteilen, ihn vielleicht sogar weniger sympathisch zu finden … Als ob das möglich wäre!

Mit Ben war es genauso wie mit Anna: Man musste ihn einfach mögen. Und was er über Colin bzw. mich gesagt hatte, traf auch in jedem Punkt auf *ihn* zu. Er hatte einen unwiderstehlichen Charme, war so witzig wie kaum ein anderer Mensch, den ich zuvor getroffen hatte, und dabei nie aufgesetzt, sondern wunderbar natürlich und warmherzig. Ich konnte mir beim besten Willen nicht vorstellen, dass Ben bei Frauen nicht ankam. Und er *sah* gut aus – auch wenn er das selbst nicht glaubte. Gut, er hatte etwas weiche Gesichtszüge und sah damit deutlich jünger aus, als er war, aber er hatte eine tolle glatte Haut für einen Mann, markante Wangenknochen, recht volle Lippen und unglaublich schöne Augen. Und wenn er lachte, sah er so lieb aus, dass man ganz verzückt war. Ja. Selbst ich. Auch wenn ich in Colin verliebt war, ich konnte zugeben, dass Ben eine gewisse Anziehung auf mich ausübte – keine, die mir gefährlich werden konnte, aber sie war da.

„Die Grillplatte …", riss mich die Stimme unserer Kellnerin aus meinen Gedanken und ich lehnte mich schnell zurück, sodass sie das köstlich duftende Essen vor mir auf den Tisch stellen konnte. Himmel, sah das lecker aus! Mir lief sofort das Wasser im Mund zusammen und ich griff nach der erstbesten Gabel, um klammheimlich einen dieser so lecker aussehenden Zwiebelringe zu probieren. Ja, es war unhöflich, ohne Ben anzufangen, aber ich wollte ja nur ein kleines Stückchen vorkosten.

Ein lautes Seufzen dicht neben mir ließ mich jedoch die Gabel gleich wieder erschrocken fallen lassen und zu Ben aufsehen, der wohl gerade mit seinem Telefonat fertig geworden und wieder hereingekommen war. Er sah ein wenig frustriert aus.

„Sie bleiben im *Queen's Knight*", brummte er. „Anna meinte, Colin würde sich nicht umstimmen lassen, aber sie wolle ihn auch nicht allein lassen, weil er schon relativ doll betrunken sei."

Ich ließ die Schultern sinken und lehnte mich in meinem Stuhl zurück, ebenfalls tief seufzend. So schnell konnte einem der Appetit wieder vergehen. Wenn Colin sich richtig betrank, war er nur schwer zu ertragen und würde sich mit Sicherheit schnell unbeliebt bei Anna machen … Komischerweise störte mich das nicht so sehr, wie es das eigentlich hätte tun müssen. Immerhin ging es hier um meine Freundschaft mir Anna! Doch irgendwie glaubte ich nicht, dass diese daran kaputtgehen könnte. Anna war kein besonders empfindlicher Mensch und hatte mir bei unseren bisherigen Streits immer recht schnell wieder verziehen, selbst wenn ich im Unrecht gewesen war und mich wie eine Vollidiotin aufgeführt hatte.

Colins Besäufnis und damit zusammenhängendes schlechtes Benehmen konnte somit eigentlich nur zu einem Resultat führen: Anna würde von ihm genervt sein und all seine Avancen abschmettern – was im Grunde bedeutete, dass er selbst dafür sorgte, dass sie sich nicht in ihn verliebte. Machte es da Sinn, sich weiter aufzuregen oder gar einzumischen? Vor allem, da auch ich nicht dazu in der Lage sein würde, Colin aus dem Pub heraus zu befördern? Mein Freund konnte ein verdammt sturer Esel sein und alles, was passieren würde, war, dass ich auf dieses superleckere Essen verzichten, mich nachts durch die Stadt schleppen musste und mich am Ende ein weiteres Mal vor Ben und Anna blamierte.

Ich atmete tief ein und aus, setzte mich wieder aufrecht hin und sah Ben fest in die Augen. „Lass sie doch machen, was sie wollen", sagte ich. „Wir beide lassen uns jedenfalls nicht den Spaß verderben und werden den Abend auch ohne Colin und deine Schwester richtig genießen. Hat ja vorher auch schon gut funktioniert."

Ben sah mich noch ein paar Sekunden lang nachdenklich an, dann nickte er und ein kleines Lächeln erschien auf seinem Gesicht. „Du hast Recht!", stimmte er mir zu und griff nach der Gabel, die mir zuvor aus der Hand gefallen war. „Die haben auf ihre Weise Spaß und wir auf unsere!"

„Ganz genau!", gab ich entzückt zurück und hatte das sichere Gefühl, dass *unsere* Variante des ‚Spaßhabens' in der Tat die bessere sein würde.

Verknotet

Ich konnte mich an die ersten längeren Gespräche mit Anna noch gut erinnern: an ihre witzigen Bemerkungen; die erstaunlichen Ähnlichkeiten unserer Sichtweisen bezüglich bestimmter Dinge; das Gefühl ihr alles anvertrauen zu können, ohne Angst haben zu müssen; mit ihr über alles reden und dabei ganz ich selbst sein zu können. Ich hatte ihr gesagt, dass ich sie für eine verwandte Seele hielt und sie hatte mir zugestimmt. Wir waren uns beide darüber einig gewesen, dass wir uns glücklich schätzen konnten, uns gefunden zu haben, weil wir beide wussten, wie schwer es war, so jemanden in dieser Welt überhaupt aufzuspüren. Ich war mir sicher gewesen, dass mir das so schnell nicht noch einmal passieren würde. Doch je mehr Zeit ich mit Ben verbrachte, desto unsicherer wurde ich bezüglich dieses (Trug-)Schlusses, denn auch Ben kam dem, was ich als ‚Seelenverwandten' bezeichnete verblüffend nahe.

Er war ein sehr lebhafter Mensch, der immer irgendetwas – meist auch Interessantes – zu erzählen hatte, aber auch sehr gut zuhören konnte, weil er sich wahrhaftig dafür interessierte, was man selbst zu sagen hatte. Man fühlte sich sofort ernstgenommen und wertgeschätzt, nie beurteilt oder ausgefragt. Genauso wie ich mich nahm er sich selbst nicht so wichtig und ernst und konnte über sich selbst lachen, unterließ es aber tunlichst Scherze auf Kosten anderer zu machen, was es ungemein angenehm machte, mit ihm zu schäkern … ähm … herumzualbern.

Auch in Bezug auf unsere Gesprächsthemen und -führung waren wir uns ziemlich einig. Wir beide neigten dazu, ohne Ankündigung von einem Thema ins nächste zu springen, hatten aber keine Problem damit, dem anderen zu folgen und uns auf das neue Thema sofort einzulassen – ganz gleich, ob es etwas Oberflächliches wie Filme und Musik war oder eine tiefgreifende Diskussion über Lebensphilosophien.

Kurzum: Ich fühlte mich mit Ben allein außerordentlich wohl – vor allem, da wir unser Problem mit den peinlichen Gesprächspausen im Laufe des Abends wunderbar in den Griff bekommen hatten. Wie genau?

Da diese meist nur entstanden, wenn wir miteinander flirteten und uns dann dafür schämten, hatten wir einfach damit aufgehört. Mit dem ‚Sich-schämen', versteht sich. Ein kleiner Flirt zwischendurch hatte noch niemandem geschadet und – ich gab es nicht gern zu – es machte Spaß, weil Ben kein plumper ‚Flirter' war, sondern das meist ausgesprochen charmant und süß machte. Und ihm gelang damit etwas, was bisher kaum einem anderen Mann vor ihm gelungen war: Ich fühlte mich tatsächlich wie eine Frau und hatte auf einmal auch das Gefühl einen gewissen Sexappeal zu besitzen. Ich. Emma Spencer.

Wie sollte ich den Kerl da nicht mögen, nicht seine Gegenwart und die interessanten Gespräche, die wir während unseres Heimwegs führten, genießen? Und warum sollte ich etwas dagegen haben, dass wir einen längeren Weg nach Hause nahmen, um uns die schönen Häuser in den abgelegeneren Straßen von Hampstead anzusehen?

„Wäre aber schon interessant, wenn es uns gleich mehrfach in anderen Parallelwelten geben würde“, überlegte Ben, als wir nun doch endlich in die Straße einbogen, in der Colin und ich wohnten. Wir waren von irgendeiner Science-Fiction-Geschichte auf die verschiedenen Theorien zu Zeitreisen und Paralleluniversen gekommen und hatten uns die abenteuerlichsten Dinge dazu ausgedacht.

„Ich könnte mir selbst in den verschiedensten Versionen begegnen“, dachte ich laut nach.

„Und dein jetziges Leben mit einem anderen ‚du‘ heimlich tauschen.“

„Laut Dean Koontz ist es nicht möglich, sich selber zu begegnen.“ Allerdings hatte es sich da auch um Zeitreisen gehandelt und ich hatte die Theorien etwa zehnmal lesen müssen, um sie überhaupt zu verstehen und dann bei jeder Science Fiction Diskussion anzubringen. Gerne hätte ich mein Wissen geteilt, doch leider hatte ich das betreffende Buch vor etwa fünf Jahren gelesen und die Theorien größtenteils vergessen.

„Vielleicht wären wir in den Parallelwelten ja auch jemand anderes“, schlug Ben vor. „Dann wär es schon möglich.“

„Ja, ich könnte zum Beispiel Colin sein und er ich“, entwischte es mir, bevor ich mein Gehirn eingeschaltet hatte. Jetzt nur nicht rot werden und anfangen zu stammeln!

„Also … ähm … man könnt ja dann buchstäblich jeder sein, oder?“ Ich kicherte albern und meine Wangen wurden verdammt heiß.

Doch Ben schien das nicht aufzufallen. „Klar!“, stimmte er mir begeistert zu. „Ich könnt auch die Queen sein.“ Er setzte einen überheblichen Gesichtsausdruck auf, hob die Hand und winkte in dieser Minimalbewegung, die meist nur Menschen aus dem Königshaus in dieser Perfektion beherrschten.

Ich lachte und machte innerlich drei Kreuze. Sich mit jemandem wohl zu fühlen, hieß nicht gleich, alle Hemmungen zu verlieren und ihm seine schlimmsten Geheimnisse anzuvertrauen. Immerhin war Ben Annas Bruder und hätte bestimmt kein Verständnis dafür, dass ich seine geliebte Schwester so an der Nase herumgeführt hatte.

„Das Universum könnte aber ohnehin nur aus einem selbst bestehen“, warf Ben jetzt ein und kratzte sich mit einem übertrieben grüblerischen Gesichtsausdruck an der Schläfe. Ich runzelte die Stirn. Dann fiel der Groschen und ich erinnerte mich an die Das-Universum-ist-ein-Ei-Theorie, die ich, verpackt in einer kleinen Geschichte, im Internet gelesen hatte. In dieser kleinen Anekdote wurde die These aufgestellt, dass jedes einzelne lebende Individuum eine Gottheit ist, die noch in ihrem Ei-Stadium steckt, und dass das Universum, in dem diese lebt, eigens für sie gebildet wurde, um zu lernen und sich weit genug zu entwickeln, um als wahrhaftige Gottheit geboren zu werden. Da alles nur im Geiste dieses Individuums stattfindet, ist jeder Mensch und jedes Tier, dasselbe ‚Ich', das sich in der Interaktion mit sich selbst weiterentwickelt – was für mich stets eine recht ungewöhnliche Interpretation der Theorie ‚jeder ist sich selbst der nächste' war.

Anna und ich hatten diese Idee nächtelang durchdiskutiert und unsere ‚tiefschürfenden' Gespräche waren dann meist an unseren völlig verdrehten Gehirnen oder einem lang anhaltenden Lachkrampf gescheitert.

„Stimmt ja", erwiderte ich begeistert und nickte übereifrig. „Ich bin also du, Colin, Anna und die Kellnerin aus dem Pub vorhin." Ich verzog das Gesicht. „O mein Gott, das bedeutet, dass ich auch meine schreckliche Mathelehrerin aus der fünften Klasse bin. Is' ja furchtbar." Ich schüttelte mich.

„Und ich bin mein alter Chef bei Tesco – und vermutlich auch mein Hund", fügte er hinzu, als sein Blick auf Snowball fiel. „Bin ich eigentlich auch ein Baum? Oder ein Stein? Ich meine, die haben ja auch Gefühle und so … Bäume, mein ich."

„Du bist auf jeden Fall …", ich sah mich suchend um, „dieses Haus da drüben." Ich wies auf ein älteres Gebäude, das vor kurzem restauriert worden sein musste. „Und der Garten drum herum auch. Mit der Schaukel und der Buddelkiste."

Ben nickte abwesend, holte dann seine Kamera aus der Tasche und begann, ein paar Probeaufnahmen vom Haus zu machen. Dann schüttelte er den Kopf. „So wird das nichts bei dem wenigen Licht … ich bräuchte ein Stativ…“

Er sah sich stirnrunzelnd um, dann fiel sein Blick auf mich. „Bleib mal ganz ruhig stehen“, sagte er, fasste mich an den Schultern und drehte mich, bis er mit meiner Haltung zufrieden war. Dann legte er die Kamera auf meine Schulter.

„Jetzt nicht atmen“, ordnete er an und ich hielt brav die Luft an, auch wenn ich nicht genau verstand, was er da machte. Er griff dann mit der anderen Hand an meinem Nacken vorbei, wobei sich dummerweise eine Gänsehaut auf meinen Armen bildete. Meine Güte, er küsste mich ja nun nicht, also was hatte ich mich so? Ich biss die Zähne zusammen – nicht aufgrund von Luftmangel, sondern weil sein warmer Atem an meinem Hals entlangstrich, während er sich vorbeugte, um durch den Sucher zu schauen.

„Emma, du zappelst!“, beschwerte er sich halbernst und ich schüttelte den Kopf. „Das bin ich nicht, beziehungsweise, ich –“

„Snowball! Nicht!“, rief Ben und ich drehte mich wieder zu ihm um. Doch es war bereits zu spät. Irgendwie hatte es das kleine Wollknäuel geschafft, beim Spurenschnüffeln ein oder zwei Runden um uns zu drehen und machte jetzt einen Satz vorwärts, um nach einer Fliege oder ähnlichem zu schnappen, die ihm um die Nase geflogen war. Die Leine hatte sich wie eine Schlinge um unsere Beine gewickelt und zog sich nun zusammen. Wenn zwei Menschen unabhängig voneinander versuchen, das Gleichgewicht zu halten, neigen sie dazu, den in diesem Fall dümmsten aller Fehler zu begehen und sich aneinander festzuklammern, was fast immer zum gleichen Ergebnis führt: Mit rudernden Armen und sich biegenden Oberkörpern fielen wir erst gegeneinander und dann zu Boden. Ich weiß nicht wie, aber Ben gelang es, die Kamera vor einem Aufprall auf selbigem zu bewahren, indem er sie mit hoch erhobenem Arm in die Luft gereckt hatte, während er selbst unsanft auf Hintern und Rücken gelandet war.

Ich selbst war halb auf ihn drauf gefallen, was den Sturz nicht butterweich, aber doch sicher wesentlich sanfter als seinen gemacht hatte.

Snowball nieste laut und bellte uns dann fröhlich an, weil sie das Ganze noch für ein lustiges Spiel hielt.

„Lebst du noch?“, fragte ich Ben und sah ihn forschend an.

Er holte tief Luft und ich dachte, er würde testen, ob ihm etwas dabei wehtat. „SNOOOWBAAALL!!“, brüllte er stattdessen los und zeigte dann mit dem Finger auf den Boden neben sich. „Hierher!! SOFORT!!“

Doch der kleine Fellball dachte überhaupt nicht daran und zog und zerrte stattdessen weiter an der Leine, was unsere Bemühungen, wieder auf die Beine zu kommen, in jeder nur erdenklichen Weise boykottierte.

„Ich glaube, dein Hund hat zu oft 101 Dalmatiner gesehen“, schmunzelte ich. „Der denkt, er tut uns einen Gefallen.“

Ben hob die Brauen und ich konnte sehen, dass er sich sein eigenes Grinsen mühsam verkniff. „Tut er das nicht?“, tat er erstaunt.

Ich legte den Kopf schräg und kniff die Augen zusammen. „Warte mal … Gehört das hier etwa *auch* zu deiner Verführungsstrategie? Wo sind wir? Stufe drei?“

„Stufe vier!“, verbesserte er mich. „Stufe drei war der Trick mit der Kamera auf deiner Schulter. Den Knotentrick wende ich nur bei den ganz harten Brocken an. Aber es wirkt endlich, oder?“

Ich presste die Lippen zusammen, weil ein leises Lachen aus mir herausglucksen wollte, und nickte stattdessen nur.

„Total!“, schaffte ich schließlich doch noch halbwegs überzeugend zu sagen. „Ich kann meine Begierde kaum noch zügeln. Ach, wären wir doch bei mir oder dir zuhause!“

„Ja, das Timing kriegt Snowball noch nicht so wirklich hin“, seufzte Ben niedergeschlagen. „Aber …“, er sah kurz nach links und rechts, „… ist ja grad keiner da!“ Er ließ seine Augenbrauen zweimal auffordernd auf und ab hüpfen, ein breites Grinsen auf den Lippen.

„Nee, du“, gluckste ich, „Outdoor-Sex ist nicht so meins. Und der Boden ist auch ein bisschen hart und dreckig.“

„Ich könnt ja unten bleiben“, schlug Ben immer noch bewundernswert ernst vor.

Ich konnte jedoch nicht mehr an mich halten und lachte laut los und raubte damit auch Ben seine Beherrschung. Wir verstummten jedoch bald wieder, aus dem Lachen wurde ein Grinsen, aus dem Grinsen ein sanftes Lächeln und ein tiefer Blick in die Augen. Ben hatte verdammt faszinierende Augen, auch wenn sie in diesem Licht eher dunkelbraun als grün waren. Und er roch auch noch so gut. Das wurde mir erst jetzt, da ich so bequem auf ihm lag und seinen warmen Körper unter mir und seinen Herzschlag an meiner Brust fühlte, so richtig bewusst. Sein Atem blies verlockend über meine Lippen, die den seinen in dieser Position ziemlich nah waren … *Verlockend*?!

Ich hob sofort wieder meinen Kopf und suchte nach etwas, das mich zu Verstand bringen würde. Die Aufgabe uns aus der Leine zu befreien zum Beispiel.

„Auf welche Weise sind wir denn überhaupt verknotet?“, murmelte ich und sah an unseren beiden Körpern hinab, weil es wahrscheinlich einfacher war, das andere Ende der Leine zu suchen und dort damit zu beginnen, uns frei zu wickeln, als die hin und her springende Snowball einzufangen.

„Ich würde behaupten, es ist ein kunstvoller Seemannsknoten“, schlug Ben vor. „Die kann Snowball besonders gut.“

„Ich meinte, wo das andere Ende der Leine ist“, gab ich lachend zurück, wurde aber gerade selbst fündig. Ben hatte sich die Leine wohl um den Arm gehangen, als er beide Hände für das Foto von dem alten Haus gebraucht hatte. Diese führte so von seinem Oberarm hinter seinem Rücken, über seine Hüfte, dann über meine … weiter runter konnte ich nicht sehen, aber ich fühlte, dass auch unsere Oberschenkel und Waden irgendwie ‚verstrickt‘ waren.

„Okay, also … streck mal deinen Arm aus“, wies ich Ben an und er tat dies sofort – leider mit einem anzüglichen Grinsen auf dem Gesicht.

„Oooh, das fängt schon guut an“, sagte er in einem solch tiefen, sanften Ton, dass mir doch tatsächlich ein kleiner Schauer den Rücken hinunterrieselte. „Ich bin ganz gespannt, wie's weitergeht.“

„Mann! Hör auf!“, lachte ich, verpasste ihm einen Knuff auf den Oberarm und versuchte mich dann darauf zu konzentrieren, die Leine, die äußerst straff saß, aus dem Ring, der sich leider *unter* Bens Arm befand, auszuhaken.

Snowball fing wieder an zu bellen, sprang vor und zurück, weil sie wohl glaubte, dass wir etwas Lustiges spielten und involviert werden wollte, und ruckelte damit zusätzlich an der Leine herum.

„Snowball!“, rief Ben drohend und seine Brust vibrierte dabei angenehm an der meinen. „Wenn du nicht zu Hackfleisch werden willst, dann hörst du endlich damit auf und kommst hierher!“

„Denk daran, dass du laut der Ei-Theorie auch Snowball bist“, warf ich rasch ein, weil mir auf einmal so seltsam heiß wurde und mein Herz anfing, schneller zu schlagen.

Er blickte mich verdutzt an und mir wurde ein weiteres Mal nur allzu deutlich bewusst, wie nah sein Gesicht dem meinen war; so nah, dass sich unsere Nasen fast berührten. Seltsamerweise war mir das überhaupt nicht unangenehm.

„Also, falls du dir Hundeburger braten wolltest, würdest du dich quasi selbst essen“, plapperte ich rasch weiter, um zu verdecken was *eigentlich* in mir vorging, und bemühte mich darum, die von Bens Arm gelöste Leine unter ihm hervorzuziehen, „und ich denke, dass auch Eigenkannibalismus unter Strafe fällt. Dann müsste eines deiner Polizisten-Ichs dich verhaften und eins deiner Anwalts-Ichs dich dann vor Gericht gegen eins deiner Staatsanwalt-Ichs verteidigen. Und vielleicht müsstest du danach Sozialstunden für eins deiner Sozialarbeiter-Ichs erledigen und dabei helfen, dich und auch deine jeweiligen jugendlichen Straftäter-Ichs zu resozialisieren.“

Er starrte mich einen Augenblick verwirrt an. Sogar Snowball hatte aufgehört zu bellen, blieb aber weiterhin in sicherer Entfernung.

„Du hast das gut durchdacht, oder?“, erkundigte er sich.

„Klar, man muss doch auf alle Eventualitäten vorbereitet sein“, erwiderte ich, während ich mich ein wenig drehte und herumruckelte, um uns weiter von der Leine zu befreien.

Mein Herz schlug gleich noch schneller, denn mittlerweile konnte ich Bens erstaunlich harten, sprich muskulösen Körper unter mir überdeutlich fühlen… mit jeder Bewegung, die ich machte, intensiver. Und es ließ mich ganz und gar nicht kalt! Wurde man als Twen immer noch so sehr von seinen Hormonen beeinflusst? Das war ja nicht zum Aushalten! Zu meiner großen Erleichterung war es mir endlich gelungen, uns von einander zu ‚entfesseln‘.

„Wie heißt es doch so schön“, fuhr ich fort, richtete mich auf und brachte mich in eine kniende Position. „Was du nicht willst, das man dir tut, das füg auch keinem anderen …“

Ben setzte sich ebenfalls auf und zwar so rasch, dass sein Gesicht sofort wieder direkt vor dem meinen war und unsere Nasen sich dieses Mal tatsächlich berührten.

„… zu“, beendete ich meinen Satz atemlos und sehr viel leiser, als ich ihn begonnen hatte. Und dann passierte erst mal gar nichts mehr. Irgendwie hatte ich mich in dem dunklen, funkelnden Grün seiner Augen verloren und konnte mich nicht mehr bewegen. Da war wieder sein warmer Atem auf meinen Lippen … Lippen, die den meinen sehr nah waren … kussnah … Wie sie sich wohl anfühlten … schmeckten? Hunderte von Schmetterlingen flatterten auf einmal aufgeregt durch meinen Bauch. Mein Kopf bewegte sich minimal vorwärts, so wie das auch der seine tat, unser Atem vermengte sich und mein Herz schlug wild in meiner Brust. Gleich würde ich es wissen…

„Vögelt ihr jetzt endlich oder muss ich zu meinem Fernseher zurück?“, zerriss eine laute Stimme die Stille um uns herum und damit auch den Bann zwischen uns.

Wir zuckten beide erschrocken zusammen und sahen uns um. In dem Haus direkt neben uns hatte sich ein Mann im zweiten Stock aus dem Fenster gebeugt und grinste zu uns herunter.

Ich wurde knallrot, als ich Ben ansah, wurde mir doch erst in diesem Moment bewusst, dass ich rittlings auf ihm saß und wir beide in der Tat einen fragwürdigen Anblick boten.

„Im Fernsehen läuft nur ‚Frauentausch'", fügte unser Zaungast hinzu, so als könne das tatsächlich ein Grund für uns sein, hier eine sexuelle Showeinlage hinzulegen.

„Ist es okay, wenn sie oben ist?", fragte Ben auch noch und ich bemühte mich, hastig aufzustehen. „Okay, dann im Stehen", verbesserte er und ich, die ihm eigentlich die Hand entgegengestreckt hatte, um ihn hochzuziehen, benutzte selbige nun, um ihm einen Knuff zu verpassen.

„Du, ich versuche hier nur, unsere Haushaltskasse aufzubessern, Schatz."

Ansonsten nicht die Unschlagfertigste, fiel mir gerade jetzt einfach keine coole Erwiderung ein und ich brachte nur ein gezischtes „Ben!" hervor. Höchst uncool. Jetzt hielt er mich bestimmt für verklemmt. Während ich also noch zwischen Notlösungssprüchen wie ‚Das meint er nicht so!' und ‚Er bekommt gleich seine Pillen!' schwankte, kam er mit einem „Na ja, sie ist halt schüchtern, aber Sie können ja trotzdem was spenden" wieder auf die Beine. Leider oder auch zum Glück lachte der Mann nur, wünschte uns, dass wir einen heißeren Abend als er selbst haben würden, und schloss dann wieder sein Fenster.

Ich sah Ben an und er zog eine Schnute, was ihn – ich verfluchte mich innerlich für meine Niedlichkeitsanfälligkeit – sehr süß aussehen ließ.

„… ich bin also ein altes, renovierungsbedürftiges Gebäude?", hakte er nach, fuhr sich mit der Hand übers Gesicht und vollführte damit einen weiteren Gedankensprung. „Mein Gott, ist es schon so schlimm mit den ersten Falten? Kein Wunder, dass der Kerl nix springen lassen wollte.“

Er griff nach der Leine und Snowball trottete lammfromm neben uns her, so als hätte sie nie etwas anderes getan. Wir beide nahmen uns ein Beispiel an ihr und bemühten uns darum, so zu tun, als ob nichts zwischen uns passiert war. Lachend und scherzend stiegen wir schließlich die Treppe zum Apartmentkomplex, in dem Colin und ich wohnten, hinauf. Die Straßenlaterne direkt davor verströmte ein warmes gelbes Licht und ließ alles in ihrem Umkreis ein wenig unwirklich erscheinen.

Ich liebte solches Licht. Manchmal, wenn ich bei uns zu Hause nicht schlafen konnte, setzte ich mich auf unsere breite Fensterbank in der Küche und sah hinunter auf die um diese Zeit meist leere Straße, betrachtete die seltsamen Farben und Formen der von der Dunkelheit verschluckten Gegend, und all die kleinen Dinge, die die Schlafenden verpassten.

„Das war ein toller Abend, danke“, sagte ich zu Ben, hoffte, dass es sich nicht zu sehr nach Floskel anhörte, und streichelte dann Snowball zum Abschied über den Kopf.

„Hätte ja noch schöner werden können, aber du wolltest ja nicht.“

Ich blickte irritiert auf, doch er lachte nur, beugte sich vor und gab mir einen leichten Kuss auf die Wange. „Es hat richtig Spaß gemacht und ich freue mich schon auf morgen. Da machen wir ein bisschen mehr *Sigh*seeing.“

„*Sigh*seeing?“, fragte ich, innerlich zutiefst dankbar für die Möglichkeit, diese einfache Frage zu stellen.

Der Kuss hatte mich verwirrt. Ja, so traurig es war – ich, Emma Spencer, wurde nicht so einfach von netten, *wirklich* netten Jungs auf die Wange geküsst. Wofür auch immer. Keiner meiner Exfreunde hatte es je getan und Colin ruinierte meist lieber meine Frisur oder versuchte, mir die Schultern zu brechen, wenn er mich mal ‚liebevoll‘ an sich drückte. Also war diese kleine Geste, die andere Frauen bestimmt täglich mehrmals erlebten, etwas Besonderes und ich lächelte. Hoffentlich süß und charmant und nicht so verkrampft und perplex, wie es sich für mich anfühlte.

„Na ja, du weißt schon: Ooooh, das ist ja toll! Und: Aaaah, schau mal da. Und: Uiiiiii, wiiiie schöööööön. *Sigh*seeing eben.“ Er tippte sich an eine imaginäre Hutspitze und hüpfte die Treppenstufen wieder hinunter, bevor er sich unten noch einmal umdrehte und die Schmetterlinge in meinem Bauch ärgerlicherweise wieder aufflatterten. Untreue Biester! Sie gehörten doch zu Colin!

„Schlaf gut“, sagte er und lächelte. Dann gingen er und ein glücklich schwanzwedelnder Fellball die Straße hinunter und ich schaute *nicht* hinterher, bis sie um die nächste Ecke verschwunden waren. Nur bis kurz davor.

Die Taube in der Hand

Meinen Zustand als verwirrt zu bezeichnen, als ich das Apartment betrat, kam dem, was ich fühlte, noch nicht einmal im Ansatz nahe. Ich stand völlig neben mir, konnte mich nicht entscheiden, ob ich hysterisch lachen oder einen Heulkrampf kriegen sollte, und das Schlimmste war, dass ich mich selbst nicht mehr verstand, nicht begreifen konnte, warum meine Gefühle jetzt nicht nur mehr bei Colin, sondern auch bei Ben verrücktspielten. Hatte das die jahrelange Abstinenz bewirkt? Drei Jahre ohne Freund, das konnte schon was ausmachen, die Hormone nach einer Weile ordentlich in Wallung bringen. Und manchmal wurde auch die stärkste Person Opfer ihrer Triebe. War das verwerflich? Nein. Musste ich mich deswegen schämen? Auf gar keinen Fall. Letztendlich war ich nicht wie Colin und warf mich gleich auf Ben, um meine überhand nehmenden Bedürfnisse zu stillen – auch wenn es mir bestimmt dabei helfen würde, wieder klarer im Kopf zu werden.

Ben war gewiss ein sehr zärtlicher, einfühlsamer Liebhaber. Das waren sensible Männer meistens. Mir wurde auf einmal ganz heiß und ich stieß einen leisen Fluch aus.

„Himmelherrgott, Emma! Komm mal wieder runter!“, setzte ich streng hinzu. „Du bist kein verdammter Teenager mehr!“

Ich warf mich mit einem frustrierten Laut aufs Bett und vergrub mein Gesicht in einem der weichen Kissen. Warum nur war das Leben manchmal so furchtbar kompliziert? Warum konnte ich nicht weiterhin nur an Colin interessiert sein? Oder viel besser: Warum konnte ich nicht *gar nicht* verliebt sein? Das würde alles so viel einfacher und mich so viel glücklicher machen. Aber nein, ich musste ja einen übermäßig gutaussehenden besten Freund haben, der mich schon schwach machte, wenn ich ihm einfach nur in diese sagenhaft schönen, grünen Augen sah.

Ich erstarrte. Scheiße! Colin hatte *braune* Augen. BRAUNE! Ich setzte mich auf und schluckte schwer. Konnte das sein? War es möglich, dass man in *einen* Mann schwer verliebt war, ihn unbedingt haben wollte, und sich trotzdem noch, ganz langsam und klammheimlich, in einen *anderen* verliebte?

Nein! Ich war nicht in Ben verliebt! Ich fühlte mich nur sexuell von ihm angezogen, weil er mich wie eine begehrenswerte Frau behandelte und zudem nicht unattraktiv war. Die Hormone – die waren an allem schuld!

Ich atmete tief ein und wieder aus, versuchte mehr Ruhe in meine Gedanken und Gefühle zu bringen.

Du willst Colin – nicht Ben. Ganz klar. Ben würdest du nur nehmen, weil du Colin momentan nicht dazu bewegen kannst, intim mit dir zu werden. Es geht nur um Sex. Wirklich verliebt bist du in Colin!

Ich sah auf die Uhr. Schon nach Mitternacht und Colin war immer noch nicht da. War das ein Grund nervös zu werden? Colin kam, wenn er abends ausging, immer erst sehr spät nach Hause, aber wir waren in einer fremden Stadt und er war mit fremden Leuten unterwegs, die sonst was mit ihm anstellen konnten, wenn Anna es müde geworden war, auf ihn aufzupassen. Und wenn er besoffen war, neigte er dazu, dumme Sachen zu tun. Selbst *wenn* Anna noch bei ihm war, hieß das nicht, dass nichts Schlimmes geschehen konnte. Sie war nur eine Frau und konnte ihn nicht beschützen – es sei denn, sie hatte den schwarzen Gürtel im Kung Fu und nannte sich heimlich Anna Lee. Ich konnte mich jedenfalls nicht daran erinnern, dass sie mir so was mal erzählt hatte.

Oder Colin konnte sich in seinem Zustand doch noch verquatschen und somit meine Freundschaft mit ihr zerstören. Diesen Gedanken hatte ich bisher erfolgreich verdrängt, war es mir doch als äußerst geniale Idee vorgekommen, Colin einfach selbst dafür sorgen zu lassen, dass Anna sich nicht in ihn verliebte. Nun jedoch war der Gedanke da und es fiel mir von Sekunde zu Sekunde schwerer, nicht zu meinem Handy zu greifen und Colin einfach anzurufen.

Nach gefühlten zwei Stunden des Wartens (die in der Realität wohl eher zwei Minuten entsprachen) ergriff ich schließlich doch mein Handy.

„Jede gute Freundin wäre besorgt", rechtfertigte ich meine Handlung vor mir selbst, als ich die Nummer wählte. „Anna wird schon nicht stutzig werden."

Es tutete und tutete … und tutete und zur Krönung meldete sich nur Colins Mailbox. Mist! Nicht gut. Colin war normalerweise ein Handyjunkie und eigentlich immer zu erreichen. Er konnte es kaum ertragen, wenn er mal einen Anruf oder eine SMS verpasste und war dadurch schon mit einigen Leuten, die durch sein Handy im Gespräch mit ihm gestört worden waren, aneinandergeraten. Er selbst fand es nur natürlich, auf das Brummen und Summen seines kleinen ‚Kommunikationshelfers' zu reagieren, und empfand den Begriff ‚unhöflich' für sein Verhalten als ‚stark übertrieben'. Es gab nur wenige Menschen und Situationen, für die er sein Handy ausschaltete. Personen? Seine Mutter, sein bester Freund und ich… Situationen? Sex.

Und gerade Letzteres war etwas, das ich gegenwärtig für das Ausbleiben einer Reaktion auf meinen Kontaktversuch überhaupt nicht akzeptieren wollte. Das *durfte* einfach nicht sein!

„Komm schon – ruf zurück!", flehte ich mein Handy an, als hätte dieses tatsächlich die Möglichkeit, Colins Handeln zu beeinflussen. Doch irgendwer *musste* mich erhört haben, denn nur Sekunden später vernahm ich, dass jemand polternd das Haus betrat, und dann ertönte Colins Stimme im Flur: „Oooooh Anna! Du bisja ein Wunnerkinn. Ich wohnhier echt!"

Ich sprang auf, wie von einer Tarantel gestochen, und stürzte zur Tür, um diese dann genau im richtigen Moment aufzureißen und der verzweifelten Anna helfend unter die Arme zu greifen.

Colin war nicht nur betrunken – er war hackedicht! Sein Blick war glasig, er war kaum fähig, seinen Körper aufrecht zu halten und das debile Lächeln auf seinen Lippen sprach Bände: Hirntot, für mindestens zehn Stunden. Glücklicherweise befand sich das Bett gleich direkt gegenüber von der Eingangstür und Anna und ich brauchten ihn nur zwei, drei Schritte in den Raum zu bugsieren und ihn dann einfach nur loszulassen.

In Zeitlupe und von einem zum anderen grinsend fiel Colin vornüber und blieb dann erst einmal reglos liegen. Anna und ich stießen zeitgleich einen tiefen Seufzer aus, sahen uns an und mussten dann lachen.

„Männer!“, sagten wir jetzt auch noch synchron und lachten nur noch mehr. Verwandte Seelen eben. Oh, wie gern hätte ich sie jetzt in die Arme geschlossen und fest gedrückt und ihr dann gebeichtet, wer ich wirklich war, dass sie eigentlich mit *mir* ihre Zeit verbringen musste und nicht mit meinem lausigen Freund … aber ich konnte es nicht übers Herz bringen, hatte zu viel Angst vor den Folgen dieser Handlung. Also stand ich nur da und lächelte sie weiter an.

„Es tut mir sooo leid“, sagte ich nach ein paar Minuten und warf einen kurzen Blick auf den leise und unartikuliert vor sich hin lallenden Colin. „Er … er ist sonst nicht so.“

Sie nickte sofort und schenkte mir einen warmen Blick, der jedoch deutlich kühler wurde, als auch sie wieder Colin ansah. „Ich hoffe es zumindest“, setzte sie hinzu und seufzte ein weiteres Mal. „Er hat sich heute Abend nicht gerade mit Ruhm bekleckert.“

„Nein, wohl eher mit einer bunten Mischung aus alkoholischen Getränken“, stimmte ich ihr zu.

„Einer *richtig* bunten“, ergänzte Anna und ich lachte nur nicht, weil ihr Gesicht dabei so ernst blieb und ich in ihren Augen lesen konnte, dass sie sich doch mehr über Colin geärgert haben musste, als sie hier vor mir zugeben wollte. Nicht gut.

„Das war wahrscheinlich die Aufregung“, versuchte ich sofort den angerichteten Schaden zu minimieren. „Weil ihr zum ersten Mal allein aus wart …“

Sie zuckte die Schultern. „Es war ja kein Date oder so. Und ich hab es ihm nicht schwer gemacht und war bis zu einem bestimmten Punkt sehr geduldig und freundlich …“ Sie schüttelte den Kopf und winkte ab. „Du kannst ja nichts dafür. Ich hoffe, *ihr* hattet wenigstens einen schönen Abend? Du und Ben, meine ich …“ Sie hob fragend die Brauen.

„O ja … ja …“, war alles, was ich stammeln konnte und ich fühlte, wie mir sofort das Blut ins Gesicht schoss. „Dein Bruder ist toll – nett!“ Verdammt! Was sagte ich denn da?!

Anna begann zu schmunzeln. „Ja, das ist er. Er ist einer von den Guten.“

Ich nickte sofort und hätte mich gleich wieder ohrfeigen können. So, wie ich mich verhielt, dachte sie nachher noch, dass ich auf ihren Bruder stand. Und das war ja nun wirklich nicht der Fall – also … nicht so richtig!

„Neeeiiin, ich gehe nich sur Lesung … neee …“, blubberte Colin in sein Kissen und brachte uns beide wieder zum Kichern.

„Ich geh dann mal am besten“, meinte Anna und bewegte sich zurück zur noch offenstehenden Tür. „Wir sehen uns morgen wieder, oder?“

„Haben wir euch noch nicht vergrault?“, fragte ich und meinte das nur halb so scherzhaft, wie ich tat.

Anna tat mir den Gefallen und lachte erneut. „Auf keinen Fall. Aber es wäre schön, wenn ihr die nächsten Abende vielleicht ein wenig ansprechbarer bleibt.“

„Versprochen!“, sagte ich sofort und hob die Finger zum Schwur. „Hoch und heilig!“

„Na dann“, lächelte sie. „Schlaft gut und lange. Wir müssen morgen nicht wieder *so* früh raus. Ist ja schließlich Sonntag.“

„Ich meld mich, wenn wir wach sind“, schlug ich vor und dieses Mal war sie es, die nur nickte. Dann war sie verschwunden. Ich schloss die Tür und mein Lächeln erstarb in dem Augenblick, in dem ich mich vollends zu Colin umgedreht hatte.

Er war zu seinem eigenen Unglück nicht eingeschlafen und setzte sich gerade – nach dem dritten Anlauf auch erfolgreich – im Bett auf.

„Und? Spaß gehabt?“, fragte ich mit schneidender Stimme.

Colin blinzelte und versuchte sich auf mein Gesicht zu fokussieren. „Emma, weisu was? Du siehs heude richdich hübsch aus …“

Na klar. Selbst im besoffenen Zustand war Colin noch zu seiner Standardreaktion auf verbale Attacken der weiblichen Bevölkerung fähig. Bei mir stieß er damit allerdings auf Granit. Ich kannte ihn zu gut und wusste ganz genau, dass er das nicht ernstmeinte.

„HAST DU VÖLLIG DEN VERSTAND VERLOREN?!“, fauchte ich ihn an. „Besäufst dich bis zum Gehtnicht-mehr und benimmst dich wie der letzte Vollidiot! Es wird mich nicht wundern, wenn Anna nach all dem hier nichts mehr mit mir zu tun haben wird! Du bist *ich*, Mann! Warum vergisst du das immer?“

„Es is aber auch ech schwer, du zu sein“, lallte er. „Und außer'em … wer warn gesdern hackdich?“ Er hob die Brauen und wackelt mit seinem Zeigefinger vor seinem Gesicht herum.

„Es ist überhaupt nicht schwer, ich zu sein!“, ging ich einfach nicht weiter auf den zweiten Teil seiner Verteidigung ein. „Du brauchst dich dafür nur zu *benehmen*!“

„… un so su tun, als wärich kein richdiches Mädchen“, fügte er hinzu, runzelte dann aber die Stirn. „Nein, warte, bin ja kein Mädchen“, fuhr er ohne Gnade fort, sich nicht bewusst, wie tief er mir das Messer damit in die Brust stach. „Ich mein, so'n Kumpeltyp, der nichso auf Sex undso steht, nich?“

Zu allem Überfluss verengte sich auch noch meine Kehle und meine Nase begann zu prickeln. Langsam wurde mir das alles zu viel.

„Manchmal bist du so ein Arschloch“, stieß ich mit erstickter Stimme aus.

Colin sah mich überrascht an und erhob sich dann wankend. „Och, Emma!“, brachte er in diesem mitleidigen Ton heraus, den ich so hasste, und fiel mir in dem Versuch mich zu umarmen, um den Hals. Ich hielt ihn fest, obwohl mein Bedürfnis, ihn mit aller Macht wegzustoßen nur schwer zu unterdrücken war.

„Is doch alles nich so schlimm“, lallte er, mir dabei eine ganze Ladung Suffgestank ins Gesicht pustend, und packte auch noch meinen Kopf. „Anna ma’ mich – keine Soage! Wir haddn eine ganse Menge Spaß und sie … sie war auch gar nich sauer, weil ich versuch hab, sie su küssen …“

Ich riss entsetzt die Augen auf. „Du hast versucht, sie zu küssen?!“

„Nicht gleich schrein!“ Er hielt mir den Mund zu. „Sie is einfach sooo heiß, weisu … un ich war schon ein bisschen voll, weisu …“

Mein ganzes Inneres begann sich bei dem Versuch, meinen Zorn zu zügeln und gleichzeitig die Tränen zurückzuhalten, zu verkrampfen. Ich packte seine Hand und riss sie von meinem Mund.

„DU HAST VERSPROCHEN DICH ZU BENEHMEN, COLIN!“, schrie ich ihn nun doch an und er kniff die Augen zusammen, weil meine Stimme für seinen Suffschädel wohl viel zu laut war. Aber das war mir herzlich egal. Er konnte froh sein, dass ich ihm keine klebte!

„Du hast es versprochen! Und dann machst du so einen Scheiß!“

„Es war nur ein winzijes Küsschen, Em“, versuchte er sich herauszureden. „Guck – so …“

Colins Lippen trafen auf die meinen – zum ersten Mal, seit wir erwachsene Menschen waren. Und das taten sie auch nicht zaghaft sondern mit Nachdruck. Mein erster Kuss mit Colin … und es fühlte sich einfach nur grauenvoll an. Feucht, lieblos, unromantisch. Kein Kribbeln, keine Aufregung, keine Schmetterlinge im Bauch. Der Zauber des ersten Mals war buchstäblich non-existent. Und dazu stank Colin auch noch so furchtbar nach Alkohol und Zigaretten, dass mir beinah übel wurde. Ich schob meine Hände zwischen uns und drückte ihn von mir weg – mit solcher Kraft, dass er rückwärts taumelte und sich unsanft aufs Bett setzte.

Ich schnappte nach Luft und fuhr mir mit der Hand über die Lippen, immer wieder, um zu vergessen, was gerade passiert war, dieses Erlebnis auszulöschen. Doch es ging nicht, brannte sich gnadenlos in mein Gedächtnis.

Dein erster Kuss mit Colin. Das war er. Daran lässt sich nichts mehr ändern, hämmerte es in meinem Schädel und die Tränen schossen in meine Augen, ließen sich nicht mehr zurückhalten.

„Du … du … Idiot!“, stammelte ich mit erstickter Stimme, während Colin mich nur verständnislos anblinzelte.

„Ach, komm schon, Em“, meinte er und versuchte, wieder auf die Beine zu kommen, „war doch nur'n kleiner Scherz …“ Er streckte die Hände nach mir aus, doch ich wich ihm aus, eilte zur Treppe, nahm diese in Sekunden und war schon im Bad, als Colin mir nachrief: „Heulst du?“

Ich knallte die Tür zu, verriegelte sie und sank dann mit dem Rücken an das Holz gepresst an ihr hinunter, leise in mich hineinweinend. Das Leben war manchmal so wahnsinnig unfair. Warum konnte es nie so verlaufen, wie man sich das wünschte?

Colin folgte mir selbstverständlich nicht – auch nicht, als ich laut zu schluchzen anfing und mir all den Stress und Kummer der letzten Tage von der Seele weinte. Dazu war er viel zu blau und ohnehin zu feige. Er hatte mir mal gesagt, dass er nicht damit klarkam, wenn Frauen seinetwegen weinten. Er wusste dann nicht, was er tun sollte, und hatte Angst, Versprechungen zu machen, die er später nicht halten konnte. Aus diesem Grund zog er sich lieber zurück und wartete darauf, dass das weibliche Wesen, das er verletzt hatte, sich wieder von allein beruhigte – oder ganz einfach den Kontakt mit ihm abrach, was ihm oft noch viel lieber war.

Das hieß nicht, dass Colin generell nicht dazu bereit war, andere Menschen zu trösten, und kein Mitgefühl besaß. Er war kein gefühlloser Klotz – auch wenn er manchmal diesen Eindruck erweckte – sondern nur überfordert, wenn er selbst die Ursache für das Unglück anderer war. War er in die Misere *nicht* persönlich verwickelt, hatte er *immer* ein Ohr für die Probleme anderer und eine Schulter zum Anlehnen – vor allem für seine engsten Freunde, zu denen ich mich zählte.

Im Grunde war das ja auch das Problem. Colin sah nicht nur außerordentlich gut aus, er hatte auch einen guten, sehr liebenswerten Kern und wenn man den erstmal entdeckt hatte, *musste* man sich zwangsläufig in ihn verlieben. Dann hielt man auch all seine Macken und sein gelegentliches Fehlverhalten aus, weil man einfach nur noch ihn wollte und keinen anderen! Selbst wenn er einem die schön schnulzige Vorstellung des ersten Kusses gnadenlos zerschmetterte …

Ich seufzte schwermütig, wickelte mir ein paar Blätter von dem Toilettenpapier, das so schön in meiner Reichweite war, ab und schnäuzte lautstark meine Nase. Ich war doch ein dummes Huhn! Da begegnete mir ein solch netter Kerl wie Ben, von dem ich mich auch noch angezogen fühlte, und ich heulte immer noch Colin hinterher, klammerte mich an ihn wie eine Suchtkranke, anstatt dankbar anzunehmen, was mir so großzügig angeboten wurde. Denn es hätte heute durchaus mehr zwischen Ben und mir passieren können. Da war ich mir sicher.

Wie sagte man doch so schön? Lieber der Spatz in der Hand als die Taube auf dem Dach. Colin war eindeutig meine Taube. Und ich *wollte* sie. Immer noch. Mir war egal, was ich in der Hand hatte.

Obwohl … in der Hand hatte ich ja meine Taube eigentlich auch schon – halt nur in der ‚freundschaflichen' und sie sah mich noch nicht an, wollte immerzu wegfliegen. Die andere ‚nicht-mehr-nur-freundschaftliche' Hand war allerdings auch schon besetzt. Da saß dieser süße Spatz, der versuchte, es sich dort schön gemütlich zu machen, und mich mit seinen grünen Knopfaugen freundlich anblinzelte. Was ich tun musste, um zu bekommen, was ich wollte, war die beiden auszutauschen. Allerdings war das momentan noch nicht so einfach, weil die verdammte Taube gerade stockbesoffen war!

Die Frage war auch, ob es tatsächlich so schlau war. Denn was war, wenn ich selbst tief in meinem Herzen keine Taube war, sondern eher der Spatz, für den mich alle hielten? Dann passte ich viel besser zu meinem grünäugigen Freund – für den ich ja wiederum die Taube war und der mich vielleicht gar nicht haben wollte, wenn er feststellte, dass ich auch nur ein Spatz war. Aaaaargh!

Ich raufte mir die Haare. Diese blöden Gleichnisse! Wie sollten die einem helfen, wenn sie einen nur zusätzlich durcheinanderbrachten?! Was ich brauchte, war jemand, bei dem ich mich aussprechen konnte, der mir zuhörte und mein Jammern ertrug, ohne genervt zu sein; jemand, dem ich absolut vertrauen konnte. Ich brauchte Anna.

Ich hielt inne. Was hielt mich davon ab, mit ihr zu sprechen? Sie war bestimmt schon zu Hause und … stinksauer, weil mein Colin-ich sich so schlecht benommen hatte. Aber sie war eine gute Seele. Wenn ich mich aus tiefstem Herzen bei ihr entschuldigte, würde sie mir gewiss verzeihen und dann hatte sie auch wieder ein Ohr für meine Probleme. Verliebt konnte sie nicht in Colin sein, so verärgert, wie sie ausgesehen hatte.

Ich griff in meine Jackentasche und holte mein Handy heraus. Smartphones waren eine wirklich geniale Erfindung unserer Zeit. So brauchte man noch nicht einmal mehr einen PC, um mit seinen Freunden zu chatten. Probleme bekam ich nur, wenn Anna nicht … Gottseidank! Da stand es, leuchtete es mir entgegen: Midnightrider ist online.

Ich tippte so schnell und fehlerfrei, wie die kleinen Buchstaben meines Displays es zuließen, ein fröhliches „Hallo!“ und sandte gleich einen beschämten Smiley hinterher. Nights Antwort kam sofort.

Midnightrider: *Oh, schon wieder ein bisschen nüchterner?* Grinsesmiley. *Dann verträgst du mehr, als ich dachte.*

Ich atmete erleichtert aus. Sie war nicht mehr böse, sprach noch mit mir. Colin hatte es nicht geschafft, unsere Freundschaft mit seinem unmöglichen Verhalten zu zerstören.

Shadowhunter: *Tut mir leid, dass ich mich so gehen hab lassen. Ich war nicht so ganz ich selbst, weil ich so nervös war, weißt du?*

Midnightrider: *Ja, das hab ich mir schon gedacht.*

Shadowhunter: *Ich wollte einen guten ersten Eindruck machen und hab vollkommen versagt, oder?*

Midnightrider: *Nö. Mach dir mal keine Sorgen.*

Es folgten hintereinander ein Umarmungssmiley, ein Tröstesmiley und ein Kusssmiley. *Kusssmiley*? Was sollte *das* denn? In meiner Brust wurde es deutlich enger.

Midnightrider: *Ich weiß ja, was für ein netter Kerl du wirklich bist! Und du siehst verdammt gut aus – weißt du das eigentlich?*

Ach, wie bitte?? WIE BITTE?? Was wurde das denn jetzt?! Meine Erleichterung war mit einem Schlag verflogen und die vorherige Panik wieder voll da. Anna stand auf Colin! Das durfte ja wohl nicht wahr sein! Ich fuhr mir mit etwas zittrigen Finger über das Gesicht und seufzte. Es war alles noch viel schlimmer, als ich gedacht hatte.

Midnightrider: *... Colin?*

Ich starrte auf den kleinen Bildschirm und fühlte, wie sich meine Augen erneut mit Tränen füllten. Ich war hierher in den Chat gekommen, um Trost zu finden, um mir selbst zu beweisen, dass ich überreagiert hatte und alles nur halb so schlimm war und nun … es war zum Reihern!!

Shadowhunter: *Echt? Findest du?*

Wie benommen tippte ich die Buchstaben und verschrieb mich allein bei diesen drei Worten etwa viermal.

Midnightrider: *LOL Wenn ich irgendjemandem ein Foto von dir zeigen und dazu sagen würde, dass du insgeheim kaum Selbstbewusstsein hast – die würden mich für bescheuert halten!* Zungerausstrecksmiley.

Was machte ich denn jetzt?? Mich artig für das Kompliment bedanken? Es zurückgeben? Ich könnte auch einfach behaupten, dass Colin plötzlich sein Coming Out hätte. Und *so* froh war, endlich mit jemandem darüber reden zu können!

Midnightrider: *Okay, jetzt reagierst du gar nicht mehr. Hab ich dich verschreckt? He, hör mal, ich weiß doch, dass du in Emma verliebt bist, okay? Ich versuche nicht, dich von ihr ‚abzulenken' oder so. Ich habe Respekt vor den Gefühlen anderer. Ich war nur ... Du warst ... Ich habe ein wenig das Gefühl, als würdest du versuchen, Emma eifersüchtig zu machen mit deinem Verhalten ...*

Shadowhunter*: Auf gar keinen Fall!!*

Die Worte waren schneller geschrieben und gesendet, als mein Gehirn einen klaren Gedanken fassen konnte.

Midnightrider: *Guuut. Ich hab nämlich keine Lust, nur Mittel zum Zweck zu sein. Klar hast du dich auf die Reise mit Emma gefreut und ich weiß ja, was du für sie empfindest, aber... Darf ich ehrlich sein, Colin?*

O Gott! Gleich kamen sie, die Worte, die ich nicht hören wollte.

Na, klar! Immer raus damit, schrieb ich dennoch.

Midnightrider: *Ich glaube nicht, dass du und Emma ... na ja, dass mehr aus euch werden wird. Hab ich dir ja schon oft geschrieben. Und jetzt, da ich sie kenne ... Sie ist ja nett und so, aber ich hab nicht das Gefühl, dass sie in dir mehr sieht als eine Art Bruder.*

Mann, war *ich* eine gute Schauspielerin! Ich hatte Anna von meinem ‚angeblichen' Desinteresse bezüglich Colin völlig überzeugt.

Autsch! Das tat weh, gab ich zurück.

Midnightrider: *Ich mein das ja nicht böse. Ganz im Gegenteil: Ich will nur nicht, dass du dich da in was verrennst, was dich am Ende totunglücklich macht. Und ich ... ich mag dich sehr, Colin. Gerade weil ich dich jetzt persönlich kenne.*

Nein, nein, nein, NEIN! Warum schrieb sie jetzt so was? Sie hatte doch vorhin an der Tür so verärgert und abgegessen ausgesehen! Ich war so sicher gewesen, dass Colin mit seiner Anmachtour nicht bei ihr gelandet war.

Shadowhunter: *Ich dachte eher, das wäre ein Grund, mich weniger zu mögen.*

Ich setzte schnell noch ein Grinsesmiley hinter meinen Satz und wartete dann mit klopfendem Herzen.

Midnightrider: *Hab doch schon gesagt, dass ich dir verziehen habe, weil ich weiß, wer du wirklich bist.*

Weißt du eben nicht, wollte ich schreiben, tat es aber natürlich nicht. Dafür schrieb ich etwas anderes, was nicht viel weniger gewagt war: *Du bist jetzt aber nicht in mich verliebt oder*?

Mein Smiley grinste nicht mehr nur, er zwinkerte sie auch noch an, um meine Frage als Witz zu tarnen. Doch anscheinend wollte Anna kein Versteckspiel mehr mit Colin spielen.

Wäre das so schlimm? fragte sie – ohne auch nur irgendeinen Smiley hinzuzusetzen, der ihrer Frage die Ernsthaftigkeit nehmen konnte. Ein paar stockende Atemzüge lang konnte ich mich nicht mehr bewegen. Anna war in Colin verliebt. Oder auch in mich. Oder viel eher in eine Mischung aus Colin und mir, die überhaupt nicht existierte. Und das Schlimme war, dass ich ihr antworteten musste – am besten sofort, weil jede Sekunde, die verstrich, ihr wehtun musste. Sie hatte sich mir offenbart, sich bloßgestellt und wartete wahrscheinlich mit rasendem Herzschlag auf eine Antwort von mir, die ihr entweder das Herz brechen oder sie zum glücklichsten Menschen der Welt machen würde.

Ich begann mit nun schon sehr viel stärker zitternden Fingern und zugeschnürter Kehle zu tippen.

Shadowhunter: *Nein. Gar nicht.*

Ich war kein Herzensbrecher, konnte so was anderen Menschen nicht antun – schon gar nicht meiner besten

Freundin. Besser war es, wenn mir selbst das Herz blutete (und o ja, das tat es), schließlich hatte *ich* uns allen ja diese teuflische Suppe eingebrockt. Da war ich auch dafür verantwortlich, dass alle möglichst unversehrt aus dem Schlamassel herauskamen. Alle außer mir.

Anna schickte mir ein errötendes Smiley und ich schluckte schwer. Der nächste Satz war umso schneller geschrieben.

Shadowhunter: *Aber wir sollten uns nicht zu etwas drängen, was wir vielleicht später bereuen könnten.*

Midnightrider: *Ich will dich zu gar nichts drängen – keine Angst! Ich wollte nur anmerken, dass ich dich toll finde.*

Ich verdrehte die Augen, weil sie schon wieder diesen rot werdenden Smiley anfügte. Der sah auf einmal so hässlich aus. Dennoch schrieb ich mit schwerem Herzen: *Du bist auch toll!*

Noch mehr von diesen widerlichen tomatenroten Smileys. Das war doch echt albern und so widerlich girlie-mäßig.

Shadowhunter: *Aber lass uns das Ganze langsam angehen, okay? Ich will nicht, dass wir unsere Freundschaft zerstören und wir sollten auch Rücksicht auf Emma nehmen.*

Ja, das war gut. Was für ein genialer Einfall! Anna würde sich nach solchen Worten bestimmt zurückhalten und wenn wir erst wieder weg waren, hatte ich viel mehr Zeit, um einen guten Plan zu entwickeln, wie ich verhindern konnte, dass Colin und Anna sich näher kamen, als sie sollten.

Midnightrider: *Inwiefern Rücksicht nehmen?*

Shadowhunter: *Na, vielleicht fühlt sie ja doch ein bisschen mehr als Freundschaft für mich ... Ich will ihr nicht wehtun.*

Midnightrider: *Keine Sorge – das wirst du nicht. Die ist so mit meinem Bruder beschäftigt, dass sie gar nicht bemerkt, was sich zwischen uns tut.*

Meine Brauen wanderten in die Höhe und ich musste ein paar Mal blinzeln, weil ich nicht glauben konnte, dass ich richtig gelesen hatte. Woher wusste sie das? Also … dass ich Spaß mit ihrem Bruder hatte – also nur so als Freund …

Shadowhunter: *Was willst'n damit sagen?*

Midnightrider: *Nur dass es sie nicht stört, wenn wir allein was unternehmen, weil mein Bruder sich ja um sie kümmert. Die verstehen sich ziemlich gut ... so als Freunde. Meinst du nicht auch?*

Shadowhunter: *Stimmt.*

Midnightrider: *Das stört dich doch nicht, oder?*

Shadowhunter: *Neeeee. Ich find's gut, wenn Emma Spaß hat.*

War ja nicht gelogen. Soweit kam's noch, dass die beiden mir das bisschen Spaß mit Ben noch verdarben! Nach dem Leid, das mir heute widerfahren war, hatte ich es mir verdient, mich morgen so richtig zu amüsieren! Das hieß ja auch nicht, dass ich dabei Colin und Anna aus den Augen lassen musste.

Lass uns doch alle morgen endlich mal was zusammen machen, schlug ich gewitzt vor. *Wir brechen zusammen auf und machen uns einen schönen gemeinsamen Tag.*

Midnightrider: *Meinst du, die wollen noch was mit uns unternehmen? Mein Bruder machte heute einen recht glücklichen Eindruck.*

Ein kleines Lächeln stahl sich auf meine Lippen.

Shadowhunter: *Echt?*

Midnightrider: *Ja. Die können wohl auch Spaß ohne uns haben.* Grinsesmiley.

Shadowhunter: *Dann müssen sie uns morgen ihr Geheimrezept verraten.*

Midnightrider: *Du willst anscheinend unbedingt mit den beiden was machen. Dann soll es so sein.* Schulterzucksmiley.

Shadowhunter: *Emma und ich sind zusammen hier, Anna. Ich würd kein gutes Gefühl dabei haben, sie dauernd an deinen Bruder abzuschieben.*

Ein weiterer Geniestreich aus meiner Feder. Das musste sie doch endlich überzeugen!

Midnightrider: *Den stört das nicht. Aber du hast Recht. Ist ja nicht* unser *erster gemeinsamer Urlaub.*

Oh, das klang ein bisschen eingeschnappt.

Noch nicht, schrieb ich und wusste ganz genau, dass das nicht in Ordnung war. Aber ich wollte Anna nicht schon wieder verärgern. Und da war er schon wieder, mein Freund, der tomatenrote Smiley.

Midnightrider: *Ist das ein Versprechen?*

Shadowhunter: *Vielleicht ...*

Du meine Güte! Ich flirtete mit einer Frau! Erfolgreich, denn sie lachte, beziehungsweise lolte und schickte mir ... Verdammter Mist! ... schon wieder einen Kusssmiley.

Für einen Augenblick spielte ich mit dem Gedanken, eines dieser grünen Kotzgesichter als Antwort zu posten, doch verwarf ich diese Gemeinheit gleich wieder und rügte mich innerlich. Mein ambivalentes Verhalten machte mich schon selbst ganz irre. Anna konnte nichts für ihre Gefühle. Ich allein war daran schuld, dass sie diese überhaupt hatte.

Ich glaub, ich gehe jetzt lieber schlafen, gab ich ihr zur Antwort. *Damit ich morgen wenigstens einigermaßen fit bin und euch allen nicht schon wieder den Tag verderbe. Schlaf gut.*

Ein Umarmungssmiley musste noch sein, dann war ich schon offline und zum ersten Mal in meinem Leben froh, Anna los zu sein.

Ich ließ meine Hände zusammen mit dem Handy in den Schoß sinken, lehnte meinen Kopf an die Tür hinter mir und sah hinauf zur Decke. Ich war zwar nicht mehr ganz so frustriert wie zuvor, aber so richtig gut ging es mir mit all den neuen Entwicklungen auch nicht. Alles war so verwirrend und aufregend … und unberechenbar. Ein Tanz auf dem Drahtseil bei Sturmböen. Ein Jonglieren mit lichterloh brennenden Fackeln und in Öl getränkten Kleidern. Freeclimbing an einem mit Schmierseife übergossenen Hochhaus …

Ich seufzte tief und schwer. Die Frage war wohl nicht, *ob* ich abstürzen würde, sondern *wann* … und ob dann jemand da war, der mich auffing … Die Taube oder der Spatz?

Zombieschreck

Als ich am folgenden Morgen erwachte, nahm ich mir, bereits bevor ich aufstand, drei Dinge ganz fest vor: Ich würde Colin heute an die Kandare nehmen und ihn sofort spüren lassen, wenn er etwas tat, was mir nicht gefiel. Ich würde *nicht* mehr mit Ben flirten und ihn stattdessen wie den guten Freund behandeln, den ich in ihm so überraschend gefunden hatte. *Und* ich würde mir trotzdem einen richtig schönen Tag mit Anna und Ben gönnen. Die waren schließlich *meine* Freunde und nicht Colins!

Okay, Anna war meine Freundin, aber Ben war ihr Bruder und meine Besitzansprüche damit völlig gerechtfertigt. Einen kleinen Unterpunkt hatte ich auch noch – nämlich generell meine Gefühle bezüglich der beiden Männer an meiner Seite besser im Griff zu behalten – aber den wollte ich nicht ganz so streng sehen. Letztendlich war auch ich nur ein Mensch und konnte nicht so schnell in meinem Gefühlsleben aufräumen, wie das in anderen Bereichen meines Lebens möglich war.

Wir hatten uns alle darauf geeinigt, noch einmal die Innenstadt von London zusammen unsicher zu machen und trafen uns am Trafalgar Square, auf der breiten Treppe vor der National Galerie, die zu den beiden großen Springbrunnen hinunterführte. Aufgeregt war ich nicht, jedenfalls nicht zu Beginn. Dieses dumme, unbrauchbare Gefühl brachte mich erst durcheinander, als ich Ben unten am Ende der Treppe entdeckte und er uns mit einem strahlenden Lächeln winkte. Es war seltsam, aber irgendwie sah er von Tag zu Tag besser aus und diese Feststellung veranlasste mein Herz doch glatt dazu, schneller zu schlagen und verursachte ein Kribbeln in meinem Bauch, das sonst nur Colins Lächeln hervorrufen konnte.

„London zeigt sich ein weiteres Mal von seiner schönsten Seite", kommentierte Ben das sonnige Wetter, das uns heute scheinbar den Tag versüßen wollte. „Nur für euch."

„War das Wetter denn vorher so viel schlechter?", wollte ich wissen.

Ben und Anna nickten einträchtig. „Eine Woche lang nur Regen", seufzte sie. „Aber seit ihr hier seid …"

Colin und ich grinsten uns an und zuckten mit gespielter Arroganz die Schultern.

„Tja, Petrus weiß halt, was sich gehört", setzte Colin noch hinzu und wir lachten alle. Damit hatten wir das Thema ‚Wetter' zur Auflockerung der Atmosphäre schon mal abgehakt.

„Und? War der Kater schlimm?", erkundigte sich Ben bei Colin. Der sah sofort Anna an.

„Hast du ihm davon erzählt?"

„Ist doch nicht schlimm", verteidigte sie sich, während ich mich insgeheim darüber freute, dass sie Colin verärgert hatte. „Jeder ist mal besoffen."

„Und nur 'ne richtige Blamage bringt einen dazu, sich das nächste Mal ein bisschen mehr zurückzuhalten", verkündete Ben grinsend.

Das saß. Colin überspielte es mit einem Lächeln, doch ich konnte sehen, dass er eigentlich gerne etwas erwidert hätte und es nur mir zuliebe unterließ. (Natürlich tat er das für mich; er schwieg nicht, weil ihm nichts einfiel. Basta.)

Mein eigenes schlechtes Gewissen regte sich auch sofort wieder, hatte ich mich doch am ersten Abend nicht sehr viel besser benommen und nur, weil es bei meinem besten Freund bereits zum zweiten Mal passiert war, fühlte ich mich nicht besser.

„Ben!" Anna knuffte ihn in die Seite. „Taktgefühl war noch nie seine Stärke", sagte sie augenzwinkernd.

„Ich bin der *Meister* des Taktgefühls", erwiderte er, doch sie schob ihn zur Seite. Die beiden gingen genauso miteinander um wie Colin und ich und ich wusste nicht, ob mich das freuen oder traurig machen sollte.

„Wir dachten daran, erst mal eine Runde im Brunnen zu schwimmen, weil es heute so warm ist", fügte Ben von seiner neuen Position etwas weiter rechts hinzu und sah uns dann mit dem gleichen irritierten Blick an, den *wir ihm* schenkten, obwohl ich mir sicher war, dass er das nicht ernst meinte. „Oder habt ihr etwa keine Badesachen dabei? Nacktschwimmen ist hier leider nicht erlaubt."

„Das macht nichts", winkte Colin ab. „Emma hat eh noch kein Seepferdchen."

Wir standen mittlerweile direkt neben einem Brunnen und er beugte sich über dessen hüfthohe Umrandung und spritzte mir Wasser ins Gesicht. Mein erster Instinkt war, auf seinen Rücken zu springen und zu versuchen, seinen Kopf zur ebenfalls kurzen Erfrischung in den Brunnen zu halten, aber ich war ja ein … Girlie. Und die machten so was nicht. Glaubte ich zumindest.

„Sehr erwachsen“, sagte ich völlig Emma-untypisch und schnitt ihm eine Grimasse. Ich musste mich nicht einmal sonderlich verstellen, als ich sah, wie auf der anderen Seite ein paar kleine Kinder Weitspucken ins Wasser übten. Naja, der durchschnittliche Badesee war bestimmt auch nicht sauberer …

Die folgenden zwei Stunden verbrachten wir abwechselnd in verschiedene Boutiquen, weil ‚Fashionista Emma sich ja sicherlich mit noch mehr neuen Klamotten eindecken wollte‘ und ‚London quasi als Modemekka betrachtete‘. Ich behauptete, dass ich spätestens seit gestern genügend Klamotten für diese Saison hätte (und war soo stolz, dass mir als Modemuffel der Saisonzusatz als Argument eingefallen war), dennoch kaufte ich mir noch ein paar Schuhe, während Anna fast aus jedem Laden mit einer weiteren Tüte spaziert kam und Colin mit etwa zwei Tüten Rückstand schlug. Komisch, ich hatte sie gar nicht als so modesüchtig in Erinnerung, aber ich schob es auf die vielen Sonderangebote – einige der Klamotten waren preislich kurz vorm Nulltarif.

Ben war der einzige, der resistent blieb und uns nur kopfschüttelnd zusah. Gerne hätte ich meine beiden Kleidchen zurückgebracht, aber naja, ich hatte mir diese

Rolle schließlich ausgesucht, also musste ich sie auch wohl oder übel spielen.

Bepackt ging es weiter über Victoria Embankment an der Themse entlang Richtung Westminster Bridge. Ich schoss eine Unmenge an Fotos. In den letzten Jahren war ich recht wenig verreist und wenn, dann wurde ich schnell zur Vollzeitknipserin. Es war mir unangenehm, selber fotografiert zu werden und daher vermied ich es für gewöhnlich, andere abzulichten. Es sei denn, sie wünschten es ausdrücklich. Auf den meisten meiner Bilder waren Gebäude, Wiesen, Wälder und Tiere zu sehen und dann gab es noch unzählige Himmelsbilder. Ich ordnete meine Bilder nicht. Sie lagen alle in dem gleichen vom Computer angelegten Dateiordner namens ‚Eigene Bilder' und ab und an schaute ich sie mir an.

Die ersten beiden Tage hatte ich mich noch zurückgehalten und nur Colin hatte ein paar Gruppenbilder gemacht, auf denen alle außer mir supercool aussahen und die ich hoffentlich nie wieder zu Gesicht bekommen würde. Doch nun musste es einfach sein, wenn es mir auch ein wenig peinlich war, weil ich ja inzwischen wusste, dass Ben das professionell machte. Durch so was ließ ich mich leider schnell einschüchtern und fing sogar an, mich für meine billige Kamera zu entschuldigen. Hauptsache, er fragte nicht, ob er sie später noch mal sehen dürfte. Ich mochte meine Schnappschüsse, aber sie waren oft verwackelt oder falsch belichtet, was mir allerdings nichts ausmachte. Später würden sie mich an einen schönen Tag oder eine besondere Situation erinnern, das war alles. Es ging um persönlichen Wert, nicht um künstlerischen Anspruch.

„Wart Ihr schon mal im Dungeon?“, riss Ben mich aus der Linsenattacke auf eine Möwe, die sich auf der breiten Steinmauer neben uns über ein halbes Schinkensandwich hermachte. Wir hatten die London Bridge erreicht und ich machte gleich ein paar Bilder vom Wasser, dem Himmel, dem Riesenrad, dem Himmel, den Steinfiguren auf der Brücke, dem Himmel …

Colin runzelte die Stirn. „Dungeons und Dragons? Hab ich zuletzt mit zehn gespielt, aber von mir aus …“

„London Dungeon!“, platzte es etwas zu atemlos aus mir heraus und ich beschloss, dass auch männermordende Vamps ein bisschen Gruselspaß haben durften. Zur Not würde ich auch teenie-girlie-mäßig kreischen, um meine Rolle weiterhin glaubhaft zu spielen.

Während Ben hoffnungsvoll die Brauen hochzog, gingen die Mundwinkel der beiden anderen nach unten. „Oooch echt, Benny?“, fragte Anna.

Es war das erste Mal, dass sie ihn in unserem Beisein so nannte und er sah sie sofort wütend an. „*Ben*! Und ja!“, sagte er mit Nachdruck.

Unbeeindruckt davon nahm seine Schwester meinen Blick Marke ‚Hund sieht saftigen Riesenburger‘ wahr, hob kapitulierend die Hände und nickte lachend, wofür ich sie kurz drückte und ihr versicherte, dass sie die beste Night von allen sei. Der kleine Patzer fiel mir erst Sekunden später auf, doch niemand anderes schien ihn bemerkt zu haben.

So stellten wir uns in die Schlange und warteten. Eine halbe Stunde später taten wir das immer noch und Colin zeigte die ersten Anzeichen von Ermüdung und Langeweile. Gut, es waren die zweiten. Oder dritten. Er sah generell nicht so gut aus, hatte dunkle Ringe unter den Augen und klang, wenn er sprach, etwas heiser. Aber konnte *ich* was dafür? *Er* hatte ja unbedingt die Nacht zum Tag machen und sich noch mal besaufen müssen – da konnte er nicht erwarten, dass wir uns nun auch noch auf seine Hang-Over-beeinflussten Bedürfnisse einstellten. Obwohl ich zugeben musste, dass das ganze Warten auch meine Geduld auf die Probe stellte.

Das Einlassprozedere des *London Dungeon* war geschickt gestaltet. Zumindest hatten wir nur ein paar Minuten *draußen* stehen müssen, doch selbst im Inneren gab es noch mal zwei weitere Einlässe und nach jeder geschafften Etappe gab es zur Belohnung weitere Zeit zum Verweilen. Bis jetzt hatte ich nur einmal drei Stunden in einer Schlange gewartet. Vor einem Club, in den Colin ‚unbedingt rein wollte' und der ‚das beste und tollste war, was das Nachtleben zu bieten hatte' und ‚ohne den gesehen zu haben, man auch gleich sterben konnte'.

Es war Colins 18. Geburtstag gewesen, nachts um halb zwölf (weil ja ‚niemand, der auch nur halbwegs cool ist, vor elf in einem Club auftaucht'), als wir uns angestellt hatten, bitterkalt und öde. Um halb drei hatte man uns gesagt, es sei wegen Überfüllung geschlossen. Zu diesem Zeitpunkt waren wir fünfundzwanzig Plätze von 89 möglichen vorgerückt. Ich wusste das so genau, weil ich es gezählt und danach dieses Desaster Colin eine Woche lang krächzend vorgehalten hatte. Krächzend, weil ich mir eine fette Erkältung zugezogen hatte.

Nach weiteren fünf Minuten in der zweiten Schlange fing Colin an, Vorschläge zu machen, woanders hin zu gehen, wo man auch sitzen könne, doch ich wollte *so* gerne hierbleiben und die Tour mitmachen. Schließlich überzeugte er Anna, mit ihm mitzukommen. Ich ließ mir meine Enttäuschung darüber nicht anmerken, wenn ich Colin auch in gespielter Beleidigung ignorierte. Mein Plan, mich im ‚Notfall' ängstlich an ihn zu drücken, war damit wohl vom Tisch, genauso wie der, die beiden heute den ganzen Tag nicht allein zu lassen.

Doch wenn ich ehrlich war, war ich nicht nur von Colin enttäuscht, sondern auch von Anna – und zwar nicht nur, weil ich Angst hatte, sie könne mir Colin wegnehmen. Ich hatte sie im Netz eigentlich immer als eine Person wahrgenommen, die für jeden kindischen Spaß zu haben war. Im direkten Kontakt machte sie einen weitaus ruhigeren und erwachseneren Eindruck – und mir ging es einfach auf den Keks, dass sie sich ständig mit Colin abkapselte (auch wenn ich nach unserem letzten Chat damit gerechnet hatte)! So machte sie es mir, neben dem Fakt, dass sie Colin für sich beanspruchte, unmöglich, mehr Zeit mit *ihr* zu verbringen und mich ihr zu nähern, um ihr dann irgendwann doch endlich die Wahrheit zu stecken. Wenn ich für sie eine Fremde blieb und wir nie so richtig ins Gespräch kamen, war das ein Ding der Unmöglichkeit und das frustrierte mich wirklich.

Der einzige, den ich auf dieser Reise tatsächlich kennenlernte und mit dem ich ein freundschaftliches Band knüpfte (Ja, *nur* freundschaftlich! Alles andere hatte in unserer Beziehung nichts zu suchen, denn ich wollte immer noch meine Taube haben!) war ihr Bruder und ich wusste nicht, wie mir das weiterhelfen sollte. Immerhin konnte ich ja auch nicht ausschließen, dass er nur Zeit mit mir verbrachte, um seiner Schwester und Colin mehr Raum zu geben, sich noch besser kennenzulernen. Welch unangenehmer Gedanke. Vielleicht blieb er momentan auch nur hier mit mir in der Schlange, weil er einfach zu nett war, um mich auch noch im Stich zu lassen. Oder er tat es aus … Mitleid. Na super. Emma, die mit der man Mitleid hatte und die der perfekte Kumpel für jeden war. Großartig.

Ich beschloss, mir von dieser trübsinnigen Einsicht nicht die Laune verderben zu lassen und verabschiedete mich freundlich von den beiden Verrätern. Mein erster Impuls war dennoch, ihnen nachzulaufen, aber sie hatten allen Ernstes vor, sich beim *London Eye* anzustellen. Die Schlange dort war noch länger als die, in der wir uns befanden, und Ben hatte den Verdacht geäußert, dass sich das nicht so schnell legen würde. Wir machten aus, uns in etwa zwei Stunden wieder oben auf der Brücke zu treffen.

„Mutti, haben der Onkel und die Tante Angst?“, fragte ein kleiner Junge seine Mutter irgendwo hinter uns, als Colin und Anna begannen, sich mit ihren unzähligen Tüten durch die Massen wieder nach draußen zu schieben und ich grinste.

Es waren erstaunlich viele Kinder hier. Mindestens sechs im Alter zwischen acht und elf Jahren. Ich hatte angenommen, dass es ein Mindesteintrittsalter gab, also war ich verwundert. Mein Blick wanderte weiter und blieb an einem Pärchen hängen. Der Junge hatte von hinten seine Arme um seine Freundin geschlungen und sie fest an sich gezogen. Sie sahen so friedlich aus und der Zeit entrückt, dass ich sie sofort hasste. Vermutlich würden sie an jeder Ecke herumknutschen und alle mit ihren Liebesbekundungen belästigen. Zumindest mich. Die ich *nicht neidisch* war. Und nicht plötzlich doch wieder wütend darüber, dass ich Colin und Anna so einfach hatte ziehen lassen. Und unentschieden, ob mich eher sein oder ihr (gleichwohl begründetes) Desinteresse an mir mehr verletzte. Man konnte eben nur eine gewisse Zeit lang versuchen, sich selbst etwas vorzumachen.

Ben war meinem Blick gefolgt und sah mich jetzt an, als ich die Zähne zusammenbiss. „Ich… bin gegen den blöden Pfosten gestoßen“, log ich und Ben tat mir den Gefallen, das Stirnrunzeln aus seinem Gesicht zu verbannen und so zu tun, als glaubte er mir.

„Dass die aber auch einfach so plötzlich aus dem Nichts auftauchen müssen!“, schimpfte er und fuhr im nächsten Augenblick mit einem entsetzten Quieken zurück, direkt gegen mich. Wir hatten mittlerweile den Eingangsbereich erreicht, in dem an den Seiten Zellentüren angebracht waren. Einige ratterten unvermutet in ihren Angeln, bei anderen bewegte sich quietschend der Türknauf nach links und rechts und bei der direkt neben Ben war ein Monitor angebracht, der zunächst nichts und dann urplötzlich das zu einem Grauen erregenden Grinsen verzerrte Gesicht eines Mannes mit langen, verfilzten Haaren zeigte, der laute Beschimpfungen und Verwünschungen ausstieß. Dann war er wieder verschwunden, um in einer Wiederholungsschleife auf sein nächstes Opfer zu warten.

Einige der Leute um uns herum lachten, obwohl sie selbst zusammengefahren waren, doch Ben sah das völlig gelassen. „Ohne Erschrecken ist es ja unlustig", kommentierte er lapidar und legte damit so etwas wie den Grundstein für unseren weiteren Aufenthalt.

Knapp zwei Stunden später hatte ich gequietscht und gezuckt und mit den Zähnen geklappert und so viel Spaß gehabt wie schon lange nicht mehr. Ben war unglaublich! Er hatte sich wie ein kleiner Junge über fast jeden Spezialeffekt gefreut und mir war es auch nicht sehr gut gelungen, meine Rolle aufrecht zu erhalten. Colin hätte die Tour maximal bis zur Hälfte interessiert und dann hätte er vermutlich einfach den Rückweg angetreten. Meine Begeisterung stand der meines Begleiters keinen Deut nach. Das einzige, worunter er gelitten hatte, war das Verbot, Fotos und Filme zu machen, doch er hatte sich tapfer daran gehalten, auch wenn er der einen oder anderen Kulisse sehnsüchtig nachgeblickt hatte. Im Großen und Ganzen hatten mich der Dungeon und (ein weiteres Mal) Bens Gesellschaft meine Sorgen und Probleme für eine längere Zeit vergessen lassen. Ich hatte den Spaß gehabt, den ich mir gewünscht hatte, und genoss endlich wieder meinen Urlaub.

Im Shop zeigte sich, dass auch ich wahre Shopping-Queen-Qualitäten besitzen konnte, weil ich fast den halben Laden leer kaufte. Gut, es waren nur etwa zehn Artikel, aber im Geiste nahm ich den Rest auch noch mit.

„Die nächste Halloween Party kann kommen?“, zog Ben mich auf und ich nickte begeistert.

„Ich meine, hast du die Kelche gesehen, die sich selbst wieder mit Kunstblut nachfüllen? Und die Schlüsselanhänger mit Särgen? Und die Keksförmchen mit Totenkopfmotiven? Und die Girlande mit –“

Ben lachte und wies auf den Laden und sich, wohl um zu sagen, dass er auch hier war und Augen im Kopf hatte und ich zuckte verlegen die Schultern.

„Hast du auch *das* hier gesehen?“, fragte er dann und hielt mir bei dem ‚das‘ eine der gruseligsten Clownzombiemasken vors Gesicht, die ich je gesehen hatte.

Meine Hände schnellten panisch vorwärts und ich schlug ihm das grässliche Teil aus den seinen. Es flog in hohem Bogen in die gegenüberliegende Ecke, wo es mit der Nase gegen das dort stehende Plastikskelett klatschte, das nach hinten und gegen eine Plastikdose mit Gummiaugäpfeln stieß. Natürlich kippte sie um. Natürlich verteilten sich die Bälle über dem Boden und *natürlich* musste ein hereinkommender Junge fast darauf ausrutschen. Der Augapfelflummi rutschte dabei unter seinem Schuh weg, schoss quer durch den Raum und bohrte sich wie eine Kanonenkugel in eine gegenüberliegende Hexenpuppe, die daraufhin grässlich zu lachen begann und gar nicht wieder aufhören wollte. Und sie war laut.

Das Knochengerippe rutschte langsam am Regalrand entlang weiter und ‚umarmte‘ im nächsten Moment eine Frau mit hochtoupierten Haaren, in denen sich die Plastikzähne beinahe auch noch verhakten. Sie schrie entsetzt auf und warf es von sich, woraufhin es in einen Ständer mit Mützen fiel und diesen mit sich zu Boden riss, um dann reglos liegen zu bleiben, eine schreiend rote Pudelmütze mit Bommel auf dem Schädel.

Die Hexe gackerte und gackerte dazu, dann war der automatische Mechanismus wohl abgelaufen und es war still. Zu still. Ich sah mich um und suchte mit zusammengepressten Lippen nach einem Verkäufer. Er stand hinter seiner Kasse und starrte mich entgeistert an. Wenn ich nicht zu geschockt gewesen wäre, hätte ich über das ‚entgeistert' in diesem Rahmen lachen können, doch ich spürte unzählige Augenpaare auf mir und wäre am liebsten im Boden versunken.

„Ent-", begann ich mit piepsender Stimme, doch die Hexe setzte noch einen Lacher nach.

„Entsch-", versuchte ich es wieder, doch sie kicherte erneut. An was für einen Verstärker war das Ding angeschlossen?! Vielleicht kam sie aber auch nur mir so laut vor.

„Ent-", Wieder ertönte ihre Stimme und diesmal holte ich nicht Luft, sondern setzte sofort im Anschluss ein lautes „Sorry!" hinterher.

„Das war cool, ich stell's gleich auf Youtube", ertönte eine andere Stimme hinter mir und langsam kam wieder Bewegung in die Szenerie und auch ich lernte wieder mich zu regen und in ganzen Sätzen zu sprechen.

„Das lässt du schön bleiben!", fuhr ich den jungen Mann an, der mit seiner Handykamera zumindest einen Teil des ganzen Fiaskos aufgenommen hatte. Verdammte Smartphones! Machten aus jedem einen Live-Peinlichkeits-Vlogger.

„Ganz genau!“, mischte sich Ben glucksend ein. „Die Urheberrechte für diese Showeinlage gehören immer noch Miss Spencer! Es ist ohnehin verboten, ihre Auftritte mit zu filmen! Das gibt sonst eine saftige Klage!“

Der junge Mann schien verwirrt, zeigte sich aber noch nicht so richtig willens, unserer Aufforderung nachzukommen und ich spielte mit dem Gedanken, ihm das Handy aus der Hand zu reißen und das Video selbst zu löschen, aber ich konnte ja schlecht alle Geräte der anderen Umstehenden auch einsammeln. Es war ohnehin egal. Sollten sich doch andere über mein Unglück amüsieren. Ich würde mir diesen an sich so schönen Tag dadurch nicht verderben lassen.

Wünsch dir was

Ich wusste später nicht mehr ganz genau, wie ich aus dem Laden herausgekommen war, aber irgendwann musste ich mich nicht mehr entschuldigen, keine Augäpfel mehr aufsammeln und hatte dennoch eine Tüte mit Souvenirs in der Hand, die mich auf immer und ewig an diesen peinlichen Zwischenfall erinnern würden.

Ben bemühte sich heldenhaft, nicht zu sehr zu lachen, aber den ganzen Weg nach draußen und die Promenade entlang sah ich immer wieder seine Schultern zucken. Klar traf meine kleine Slapstickeinlage genau sein Humorzentrum und wenn ich ehrlich war, konnte auch ich nach einer Weile schon darüber schmunzeln. Wär das Ganze *ihm* statt mir passiert, wäre ich wahrscheinlich vor Lachen zusammengebrochen und hätte mich eingenässt.

Ein Piepsen ertönte und ich zog mein Mobiltelefon aus der Tasche, froh über die Ablenkung.

„Sie stehen noch immer an und wollen ihren Platz an vorderster Front jetzt nicht aufgeben", teilte ich Ben mit und wir kehrten um, um zu schauen, ob wir sie vielleicht von außen sehen konnten.

Sie waren tatsächlich unter den ersten zehn und würden garantiert in der nächsten Runde dran sein, sich London aus einer sagenhaften Höhe von 135 Metern anzusehen. Das hieß, eigentlich entdeckte ich bloß Anna. Colin konnte ich nicht richtig sehen, weil er von einem großen Mann verdeckt wurde. Ein wenig neidisch war ich schon; der Ausblick musste fantastisch sein. Dann wiederum war die Vorstellung, eine halbe Stunde lang in einer Gondel mit etwa dreißig Personen eingesperrt zu sein, auch nicht gerade verlockend. Es war ja schließlich keine romantische Zweiergondel – und selbst die hätte Colin bestimmt mit Anna und nicht mit mir geteilt. Also weg mit solch trüben Gedanken.

Gerade in dieser Sekunde rief Colin laut meinen Namen, um sich bemerkbar zu machen, und ich erkannte, dass er gar nicht hinter dem hünenhaften Mann gestanden hatte. Im Gedränge auf der Promenade musste er an uns vorbeigelaufen sein und war jetzt etwas atemlos direkt vor uns aufgetaucht.

„Na endlich! Die haben sich vielleicht affig wegen der Tüten! Nicht, dass wir die nicht bereits von Anfang an dabei gehabt hätten, aber in den letzten fünfundzwanzig Minuten Wartezeit müssen sie Stress machen!“ Er schüttelte den Kopf, drückte mir dann die Hälfte der Shopping-Ausbeute in die Arme und stellte den Rest neben mir ab. „Bis später!“

Damit rannte er wieder weg und drängelte sich zurück zu Anna vor, mich in einem Berg von Einkäufen zurücklassend. Ich sah ihm mit offenem Mund nach und dann zu Ben, der grinste, dann aber zu den beiden anderen sah, die mittlerweile wieder nebeneinanderstanden und strahlend winkten.

Ich winkte verhalten zurück und strengte mich an, zu lächeln. Auf andere zu warten war so gar nicht mein Ding. Dazu war ich ein viel zu aktiver Mensch. Noch schlimmer war es, von weitem dabei zuzusehen, wie Colin und Anna miteinander herumalberten und lachten. Heute schienen sie sich besser zu verstehen als jemals zuvor und das gefiel mir nicht. So war das alles doch gar nicht geplant gewesen!

„Die sehen echt toll zusammen aus", murmelte Ben neben mir, holte seine Kamera hervor und zoomte die beiden für ein Bild heran. „Sie scheinen endlich richtig Spaß miteinander zu haben. So soll's doch sein."

Er sprach nicht wirklich zu mir, aber ich konnte seine Worte auch nicht einfach ignorieren. Sie und sein zufriedener Gesichtsausdruck brachten mich zum Stutzen und auf einmal fügte sich alles, was er bisher bezüglich Colin und Anna getan hatte, zu einem eindeutigen, furchtbar deprimierendem Bild zusammen.

„Sag mal, verbringst du nur so viel Zeit mit mir, weil du deine Schwester und meinen Bru… und Colin verkuppeln willst?" Eigentlich wollte ich wütend sein, doch meine kleine Freudsche Fehlleistung brachte mich so durcheinander, dass ich vergaß, Ben zornig anzufunkeln. Meine Worte genügten allerdings schon, um die erwünschte Wirkung zu erzielen.

„Nein!", stieß er entsetzt aus und hob sofort in einer defensiven Geste die Hände. „Jedenfalls nicht mehr."

Ich hob die Brauen. „Nicht *mehr*?"

„Ich …“ Er wich meinem vorwurfsvollen Blick aus, betrachtete stattdessen eingehend das Straßenpflaster. „Ich dachte, sie passen super zusammen, weil Anna einfach eine tolle Frau ist – ganz abgesehen davon, dass ich sie liebe, weil sie meine Schwester ist – und Colin ebenfalls so ein netter Kerl ist …“

„Das konntest du durch den kurzen Kontakt im Chat doch gar nicht wissen!“, stieß ich verärgert aus. Das war doch lächerlich! Er hatte sich vielleicht ein oder zweimal mit mir unterhalten. Mit *mir*! Nicht mit Colin!

„Nein, das stimmt“, gab er zu. „Aber Anna hat mir sehr viel von ihm erzählt und …“

„… deswegen hast du dich mit mir herumgeschlagen – um mich aus dem Verkehr zu ziehen und dein Ziel, die beiden zu verkuppeln, zu erreichen“, beendete ich seinen Satz in einem bitteren Ton. Irgendwie war diese Feststellung furchtbar schmerzhaft, zog brummend in meine Brust und ließ diese ganz eng werden. Ich konnte nicht mehr stehenbleiben, ertrug Bens beschämten Blick und sein Rumgestammel nicht mehr. Also packte ich die Tüten, so wie ich sie zu fassen bekam, drehte mich um und lief los, weg von ihm. So weit weg wie möglich.

„Emma!“, versuchte er mich zu stoppen und ich hörte, dass er mir folgte, was mich dazu veranlasste, nur noch schneller zu werden.

Mann! Jetzt fingen meine Augen auch noch an, zu brennen, meine Nase prickelte und meine Kehle verengte sich. Nicht schon wieder! Ich wurde langsam eine richtige Heulsuse. Das war ja nicht zum Aushalten!

„Emma! Warte doch mal!“, versuchte Ben es erneut. Seine Stimme war nun schon viel näher. Scheiße! Gleich würde er mich eingeholt haben und die blöden Tüten fingen auch noch an zu rutschen. Klatsch! Da lag schon die erste auf dem Boden und ich war gezwungen eine Vollbremsung hinzulegen, die weitere Einkaufstüten in den Staub beförderten. Na toll!

Ich stieß einen Fluch aus und blinzelte gegen die Tränen an, die mit aller Macht herannahten – genauso wie Ben.

„Warte, ich helf dir!“, sagte er und bückte sich im selben Moment wie ich, sodass wir schmerzhaft mit den Köpfen zusammenstießen.

„Fuck! Tut mir leid, Em“, stammelte er und berührte mich entschuldigend an der Schulter, woraufhin ich einfach alle Tüten fallenließ, „Sag nicht, Em zu mir!“ fauchte, seine Hand wegstieß und hinüber zu der Bank taumelte, die da glücklicherweise nur zwei Meter von mir entfernt stand. Ich ließ mich schwerfällig darauf plumpsen, kniff die Lippen zusammen und wischte mir rasch die wenigen Tränen von den Wangen, die mir doch noch entkommen waren. Dann schloss ich die Lider und konzentrierte mich für eine kleine Weile nur noch darauf ruhig und tief zu atmen, in der Hoffnung damit meine Gefühle wieder in den Griff zu bekommen.

Das Rascheln von Tüten verriet mir, dass Ben die selbigen brav vom Boden aufklaubte. Nur wenig später hörte ich seine Schritte; Schritte, die sich mir näherten. Dann wackelte die Sitzfläche der Bank und es war wieder still – so still, wie es in der Öffentlichkeit sein konnte, mit Vogelgezwitscher, Stimmengewirr und Straßenlärm im Hintergrund. Und ich konnte nicht nur mich, sondern auch Ben atmen hören. Warum konnte er nicht einfach weggehen und mich hier in meinem Selbstmitleid ertrinken lassen? Stattdessen holte er nun auch noch tief Luft.

„Es … es mag sein, dass ich meine eigenen Pläne bezüglich Colin und Anna hatte“, gab er zerknirscht zu und ich öffnete doch wieder die Augen, um ihn anzusehen. Den Hundeblick beherrschte er ausgezeichnet, aber ich würde nicht weich werden. Ich hatte jedes Recht der Welt wütend und enttäuscht zu sein und ihn ab jetzt zu hassen – obwohl ich das tief in meinem Herzen gar nicht wollte.

„… und dass ich versucht habe, dich von den beiden zu trennen, damit sie ein bisschen ungestörter sind“, fuhr er fort und stieß mir damit das Messer noch ein bisschen tiefer in die Brust. Vielleicht wollte er es ja auch noch freundlicherweise herumdrehen, sodass ich mich von dem Schmerz gar nicht mehr erholte?

„Aber ich … ich hätte nie gedacht, dass wir so viel Spaß miteinander haben würden“, setzte er rasch hinzu. „Und dass du …“

„… auch eine tolle Frau bist?“, fragte ich bitter. Dieses Kompliment konnte er sich sparen!

„… mir so nah bist“, vollendete er kopfschüttelnd seinen Satz und traf mich damit erneut direkt ins Herz. Dieses Mal allerdings in positiver Weise.

„Seelisch meine ich“, setzte er erklärend hinzu. Ich weiß nicht, wieso das so ist, aber … Kennst du das nicht auch? Dass du einem Menschen begegnest, den du auf Anhieb magst, mit dem du sofort auf einer Wellenlänge bist und je besser ihr euch kennenlernt, desto stärker wird das Gefühl, ihn schon dein Leben lang gekannt zu haben?“

Klar kannte ich das. So war es mir mit Anna ergangen, obwohl wir uns nie persönlich begegnet waren, und so ging es mir, wenn ich ehrlich war, auch mit Ben. Deswegen war es auch so verdammt schwer, meine Wut und Enttäuschung aufrechtzuhalten. Wie sollte man das auch hinkriegen, wenn jemand *so* etwas zu einem sagte? Eigentlich wollte ich ihn viel lieber in meine Arme schließen und ganz fest an mich drücken, wollte, dass er dasselbe mit mir tat und ich mich in seine Arme kuscheln und endlich wieder sicher und geborgen fühlen konnte. Und das, obwohl er von Beginn an meine Pläne sabotiert und versucht hatte, Colin und Anna zusammenzubringen. Ich hatte niemals behauptet, sonderlich logisch zu funktionieren, aber so viel Chaos in meiner Gefühlswelt war selbst mir neu. Zu allem Überfluss nickte ich sogar verständnisvoll und schniefte kurz. O je.

Ben drehte sich noch mehr zu mir um und sein Arm legte sich hinter mir auf die Lehne der Bank. Mehr schien er sich nicht zu trauen, aber ich war mir sicher, dass er mich eigentlich gern in den Arm nehmen wollte. Darum bitten würde ich ihn ganz bestimmt nicht.

„Es tut mir unendlich leid, wenn ich dir wehgetan habe – das hatte ich nicht vor“, sagte er leise und sah mir tief in die Augen. Ja, das entsprach der Wahrheit und nur deswegen konnte ich ihm verzeihen und alle negativen Gefühle runterschlucken. Meine Lippen hoben sich sogar zu einem kleinen Lächeln.

„Willst du mir mit diesem unendlich langen Monolog sagen, dass du gern deine Zeit mit mir verbringst und dir egal ist, was Anna und Colin machen? Denn das ist es, was ich hören muss, um dich wieder ein wenig zu mögen."

„Nur ein wenig?", fragte er geknickt.

„Du musst dich auf der Zuneigungsskala wieder hocharbeiten", erklärte ich ihm geduldig und war froh, dass wir uns beide wieder zu entspannen schienen und langsam zu unserem alten, lockeren Umgang miteinander zurückfanden.

„Wie tief bin ich denn gefallen?"

Ich verzog das Gesicht und wedelte mit der Hand, als hätte ich mich verbrannt.

Ben seufzte tief und schwer. „Also ganz von vorne."

„Nein", beruhigte ich ihn. „Du bist irgendwo im unteren Drittel. Hast also die Chance, dein Verbrechen noch in *diesem* Leben wiedergutzumachen."

Ben atmete erleichtert aus und wischte sich mit der Hand den nicht vorhandenen Schweiß von der Stirn. „Ich werd mich ranhalten", sagte er. „Ich will nämlich, dass du mich magst."

„So, so", erwiderte ich lächelnd und mir wurde ganz anders zumute, weil Bens Gesichtsausdruck auf einmal so ernsthaft wurde.

„Wirklich", beteuerte er. „Ich mag dich nämlich mittlerweile mehr als gut für mich ist. Und um deine Frage von gerade eben ernsthaft zu beantworten: Ich verbringe *wahnsinnig* gern Zeit mit dir. Nur damit du das weißt und nie wieder etwas anderes denkst."

Tja, und damit machte er mich für einen viel zu langen Zeitraum mundtot. Ich brachte zwar ein Lächeln und ein minimales Nicken zustande, aber das war es dann auch schon. Stattdessen starrte ich nur in seine leuchtend grünen Augen und fühlte wieder dieses seltsame Flattern in meinem Bauch und das Bedürfnis, näher an ihn heran zu rutschen, um… ja, um was zu tun? Ihn zu küssen? War ich denn bescheuert?! Warum fing das jetzt schon wieder an? Ich wollte Colin. *Colin*!

Ich wandte mich rasch um und sah hinüber zum *London Eye*. Selbst von hier aus konnte man das Ende der Schlange noch gut erkennen. Colin und Anna waren noch immer nicht eingestiegen und so kamen Ben und ich fast gleichzeitig auf die Idee, spazieren zu gehen.

Zuvor kauften wir uns an einer der Buden zwei der völlig überteuerten Belgischen Waffeln mit Erdbeeren, Sahne und Schokoladensauce und mampften sie noch im Stehen, weil wir beim Gehen ja die Hände dank der Massenkäufe unserer shoppingsüchtigen Freunde / Familienmitglieder voll haben würden.

Die Stimmung war immer noch ein bisschen angespannt, doch auf Bens vorsichtigen Anmerkung hin, er würde verstehen, wenn ich zu sauer sei, um weiter mit ihm zu warten, reagierte ich nur mit rollenden Augen und einem fiesen Grinsen. „So einfach mach ich's dir nicht, Finchley! Du hast mich jetzt auf dem Hals."

Er lachte und sah sogar erleichtert aus.

Wir liefen durch die Jubilee Gardens, die aufgrund des guten Wetters ebenfalls recht gut besucht waren. Überall tummelten sich Menschen, die sich eine Freiluftausstellung über urbane Parkkultur ansahen, Eis oder kühle Getränke an einem der kleinen Stände am Rand kauften und einfach den Tag genossen.

Ein wenig verfluchte ich die beiden anderen, weil wir hier ihre Packesel spielen mussten. Unser ungewolltes Gepäck war nicht sonderlich schwer, nur aufgrund seiner Menge zu sperrig. Vielleicht sollten wir uns einfach wieder auf eine der Bänke setzen und warten, bis die zwei zu uns stießen.

„Wünsch dir was", sagte Ben in meine Gedanken hinein.

„Was?", fragte ich verständnislos und folgte seinem Zeigefinger, der nach vorne deutete.

Neben einem der dünnen Parkbäume war ein kleiner Plastikwunschbrunnen aufgebaut und viele Besucher tummelten sich um ihn, um ihr Kleingeld hineinzuwerfen. Der Erlös ging an ein soziales Projekt für Obdachlose. Ich fand die Idee großartig und originell und wühlte sofort in meinen Taschen nach Kleingeld, während ich meinen Wunsch ganz klar vor Augen hatte. Ich fühlte mich wie in einem Märchenfilm, in dem gleich alles mit Feenstaub bedeckt werden und mein Wunsch, von romantischer Geigenmusik untermalt, in Erfüllung gehen würde. Auf einem weißen Ross würde durch plötzlich aufgetauchte Bäume ein Reiter herantraben, ich würde ein rosafarbenes Prinzessinnenkleid tragen… Meine Güte! Ich musste aus der Sonne raus!

Ben war schneller als ich und warf gleich ein paar Pennys hinein.

„Du gehst auf Nummer Sicher", stellte ich fest und sah ihn prüfend an. „Was ist denn so wichtig?"

Er winkte lachend ab. „Netter Versuch, aber es soll ja auch in Erfüllung gehen."

Ich zog einen Flunsch. „Erfahre ich es wenigstens, wenn es klappt?"

Er dachte angestrengt nach. „Ich bin mir nicht sicher, wie streng die Regeln bei positivem Ergebnis sind… ich schau lieber noch mal nach, bevor ich mich festlege."

Das schien ein guter Plan zu sein. Die Dinge zu überprüfen und genau zu überdenken, bevor man sich darauf einließ, war immer schlau und eine gute Idee bei fast allen wichtigen Entscheidungen. Eine *so* gute, dass irgendetwas mich ebenfalls innehalten ließ, als meine Hand mit dem Penny schon über dem Brunnen schwebte.

War der Wunsch, dass Colin sich in mich verliebte, wirklich derjenige, den ich unbedingt erfüllt haben wollte? Wann genau hatte *ich* mich eigentlich in *ihn* verliebt? Diese Fragen tauchten plötzlich in meinem Kopf auf und ich zog meine Hand wieder zurück und trat zur Seite, um anderen Leuten den Vortritt zu lassen. Viele Pärchen wussten später noch ganz genau, wann es bei ihnen das berühmte ‚Klick' gemacht hatte, doch ich stellte fest, dass ich über diese Frage noch nie so richtig nachgedacht hatte. Vermutlich hatte das Schicksal aufgrund dieses unverzeihlichen ‚Fauxpas' beschlossen, mir und Colin keine Chance auf eine gemeinsame Zukunft einzuräumen. Zumindest keine, die ich als Mrs. O'Kelley verbringen würde.

Also, wann *hatte* ich mich in ihn verliebt? Wenn ich zurückdachte, war Colin fast mein halbes Leben lang bei mir gewesen. Für ihn geschwärmt hatte ich schon früher – vermutlich auch, weil er (neben Andrew – auch er war erst nur ein guter Freund gewesen, bevor mehr draus geworden war) der einzige Junge und später Mann war, mit dem ich genug Zeit verbrachte, um ihn überhaupt näher zu kennen. Ich hatte nicht sonderlich viele Freunde – eigentlich nur zwei: Colin und eben Anna. Es war nicht so, dass ich sonst niemanden kannte; ich nahm auch nicht gleich Reißaus bei neuen Bekanntschaften, aber eben das blieben die meisten für mich: Bekanntschaften, Leute, mit denen ich ein bisschen Smalltalk machte, wenn ich sie zufällig traf oder Colin sie zu uns einlud. Nicht mehr. Die Auszeichnung ‚Freund' vergab ich nur sehr selten.

War es also der pure Vertrautheitsfaktor, der mein Herz bei ihm ab einem bestimmten Zeitpunkt hatte höher schlagen lassen? Hatte ich all seine Schwächen und Stärken oft genug erlebt, um mir ein finales Urteil darüber erlauben zu können, das mich annehmen ließ, es wäre möglich mit uns? Oder gewöhnte man sich vielleicht so sehr an Menschen, dass man diese Gewohnheit irgendwann mit Liebe verwechselte? Was fand ich an Colin? Was hielt ich von ihm?

Er war charmant, witzig, spontan, tierlieb, sah gut aus … doch das waren nicht die wichtigsten Qualitäten eines potentiellen Partners. Er war ein guter Freund und ich konnte mich auf ihn verlassen. Konnte ich das in Hinsicht auf seine Loyalität nur tun, weil ich sein Kumpel war? Immerhin hatte ich oft genug mitbekommen, wie wenig treu er weiblichen Wesen war. Seine Loyalität konnte also nicht der Grund für meine Gefühle für ihn sein. Was dann?

Ich hatte vor kurzem einen Film gesehen, in dem die Hauptdarstellerin immer eine Checkliste mit Dingen hatte, die sie an einem Mann anziehend fand und von der jeder potentielle Partner zumindest ein paar Kriterien erfüllen musste, um interessant für sie zu sein. Ich hatte keine. Höchstens eine eben erstellte, die mir deutlich zeigte, wie *wenig* er für mich in Frage kam.

Colin hatte in seinen immer mal wieder aufflammenden Bemühungen Emma ‚an den Mann' zu bringen wiederholt gefragt, auf was ich stehen würde. 'Dich, du Idiot', hatte ich ja wohl schlecht antworten können, auch wenn er bei einem meiner Versuche, meinen ‚Traummann' zu beschreiben, gesagt hatte „Also im Grunde mich!", allerdings lachend und natürlich ohne mich in dieser Hinsicht ernst zu nehmen.

„Wär ja auch noch schöner, wenn ich durch eine doofe Nacht voller besoffener Notgeilheit meinen besten Kumpel poppen und somit meine Freundschaft zu ihm riskieren würde." Wie immer hatte er daraufhin meine Haare zerstrubbelt, mir auf die Schulter gehauen und war dann zu einem Date mit einer neuen Bald-Ex-Freundin gegangen. Ich hätte ‚besoffene Notgeilheit' gerne genommen.

Night hatte einmal gesagt, dass ich ‚Colin-Emma' im Grunde genommen einfach zu wichtig war, ‚sie' sich nicht auf der Suche nach dem Einen befand und es doch sehr für ‚sie' spräche, dass ‚sie' mich nicht als weiteren One-Night-Stand missbrauchte. Und was hatte ich dumme Kuh gemacht? *Ja, vielleicht hast du recht* geschrieben und mir gleichzeitig melodramatisch vor dem PC die Augen ausgeheult.

Die Münze wanderte in meinen Fingern hin und her und fiel schließlich in eine der Tüten. Toll, Emma. Wenn das mal kein Zeichen war.

„Warte, ich geb dir eine andere“, bot Ben an, der die ganze Zeit geduldig und ohne zu murren gewartet hatte, doch ich schüttelte den Kopf. „Wer weiß, ob das in den Regeln steht …“, witzelte ich, doch dann wurde ich wieder ernst.

„Kennst du das? Dass man sich etwas aus tiefstem Herzen wünscht und irgendwann vergisst, warum das so ist?“, fragte ich, gab das Herumgraben in den Tüten auf, weil ich gerade in ein paar Dessous herumgewühlt und so gar keine Lust hatte, meiner ohnehin schon überschäumenden Fantasie noch mehr Futter zu geben.

Ben nickte. „Ja. Ist mir nicht nur einmal passiert.“

„Ist doch komisch, oder?“

„Nein. Ich finde das ganz normal. Und man lernt dabei was über sich selbst.“

Ich runzelte die Stirn. „Wie meinst du das?“

„Unsere Wünsche und die Art, wie wir damit umgehen, sagen immer was über uns selbst aus“, behauptete Ben.

Jetzt wurde es interessant. Ich kreuzte die Arme vor der Brust und sah ihn auffordernd an. „Erklären!“, befahl ich und er musste lachen.

„Okay, ich versuch’s. Also … es gab da mal diesen Teddybären, der bei uns in der Grundschule total in war und um den jeder, der ihn besaß, beneidet wurde. Ich wollte unbedingt auch so einen. Ich hab gejammert und geheult und dann selbst dafür gespart… Was hab ich gekämpft. Und irgendwann hatte ich ihn dann und war… enttäuscht. Er war toll, weich und kuschelig, aber viel zu groß und sperrig. Der passte gar nicht richtig in mein Bett. Entweder ich lag drin und er fiel raus oder er lag drin und ich fiel raus …"

Ich gab ein leises Lachen von mir und Ben grinste breit. „Na ja, das Ende vom Lied war dann, dass er bei mir nur noch auf dem Schrank saß und ich mich gar nicht mehr richtig für ihn interessierte. Ich hab ihn dann an meinen kleinen Neffen verschenkt, als ich zu alt für Kuscheltiere wurde."

„Wie traurig", sagte ich betrübt, doch er schüttelte sofort den Kopf.

„Nein, das war wichtig für mich. Im Grunde ging das alles gar nicht um den Teddy, sondern um mich. Ich wollte mir beweisen, dass auch ich es schaffe, ihn zu bekommen, dass ich nicht zu arm oder zu wenig hartnäckig dafür bin, dass ich ihn wert bin, es verdiene, ihn zu haben. Und das konnte ich mir damit beweisen. Ich hab nie wieder andere Kinder um deren Besitztümer beneidet. Ich wusste ja, dass ich sie auch kriegen kann und sie nichts darüber aussagen, wer ich bin."

Ich lächelte, doch Bens Worte machten mich tief nachdenklich, denn eine Frage tat sich sofort in meinem Verstand auf: War Colin vielleicht mein Super-Teddy? Vielleicht wollte ich ihn nur unbedingt, um mir zu beweisen, dass auch ich einen Kerl wie ihn haben konnte, dass ich genauso sexy und begehrenswert war, wie die Frauen, die er immer abschleppte. Vielleicht wollte ich ihn nur, um mein Selbstbewusstsein aufzuwerten.

Was für eine grausame Vorstellung! Und sie ließ mich in einem so unschönen Licht da stehen. Nein. So egoistisch war ich nicht – noch nicht mal im Unterbewussten! Ich wollte Colin, weil … wir gut zusammenpassten. Gut, wir waren sehr verschieden. Das war mir bewusst. Deswegen stritten wir uns des Öfteren und brauchten auch ab und an ein wenig Abstand. Aber das war ja bekanntlich gesund und wichtig für eine Beziehung. Wie hieß es doch so schön: Was sich neckt, das liebt sich. Wir waren halt kein perfektes Paar… eher ein unperfektes. Und das würde auch so bleiben, wenn wir tatsächlich zusammenkamen. Aber es war ja auch nicht so, dass uns *nichts* verband … Oder?

Was *genau* verband mich eigentlich mit Colin? Meine beste und längste Freundschaft und eine einseitig anvisierte Partnerschaft. Viele gemeinsame Interessen und Ziele fürs Leben hatten wir nicht, aber wir waren immer füreinander da. Und wir nahmen den anderen so, wie er war und waren von daher in unserem Umgang miteinander angenehm ungehemmt. Gab es noch mehr? Shit! Meine Überlegungen brachten mich ganz durcheinander!

Die Zeit im *London Eye* musste schneller vergangen sein als angenommen, denn Ben winkte auf einmal und ich sah Colin und Anna von der anderen Seite auf uns zukommen. Während sie über das ganze Gesicht strahlte und sofort von der unglaublichen Aussicht zu schwärmen begann, sah er ziemlich missmutig aus. Ob sie ihn hatte abblitzen lassen?

„Ich will nach Hause, ich glaube, ich werde krank", sagte Colin in eine Redepause hinein, bekam bei den letzten drei Worten gleich eine ganz krächzende Stimme und fasste sich an die Stirn. Blass war er schon, aber das konnte auch am Licht liegen.

„Ach papperlapapp, jetzt ist Sommer", sagte Anna resolut. „Da wird man nicht krank. Kommt, wir gehen was trinken und du bekommst einen heißen Tee mit viel Zitrone, dann bist du gleich wieder fit."

Schwester Spencer

Colin behielt mit seiner Vorhersage leider Recht. Am nächsten Morgen hatte er in der Tat Fieber und lag lang wie ein hundertjähriger Mann in seinen letzten Zügen. Er stöhnte und seufzte nur *viel* lauter und brachte es zustande, mich pausenlos hin und her zu schicken, um ihm seine anspruchsvollen Wünsche zu erfüllen – und zwar nicht nur in unserem Apartment, sondern im Grunde im ganzen Bezirk *Hampstead*.

„Ich brauche Vitamine …“ Hust, hust, keuch. „Kannst du mir Obst und Fruchtsäfte besorgen?“ Schneuz. „Waas??! Du weißt doch, dass ich *den* Erkältungstee nicht vertrage! Ich brauche den von Twinings!“ Röchel. „Taschentücher sind alle!“ „Krieg ich ’ne warme Suppe?“ „Kannst du mir was zu lesen holen?“ „Oooh, mein Hals tut so weh! Ich brauche Halsbonbons!“ „Du hast gar kein richtiges Mitleid mit mir!“

AAAAAAAAAAAAAAH! Nach einer Weile war ich drauf und dran, Colin eigenhändig zu erwürgen und ihn damit von seinem ‚Leid‘ zu erlösen. Er war ein Riesenbaby, dessen Bedürfnisse einfach nicht zu stillen waren und der mir alle Kraft aus dem Körper zu saugen schien. Als er schließlich am späten Nachmittag einschlief (selbstverständlich nicht ohne mir vorher den Auftrag zu geben, doch noch einen Nachschub an Kopfschmerztabletten und Lutschpastillen zu besorgen), machte ich nicht nur drei Kreuze, sondern schlich mich auch noch klammheimlich aus dem Haus, um Zuflucht in einem nahegelegenen Café zu suchen. Wenn Colin mich später darauf ansprach, konnte ich mich ja damit herausreden, dass ich nur verschwunden war, um für ihn, wie gewünscht, zur Apotheke zu gehen.

Ein schlechtes Gewissen hatte ich nicht: Ich war nicht seine hauseigene Krankenschwester. Soweit kam's noch! Schwester Spencer – immer zur Stelle und bereit ihr Leben aufzugeben, um ihren Patienten zu pflegen.

Ich lachte in mich hinein und musste einen irritierten Blick der Bedienung am Tresen einstecken, bevor sie mir meinen extragroßen Milchkaffee reichte und ich mich in mein stilles Eckchen in dem hübschen kleinen Laden verziehen konnte. Ich hatte mir eine von Colins ‚tollen' Sportzeitschriften mitgenommen, um mir einen Artikel über eine neues Super-Fitness-und-Diät-Programm durchzulesen und beschäftigte mich die nächste halbe Stunde damit, mir ein Trainingsprogram zusammenzustellen, das ich eh nie in die Tat umsetzen würde.

Ich war so in diese Arbeit vertieft, dass ich gar nicht bemerkte, dass sich jemand meinem Tisch näherte und dann davor stehenblieb. Erst als er sich räusperte und leise „Emma?" von sich gab, fiel mir wieder ein, wo ich war und dass es noch andere Menschen um mich herum gab.

Mein Blick wanderte langsam an dem Störenfried hinauf: Dunkle Jeans, graues, bedrucktes T-Shirt, eine teure Kamera zwischen zwei schönen Männerhänden … Was für ein süßes, ansteckendes Grinsen. Ben eben. In meinem Bauch flatterten ein paar hyperaktive Schmetterlinge auf und stachelten auch mein Herz dazu an, einen kleinen Hopser zu machen.

Ui! Aufpassen, Emma! Das wird langsam zur Gewohnheit!

„*Das* ist ja ein Zufall, dass wir uns hier treffen!", lachte er mich an.

Ich lehnte mich cool in meinem Stuhl zurück (schließlich war er der Letzte, der merken sollte, welch seltsame Wirkung sein Erscheinen auf mich hatte) und musterte ihn kurz. „Du warst bei Colin und er hat dir aufgetragen, mich zu suchen, weil er noch ein paar letzte Worte mit mir sprechen wollte, bevor er stirbt, stimmt's?"

Ben grinste breit und ließ sich dann einfach ungefragt auf dem Stuhl mir gegenüber nieder. „Ich musste ihm die Nummer für einen Notarzt dalassen, falls wir nicht rechtzeitig zurück sind."

Ich seufzte tief. „Warum hast du ihn nur wachgemacht? Er wird mich bestimmt gleich …"

Mein Handy schrillte los, noch bevor ich den Satz beendet hatte, und ich seufzte entnervt, bevor ich mich mit einem sehr langgezogenen „Jaaaaaa …" meldete.

„Du bist einfach gegangen!", ertönte Colins vorwurfsvolle Stimme an meinem Ohr. „Gottseidank kam Ben vorbei und hat mir die Nummer eines Notarztes dagelassen."

„Du könntest immer noch die Feuerwehr rufen, wenn es mal ganz schlimm wird, und die hat die gleiche Nummer wie zu Hause."

„Ich glaube, ich habe eine Lungenentzündung."

„Das glaub ich nicht, Colin." Ich unterdrückte einen Seufzer. Colin war das Paradebeispiel des kranken Machos. Seine ganze ‚Lass mich mal machen'-Mentalität löste sich augenblicklich auf, wenn er sich schlecht fühlte, und alles, in was er dann seinen Elan steckte, war zu jammern, was das Zeug hielt.

„Herzloses Wesen! Du sorgst dich gar nicht um mich!"

Ach ja, und in Vorwürfe.

„Aber ich werde dir auf meinem Sterbebett vergeben."

Und Übertreibungen.

„Bekomme ich auch deine Fußballbildchensammlung?", fragte ich, was Ben neben mir zu einem Brauenhochziehen und Colin zu entsetzter Stille veranlasste.

‚Er stirbt', formte ich tonlos mit den Lippen und Ben bekreuzigte sich theatralisch, wisperte aber gleich, ob er vielleicht Colins iPhone haben könnte. Ich meine, wie sollte man diesen Kerl denn nicht mögen? Er dachte mit!

„Du, mir geht's echt schlecht!", beschwerte sich Colin weiter. „Mache ich auf deine Kosten Witze, wenn du krank bist?"

Machte er nicht. Das war wahr. Ich musste zugeben, dass er ein toller Krankenpfleger war und sich meist rührend um mich kümmerte, wenn ich so schlapp war, dass ich im Bett liegenblieb – was vielleicht alle Jubeljahre mal passierte.

„Nein“, gestand ich ein wenig kleinlaut ein. „Tut mir leid. Aber du kennst mich ja. Nach außen hin ein netter Kumpel, aber im Kern ein fieses Biest.“

„Ist doch gar nicht wahr“, widersprach mir Colin sofort vehement. „Du bist die beste Freundin, die man sich wünschen kann – was glaubst du, warum ich nicht allein sein will?“

Jetzt hatte er mich. Seine Worte ließen mich dahinschmelzen und butterweich werden. Alle Genervtheit fiel von mir ab. Übrig blieb nur noch mein schlechtes Gewissen.

„Ich bin ja gleich wieder da“, sagte ich in diesem sanften Ton, den Mütter oft ihren kleinen Kindern gegenüber annahmen.

„Wann?“, fragte er sehnsüchtig.

Ich warf einen raschen Blick auf meine Armbanduhr. „So in zwanzig Minuten?“

Ganz so schnell wollte ich dann meine Freizeit für ihn doch nicht aufgeben. Vor allem, weil Ben jetzt da war.

„*So* lange?“

„Die Apotheke ist ganz schön weit weg!“, log ich. „Und ich werde jetzt nicht rennen.“

Ich hörte Colin kurz schniefen. „Na gut“, räumte er mir großzügig ein. „Aber komm nicht noch später.“

„Nein, versprochen“, sagte ich leichthin, verabschiedete mich und legte dann auf.

Ben grinste von einem Ohr zum anderen. „Das bestätigt wohl das Klischee.“

„Dass Männer Mimosen und unerträglich sind, wenn sie krank werden?“, hakte ich nach und er nickte. „Bist du auch so?“

„Vielleicht nicht ganz so schlimm, aber … wer will nicht gern Zuwendung und Mitleid, wenn er krank ist?“

„Auch wieder wahr“, stimmte ich ihm zu.

„Colin ist allerdings der Oberhammer“, räumte Ben schmunzelnd ein. „Er hat mich vorhin doch ernsthaft gefragt, ob ich mit dem Auto da bin, falls er doch noch ins Krankenhaus muss.“

„*Ich* sollte seine Mutter anrufen, um nochmal nachzufragen, ob er als Kind wirklich schon Scharlach gehabt hat“, berichtete ich ihm grinsend. „Das muss ich jedes Mal, wenn er ein bisschen Halskratzen hat.“

Innerlich musste ich über mich selbst den Kopf schütteln. Begann ich gerade mit Ben über *den* Mann zu lästern, in den ich so schwer verliebt war? Es sah ganz danach aus, als würde Colins Verhalten der letzten Tage und nun sein anstrengendes Herumgequengel mich langsam vergraulen und in Bens Arme treiben. Wobei ‚treiben‘ eigentlich der falsche Ausdruck war – ich flog ihm von ganz allein entgegen, so wie meine Laune sich mit seinem Auftauchen gehoben hatte. Er *sah* heute aber auch verdammt niedlich aus mit diesem ‚Out-of-bed-Look‘: zerzauste Locken und leichter Bartwuchs. Da hatte sich wohl jemand heut nicht rasiert. Stand ihm gut. Leider.

„Wie hoch ist sein Fieber denn?“, erkundigte sich mein Gegenüber schon deutlich ernsthafter.

„Sage und schreibe 37,8 Grad!“, brachte ich mit gespieltem Entsetzen heraus und Ben presste sich die Hand auf den Mund.

„Du liebe Güte! Das ist ja kurz vor dem Exitus! Viele Männer vertragen maximal ein Fieber von 38 Grad. Ich hatte das letztens und seitdem liegt mein Testament fertig geschrieben in einer Schublade.“

„Und? Wer erbt deine ungeheuren Reichtümer?“

„Snowball und meine Schwester. Kann schon sein, dass es harte Kämpfe zwischen den beiden gibt, wenn es um die leckere Salami geht, die ich regelmäßig kaufe, und diese bei meinem Ableben noch im Kühlschrank liegt. Aber da müssen sie durch. Zu erben ist kein Zuckerschlecken.“

„Krieg ich auch was ab?“, wollte ich wissen. „Ich meine, wir kennen uns ja jetzt schon recht gut und so …“

Er legte den Kopf schräg und musterte mich kurz. „Soll das ein Heiratsantrag werden? Da fehlt aber der Ring in einer schönen Samtschatulle – und der Kniefall.“

Ich lachte laut. „Wenn, dann gibt’s erst mal nur ’ne Verlobung, der dann eine Testphase folgt …“

„Testphase?“ Ben hob die Brauen.

„Na ja …“ Ich zuckte die Schultern. „Ich kauf doch nicht die Katze im Sack!“

Holla! Hatte ich das grad laut gesagt? Und warum grinste ich jetzt so anzüglich? Kontrolle, Emma! Kontrolle! Denk an deine Vorsätze!

„Testet man nicht *erst* und verlobt sich *dann*?“, fragte Ben grinsend.

„Können wir auch so machen“, gab ich leichthin zurück und wunderte mich über meine eigene Hemmungslosigkeit und das Ausbleiben meines sonst so schnell auftauchenden Schamgefühls. „Die Reihenfolge ist mir egal.“

„Okay, wie wär's dann mit heut Abend?“, schlug mein Gegenüber frech vor. „Da hätt ich Zeit.“

Ich tat so, als würde ich über seine Idee ernsthaft nachdenken. „Könnte klappen – aber erst nachdem ich Colin ins Bett gebracht habe.“

„Den *auch* noch?“ Ben sah mich echauffiert an. „Aber der ist doch krank!“

Ich schnitt Ben eine Grimasse und streckte ihm die Zunge heraus, was er mit einem fröhlichen Lachen quittierte.

„Jetzt mal im Ernst“, meinte er. „Eigentlich wollte ich dich und Colin tatsächlich heut Abend zum gemeinsamen Essenkochen und Mampfen einladen – deswegen bin ich nämlich rumgekommen. Meinst du, er ist bis dahin wieder fit genug?“

Ich schenkte ihm einen äußerst zweifelnden Blick. „Mr. Schwerstkrank? Der wird nur wieder denken, dass du einen Witz auf seine Kosten machst.“

„Schade.“ Ben sah wirklich geknickt aus. „Ich hätt gern noch was mit euch gemacht, bevor ihr wieder abreist. Sind ja nur noch anderthalb Tage.“

Seine Worte sorgten dafür, dass sich mein Inneres unangenehm zusammenzog. Ich hatte bei all der Aufregung ganz vergessen, dass unsere Zeit hier in London schon fast abgelaufen war und es fühlte sich gar nicht gut an, jetzt daran erinnert zu werden. Mir ging es ganz ähnlich wie Ben. Ich wollte mich noch nicht so schnell wieder von ihm und Anna trennen. Schließlich hatte ich ja noch gar nicht die Chance gehabt, Anna besser kennenzulernen – also persönlich. *Nur* deswegen dachte ich angestrengt darüber nach, wie ich es uns möglich machen konnte, den heutigen Abend trotz Colins Krankheit mit Ben zu verbringen. Ben und *Anna. Hauptsächlich* mit Anna! Verdammt!

„Komm doch einfach wieder mit zu unserem Apartment“, schlug ich deshalb vor. „Vielleicht kannst *du* ja unseren Patienten davon überzeugen, dass er nicht ganz so schlimm krank ist, wie er denkt, und ihn dazu bringen, mit zu dir zu kommen.“

„Und wenn ich's nicht schaffe?“ Er hob die Brauen und ich wusste ganz genau, was er hören wollte. Aber den Gefallen konnte ich ihm nicht tun. Auch in einer Freundschaft hatte man Verpflichtungen und Colin war definitiv krank, selbst wenn er maßlos übertrieb.

„Dann warten wir, bis er eingeschlafen ist und verkrümeln uns dann ohne ihn“, platzte es aus mir heraus, ohne dass ich etwas dagegen tun konnte. Meine egoistische Seite hatte gesiegt und der Rest meiner gespaltenen Persönlichkeit freute sich auch noch diebisch darüber.

Ben strahlte mich an und erhob sich sofort. „Na dann, lass uns unser Glück versuchen! Wird schon alles klappen mit Colin.“

Es klappte *nicht*. Als wir eine Viertelstunde später zurück im Apartment waren, begrüßte uns Colin noch nicht einmal, sondern starrte nur beleidigt und stumm auf den kleinen Fernseher, der auf dem Tisch vor ihm stand. Er lag immer noch im Bett, hatte seinen Tee ausgetrunken (und sich natürlich keinen neuen gemacht), sich die Bettdecke hoch bis zur roten Nase gezogen und machte nicht gerade den Eindruck, als sei er auch nur im Geringsten ansprechbar, geschweige denn verhandlungsbereit.

Selbst als ich ihm freudig berichtete, dass ich alle Sachen bekommen hatte, nach denen er verlangt hatte, sah er mich nicht an, sondern putzte sich nur in stummer Anklage die Nase.

„Alles in Ordnung, Colin?“, erkundigte sich Ben vorsichtig.

„Ja, na klar!“, stieß mein Freund nun doch endlich aus. „Und selbst? Habt ihr euch einen netten Tag *ohne* mich gemacht?“ Er schenkte Ben ein nicht sehr überzeugendes Lächeln. „Das hat nämlich weitaus länger gedauert als nur zwanzig Minuten!“

„Wie bitte?!“, entfuhr es mir verärgert. „Ich renne den ganzen Tag herum, um dir deine Wünsche zu erfüllen, und wenn ich mal für ein *paar* Minuten einen Kaffee trinken gehe, bist du schon eingeschnappt?! Sag mal hakt's?!“

Colins Kopf flog zu mir herum „Aha! Dann warst du also Kaffeetrinken und gar nicht bei der Apotheke!“

„Ich war *erst* Kaffeetrinken und *dann* bei der Apotheke!“, fauchte ich zurück. „Sei froh, dass ich *überhaupt* wiedergekommen bin!“

„Wo wolltest du denn sonst hin?!“

„Keine Ahnung! Irgendwohin, wo *du nicht* bist!“

Colin sagte nichts mehr. Er starrte mich ein paar Herzschläge lang nur sprachlos an, schüttelte dann den Kopf und drehte mir beleidigt den Rücken zu.

Ich atmete tief ein und wieder aus. „Okay. Es tut mir leid“, sagte ich. „So wollt ich das nicht sagen. Aber es ist unfair, zu behaupten, dass ich mich nicht um dich kümmere, nur weil ich mal für eine Stunde weg bin.“

Ich sah seine Schultern zucken. „Kannst doch machen, was du willst“, brummte er, ohne sich zu mir umzudrehen. „Ist ja nicht so, dass du meine Mutter und zu irgendwas verpflichtet bist. Ich kann schon allein für mich sorgen.“

Das waren ja ganz neue Töne.

„Aber du bist beleidigt“, erinnerte ich ihn.

„Bin ich nicht.“

„Warum drehst du dich dann nicht zu uns um?“

„Weil das Licht vom Fernseher zu grell ist.“

„Dann mach ihn doch aus.“

„Nein! Der bleibt an!“

Ich verdrehte die Augen und sah dann Ben an, der sich auf einen der Stühle im Raum gesetzt hatte und schmunzelnd den Kopf schüttelte.

„Emma und ich dachten, dass es vielleicht ganz gut für dich wäre, mal aufzustehen und vielleicht mit uns einen kleinen Spaziergang zu machen“, versuchte er mir zu helfen.

Colin drehte sich zurück auf den Rücken und bedachte Ben mit einem verärgerten Stirnrunzeln. „Ich habe *Fieber*! Mit Fieber soll man im Bett bleiben und nicht draußen rumturnen!“

Ben hob sofort entschuldigend die Hände. „Ich hab's doch nicht böse gemeint. Ganz im Gegenteil. Ich mache mir genauso Sorgen wie Emma."

Colin warf einen scheelen Seitenblick auf mich. „So, so", sagte er schon etwas sanfter und betrachtete dann endlich die Lutschpastillen und Kopfschmerztabletten, die ich neben ihm aufs Bett gelegt hatte. „Danke."

„Bitte", erwiderte ich und lächelte sogar wieder, als er mich doch noch richtig ansah. Sein Ärger schien sich zu verflüchtigen. Stattdessen sah er nur noch müde und erschöpft aus.

„Tut mir leid, dass ich als Kranker so 'ne Nervensäge bin", entschuldigte er sich jetzt sogar bei mir und schon hatte ich ihm verziehen und schämte mich wegen meines harschen Tons. Ich setzte mich kurzerhand neben ihm aufs Bett, beugte mich zu ihm hinunter und umarmte ihn.

„Wer ist das nicht?", gab ich zurück und ließ ihn wieder los, ihm liebevoll durchs Haar wuschelnd.

„Du", behauptete er. „Du bist immer so tapfer und man muss dich fast zwingen, zu Hause zu bleiben, wenn du mal krank bist."

„... was auch nicht so toll ist", räumte ich sofort ein, weil es mir unangenehm war, dass er so etwas sagte. Ich war überhaupt nicht tapfer. Ich schrie mein Leid nur sehr selten laut in die Welt hinaus. „Du hast schon Recht, wenn du sagst, dass du dich ausruhen musst."

„Ja, aber ich muss dich deswegen ja nicht gleich immer so nerven", lenkte Colin ein. „Und verlangen, dass du bei mir bleibst. Ich könnte dich ja auch anstecken."

Oh, daran hatte ich noch gar nicht gedacht. Meistens *war* es nämlich so, wenn Colin und ich Patient und Schwester ‚spielten'.

„Nur weil *mein* restlicher Urlaub durch die Erkältung den Bach runtergeht, muss das deiner ja nicht auch tun", fuhr er fort.

„Das tut er nicht Colin, ich…"

„Nein!", fiel er mir streng ins Wort und sah dann Ben an. „Du machst jetzt was Schönes mit Emma, klar?"

Ben sprang auf und salutierte vor Colin. „Wird erledigt!"

„Und wehe, sie kommt vor zwei Uhr zurück nach Hause! Sie soll sich amüsieren!"

„Jawoll, Sir! Sonst noch etwas, Sir?"

„Ja! Habt Spaß!"

„Aber …", begann ich, doch Colin ließ mich erst gar nicht richtig zu Wort kommen. „Habt Spaß!", wiederholte er noch sehr viel lauter und strenger. Konnte man da widersprechen?

Dennoch plagte mich sofort mein schlechtes Gewissen, als Ben und ich aus dem Haus traten und dort erst mal stehenblieben und uns ansahen. Er lächelte, aber ich konnte seine Vorfreude auf den gemeinsamen Abend noch nicht so richtig mit ihm teilen.

„Können wir ihn wirklich allein lassen?", fragte ich zaghaft.

Ben nahm meine Sorgen ernst, denn er dachte eine Weile nach, bevor er nickte.

„Er wirkte nicht mehr so fiebrig und konnte klar denken und sprechen", setzte er seiner stillen Geste hinzu.

„Wenn er noch Angst gehabt und sich richtig schlecht gefühlt hätte, hätte er dich nicht gehen lassen."

„Meinst du?"

„Ja, da bin ich mir ganz sicher. Und er hat unsere beiden Telefonnummern und kann uns jederzeit anrufen."

Ich hob verwundert die Brauen. „Deine auch?"

„Er wollte sie vorhin haben, als er mich losgeschickt hat, um nach dir zu suchen", schmunzelte Ben. „Er wollte ganz sicher gehen, dass er uns erreicht und hat extra gefragt, ob der Akku auch voll ist."

Ich grinste breit. „Na, hoffentlich bereust du das nicht später einmal. Colin löscht Telefonnummern *nie*! Und er ruft zu den abenteuerlichsten Zeiten an."

„Na dann wird er auch keine Hemmung haben, heute anzurufen, wenn es ihm schlecht geht, oder?", meinte Ben.

„Wahrscheinlich nicht", musste ich zugeben und mein schlechtes Gewissen schwand dahin.

„Also, was isst du am liebsten?", war Bens nächste Frage. „Hast du einen Vorschlag für unser wundervolles Dinner?"

„Einen?", fragte ich zurück und mit unserem gemeinsamen Herumgealber ließen wir endlich die Sorgen des Tages hinter uns und konnten uns darauf konzentrieren, Tag Vier in London zu einem der unvergesslichen Sorte zu machen.

Dinner für Zwei

Bens Wohnung war großartig. Er hatte zwar behauptet, dass sie klein und schäbig sei, aber dann hatte er in seinem ganzen Leben wohl noch nie eine Bleibe gesehen, die tatsächlich diesen Begriffen gerecht wurde. Groß war sie natürlich nicht. Das war für einen Bezirk wie Hampstead kombiniert mit dem Budget eines hart arbeitenden Studenten auch zu viel verlangt. Sie war allerdings auch nicht so klein und schmal wie das Apartment, das Colin und ich vorübergehend behausten und Ben hatte mit der Wahl seiner Möbel und handwerklichem Geschick ein tolles Ein-Zimmer-Apartment aus der kleinen Wohnung gemacht – mit hübscher Küchenecke und gerade frisch renoviertem Badezimmer. Dazu wohnte er noch im Dach und besaß eine kleine Dachterrasse – für mich ein Traum, da ihm somit niemand auf der Nase herumtanzen, sprich *über* ihm herumtrampeln konnte.

Einziges Manko war, dass es in dem alten Haus keinen Fahrstuhl gab und man die ganzen Treppen bis in den dritten Stock laufen musste. Dementsprechend erschöpft und außer Puste war ich, als ich mich schwerfällig auf Bens knallrote, aber unfassbar bequeme Couch plumpsen ließ, mich in die weichen Kissen kuschelte und die Beine von mir streckte.

„Kleinen … Moment … ich komm … gleich …“, keuchte ich in Richtung Küchenecke, in der Ben sich schon daran machte, die Sachen auszupacken, die wir auf dem Weg zu ihm eingekauft hatten.

„Lass dir Zeit“, erwiderte er, „es dauert eh noch ein bisschen, bis alle Sachen ausgepackt sind und die Kochutensilien bereitstehen.“

Ich nickte stumm und sah mich stattdessen genauer in seiner Wohnung um, dabei Snowball, die bisher fröhlich um uns herumgehopst war und nun ihren Kopf auf meinen Schenkel legte, hinter den Ohren kraulend.

Es war eine warme Wohnung: helles Parkett, helle Wände und gemütliche Möbel. An den Wänden hingen ein paar außerordentlich schöne Fotos, Landschaftsaufnahmen, aber auch Porträts. Selbst geschossen, vermutete ich bei Bens Talent. Mir gegenüber befand sich der Fernseher nebst Unterschrank für eine ziemlich große DVD-Sammlung und in einem Regal auf der rechten Seite, das mit einer Menge Bücher vollgestopft war, auch eine Stereoanlage. Links von mir hatte sich Ben eine kleine Büro-Ecke eingerichtet, mit Computertisch und Stauraum für allerlei Papierkram. Über dem PC hing ein Poster von einem Storch in dessen Schnabel der Kopf eines Frosches steckte, der dem Storch wiederum den Hals zudrückte. ‚Nur nicht aufgeben!‘ riet der Schriftzug im unteren Bereich des Bildes und ich musste grinsen. Das war eine Lebensphilosophie, die ich absolut teilte.

Gut. Wir hatten Küche, Wohnzimmer, Bad, Büro, Snowballs Körbchen an der Heizung unter einem der Fenster … Aber wo war Bens Bett? Ich betrachtete die Couch, auf der ich saß, eingehender. Richtig geraten. Schlafcouch. Die Bettwäsche befand sich mit Sicherheit unter mir im Bettkasten. Ben schlief *hier*. Irgendwie wurde mir bei diesem Gedanken deutlich wärmer und ich erhob mich lieber und lief, gefolgt von Bens Hund, hinüber zu meinem Kochduell-Partner.

Er war gerade dabei Schalen und Töpfe aus einem Schrank zu holen und hatte sich dafür gebückt, was mich, ohne es zu wollen, dazu verleitete, einen bestimmten Bereich seines Körpers genauer zu betrachten, als es angemessen war. Er hatte aber auch einen verdammt knackigen Hintern!

Ich wandte mich schnell ab und betrachtete stattdessen die saftig roten Paprikaschoten, die wir besorgt hatten und die jetzt auf der Ablagefläche der Einbauküche lagen. Ob mein Gesicht auch gerade diese intensive Farbe hatte? Es fühlte sich auf jeden Fall so an.

„So …“, vernahm ich Bens Stimme dicht hinter mir und nur eine Sekunde später trat er neben mich und stellte einen Kochtopf und eine Schüssel auf die Arbeitsfläche. „Willst du lieber Kartoffeln häuten oder die Paprikaschoten ausweiden?“

„Häuten und ausweiden?“, wiederholte ich schmunzelnd.

„Jaaa-ha!“, bestätigte er und riss seine Augen auf wie ein irrer Meuchelmörder. „Und danach werfen wir die einen ins kochende Wasser und lassen die anderen dabei zugucken!“

Ich musste lachen. „Du machst mir Angst.“

Er lehnte sich zu mir hinüber und sah mich mit düsterem Blick und sardonischem Lächeln an. „Tu ich das?“

Nein. Das tat er nicht wirklich. Dazu sprach sein Bemühen, mich zum Lachen zu bringen einfach zu deutlich aus seinen Augen. Aus diesen wunderschönen, von langen Wimpern umrahmten Augen …

„Nein, ich kenn dich inzwischen zu gut“, schmunzelte ich. „Du tust mir nichts.“

„Sicher?“ Er hob provokant eine Braue.

Ich brachte mein Gesicht noch dichter an seins heran. „Sicher!“, bestätigte ich in einem eigenartig weichen Ton.

Bens Lächeln veränderte sich und sein Blick wanderte zu meinen Lippen. Mein Herz begann schneller zu schlagen, denn ganz plötzlich war da wieder dieses gefährliche Knistern zwischen uns zu spüren. Auch meine Augen fixierten seine Lippen und … ich wandte mich schnell von ihm ab, packte eine der Paprikaschoten am Schopf und ergriff eines der Messer, die vor mir lagen.

„Ausweiden kann ich besser!“, behauptete ich mit wackeliger Stimme und skalpierte die Paprika gnadenlos. Aus dem Augenwinkel nahm ich wahr, wie auch Ben sich darum bemühte, wieder Haltung anzunehmen.

„Okay, dann kümmere ich mich um die Kartoffeln“, verkündete er mit leicht kratziger Stimme.

Was zur Hölle trieben wir hier nur? Wir waren nur Freunde, die zusammen kochen wollten! Und das noch nicht mal allein.

„Wann kommt eigentlich Anna?“, erkundigte ich mich, in der Hoffnung, bald jemanden an der Seite zu haben, der mich davon abhielt, einen weiteren fatalen Fehler zu begehen.

„Anna?“ Ben sah mich irritiert an. „Die muss morgen schon um sieben raus und wollte deswegen früh schlafen gehen, weil auch sie gesundheitlich nicht so auf dem Damm ist.“

„Das heißt dann wohl, sie kommt nicht“, schloss ich *ganz* gescheit. Ups. Ben und ich allein. Das sah dann doch schon eher nach Date aus. Auch wenn es keines war. Ganz sicher nicht, denn wir waren nicht ineinander verliebt, waren nur zufällig zu zweit und wollten nicht mehr als gute Freunde sein. Oder? Zumindest *ich* wollte das nicht … auch wenn ich mich immer mehr zu ihm hingezogen fühlte … und Colin mir immer unwichtiger wurde, ich meine Verliebtheit in ihn immer alberner fand … Shit! War ich jetzt auf einmal tatsächlich in Ben verknallt? Konnte so was in nur vier Tagen passieren? Konnte ich endlich aufhören, mir all diese dummen Fragen zu stellen?

„Hatte ich dir das nicht gesagt?“, fragte Ben jetzt zögernd.

„Doch, bestimmt“, sagte ich schnell. „Ich hab vielleicht nicht so richtig zugehört.“

Er legte die Kartoffel, die er gerade erfolgreich ‚gehäutet‘ hatte, in den Topf und sah mich dann bedrückt an. „Also, wenn das für dich ein Problem ist …“ Er brach ab, weil ich sofort den Kopf geschüttelt hatte.

„Nein, nein, gar nicht!“, beteuerte ich. „Ich mache gern was mit dir allein!“

Auch wenn es mir schwerfiel, das einzugestehen – es war wahr. Bisher war es nur Ben zu verdanken gewesen, dass ich diesen Urlaub nicht unter der Kategorie ‚komplette Katastrophe‘ abgeheftet hatte.

„Ist ja auch kein Date oder so“, erinnerte er mich und lächelte erleichtert.

„Nee, klar. Wir sind nur zwei Freunde, die sich einen schönen Abend machen wollen“, stimmte ich ihm zu und schnappte mir gleich die nächste Schote.

„Dann sollten wir das auch tun“, meinte Ben und schaltete das Küchenradio über mir an. „Partystimmuuuuung!“

Er hatte Glück. Auf dem eingestellten Sender spielten sie gerade einen meiner Lieblingsrocksongs von ACDC und ich strahlte. Im Grunde hatte Ben Recht. Wir durften uns unsere gute Laune nicht von unseren eigenen verworrenen Gefühlen kaputtmachen lassen. Männer und Frauen konnten auch Spaß miteinander haben, ohne dass ihnen der Gedanke an Liebe und Sex dazwischenfunkte. Das redete ich mir zumindest erfolgreich ein und konnte mich wieder einigermaßen entspannen.

Das Essen, auf das wir uns geeinigt hatten (fleischlose, gefüllte Paprikaschoten), war leicht vorzubereiten und die Arbeiten gut unter zwei Menschen aufzuteilen. Es fiel Ben und mir nicht schwer, Hand in Hand zusammenzuarbeiten. Wir brauchten uns nur wenig abzusprechen und mir fiel ein weiteres Mal auf, dass wir ähnlich gut miteinander harmonierten, wie es bei mir und Anna zumindest im Internet immer der Fall gewesen war. Hier in London hatte ich ja leider bisher nur sehr wenig Zeit mit ihr allein verbringen können, was furchtbar schade, jedoch auch nicht zu ändern war. Stattdessen hatte ich nun Ben, in dessen Gegenwart ich mich beinahe beängstigend wohl fühlte. Es war seltsam, auch wenn ich offiziell vorgab, jemand anderes zu sein, so konnte ich bei ihm dennoch ich selbst sein. Ich musste nicht aufpassen, was ich sagte oder wie ich mich benahm, weil er mir mit seinem Verhalten bisher nie das Gefühl gegeben hatte, das ich mich für irgendetwas schämen musste. Und das war wirklich toll.

So kam es auch, dass ich, als *Going Up the Country* von *Kitty, Daisy and Lewis* im Radio spielte, ganz ungehemmt anfing, mich im Takt der Musik zu bewegen, ein glückliches Lächeln auf den Lippen. Ben sah mich weder komisch an noch machte er einen Witz über meine sicherlich recht ungelenken Bewegungen (Tanzen lag mir so gar nicht im Blut – auch wenn ich es gern tat). Nein. Er begann stattdessen mitzumachen und nach ein paar Minuten tanzten wir beide fröhlich durch die Küche, stießen uns mit den Hüften an und ließen uns die abenteuerlichsten Bewegungen zur laut dudelnden Musik einfallen, während Snowball uns mit lautem Gekläffe anfeuerte. Leider war das Lied irgendwann zu Ende und das Essen im Ofen und damit auch die Luft raus. Der richtige Zeitpunkt, um die Toilette aufzusuchen.

Als ich wiederkam, hatte Ben schon damit begonnen, den Tisch für uns zu decken. Weiße Seidentischdecke, ein Kerzenständer, Blumengestecke (Wo hatte er denn die auf einmal her?) und sein bestes Geschirr (Gut, das konnte ich nicht wissen, aber es sah zumindest danach aus). Alles in allem sah das mittlerweile doch eher nach einem Candle-Light-Dinner aus. Ich schluckte schwer.

„Mann, das wird ja ein richtig tolles Abendessen“, stellte ich fest, während ich das festliche Gedeck noch eingehender betrachtete. Es war süß, was für eine Mühe sich Ben gab, um den Abend möglichst schön für mich zu machen, doch leider ging das ein wenig nach hinten los, denn ich fühlte mich immer unwohler in meiner Haut.

„War ja auch der Plan“, gab er zufrieden lächelnd zurück. „Für die Lady nur das Beste.“

Lady. Warum musste er das nur immer sagen? Es war zwar schmeichelhaft, aber ich war alles andere als eine Lady. Ich sah an mir hinunter. Nein. Das war eindeutig kein passender Begriff für meinen derzeitigen Zustand. Und bei dem, was Ben da für mich auffuhr, schämte ich mich fast für das, was ich anhatte.

Leider schien er mein Unbehagen zu bemerken und sah mich fragend an. „Was ist denn?“

„Entschuldige meinen Schluffilook“, murmelte ich.

Er blinzelte verdattert. „Wieso? Du siehst doch gut aus. Das steht dir.“

Ich bedachte ihn mit einem gnädigen Grinsen. „Ja, klar!“

„Das meine ich ernst.“ Er sah in der Tat danach aus, sah mich so offen und wohlwollend an und da war auch keinerlei Spott in seiner Stimme zu finden.

Ich sah ein weiteres Mal kurz an mir hinab, um sicherzugehen, dass ich auch trug, was ich dachte heute Morgen angezogen zu haben. Shirt, Jeans, Ringelsocken, Turnschuhe. Ja, der übliche Emma-Look – ganz anders als das künstliche Emma-spielt-Colin-als-Frau-Outfit. Ich hatte einfach keinen Nerv gehabt, mich wieder zu verkleiden. Ich zuckte hilflos die Schultern. „Ähm … Danke?"

Ben lachte. Oh, wie mochte ich dieses Lachen. „Es passt irgendwie besser zu dir", führte er seinen Gedanken weiter aus.

Na, klar! Jetzt würde sie wieder kommen, die Bemerkung, mit der mich auch Colin immer in wunderbarerer Regelmäßigkeit erfreute: Du bist eher der jungenhafte Kumpeltyp. Na komm schon! Raus damit! Dann haben wir es endlich hinter uns.

„Es macht dich auf sehr lässige Art ziemlich …" Er verstummte und wich rasch meinem fragenden Blick aus.

„Ziemlich was?", hakte ich misstrauisch nach. Warum konnte er nicht frei heraus sagen, was er von mir dachte?

Sein Blick huschte kurz zu mir und er biss sich auf die Unterlippe. „Du weißt schon." Wurde er tatsächlich rot?

Ich hob gekonnt eine Augenbraue. „Anscheinend nicht. Sonst würde ich wohl kaum fragen."

Er sah mich nun doch wieder an und *seine* Brauen wanderten aufeinander zu, gaben seinem Gesicht einen leicht zweifelnden Ausdruck. „Ach, komm schon! Du weißt doch, wie sexy du bist."

Watsch! Es fühlte sich an wie eine verbale Ohrfeige – eine von der positiven Sorte, wenn es so etwas überhaupt gab, und sie traf mich mit voller Wucht. Ich stand nur da und starrte ihn mit offenem Mund an. Ben fand mich *sexy*?! *Mich*?! So, wie ich gerade aussah, mit Jeans und T-

Shirt und Haaren, die sicherlich in alle Richtungen abstanden? Ich hätte ihn am liebsten geküsst.

„Du … du findest mich sexy?“, fragte ich fassungslos und verwirrte ihn damit nur noch mehr. Jetzt glühten auch schon seine Ohren.

„Gibt es jemanden, der das nicht so sieht?“, fragte er dennoch.

„Ja, zum Beispiel Colin!“, platzte es aus mir heraus. Fuck! Böse Falle!

Ben schüttelte den Kopf. „Das glaubst du doch nicht im Ernst!“

Ich blinzelte perplex. Hatte er etwas bemerkt, was *mir* bisher entgangen war, oder schloss er einfach nur von sich auf andere? „Doch“, sagte ich.

Ben musterte mich auf ziemlich seltsame Weise. „Wäre es denn wichtig, dass er dich sexy findet?“

Ich blies die Wangen auf und ließ die Luft hörbar entweichen. „Nö, nicht wirklich“, log ich mich schnell aus der Patsche. „Wir sind ja nur Freunde.“

Seine Augen verengten sich und er sah mir prüfend ins Gesicht. „Manchmal können sich die Gefühle, die man für jemanden hat, ja auch ändern“, überlegte er laut. „Und dann ist es auf einmal doch wichtig, was der beste Freund von einem hält.“

Ich lachte, ein bisschen zu laut, aber es klang wenigstens nicht völlig affektiert. „Nein, du, wirklich nicht – Colin und ich sind nur Freunde.“

Bens Gesichtszüge entspannten sich sichtbar. War er erleichtert? Warum? Interessierte er sich tatsächlich für mich? Schon war wieder das seltsame Flattern in meinem

Bauch zurück, das mich gestern so oft aus dem Hinterhalt überfallen hatte, und mein Puls beschleunigte sich merklich, weil Ben mich nun auch noch so niedlich anlächelte.

Beweg dich, Emma!, befahl ich mir selbst. *Steh nicht nur einfach so rum und starr ihn an wie ein Huhn auf Drogen!*

Ich streckte meine Hände nach dem Besteck aus, das er in seiner Hand hielt. „Soll ich …?“

Ein wenig verwirrt folgte er meinem Blick und schüttelte dann rasch den Kopf. „Nein, du setzt dich jetzt auf die Couch und legst die Beine hoch!“, kommandierte er sofort. „Schließlich bist du mein Gast!“

„Aber …“

„Kein aber!“ Er hob mahnend einen Finger und ich schloss brav meinen Mund. Er wies auf das Sofa und machte eine Laufbewegung mit den Fingern und ich folgte auch dieser Anweisung widerstandslos, ein breites Grinsen auf den Lippen.

Während Ben damit begann, in der Küche aufzuräumen, hatte ich damit zu kämpfen, mir eine sinnvolle Beschäftigung zu suchen, bis er wieder bei mir war. Snowball, die sich zu mir auf die Couch gesellt hatte (ich hatte keine Ahnung, ob sie das durfte oder nur dreist meine Unwissenheit ausnutzte), das Köpfchen zu kraulen, reichte schnell nicht mehr aus, um mich zu beschäftigen. So griff ich nach Bens Kamera, die vor mir auf dem Couchtisch lag, und schaltete sie an, um die Fotos von gestern anzusehen.

Ben hatte eine Menge Bilder auf der Speicherkarte, doch in der Minimalansicht waren sie nach dem Datum sortiert und so war es nicht schwer, die Fotos zu finden, die mich am meisten interessierten. Nicht alle waren so phantastisch wie die, die ich bisher von Ben gesehen hatte, aber man konnte schon behaupten, dass er ein Talent dafür hatte, selbst die gewöhnlichsten Dinge für den Betrachter interessant aussehen zu lassen. Hauseingänge, Straßen, fremde Menschen, Tiere und Pflanzen – alles sah auf seinen Bildern in gewisser Weise besonders aus. Selbst Schnappschüsse besaßen das gewisse Etwas, das es einem schwer machte, einfach an ihnen vorbei zu blättern.

Ich hielt allerdings weitaus länger inne, als ich endlich auf ein Bild von mir stieß. Ich, die auf einer Bank saß, die Lider geschlossen hatte und das Gesicht der Sonne entgegen reckte – und ich sah toll aus! Normalerweise hasste ich Fotos von mir, aber das hier war der Hammer! Ich starrte es noch ein paar Sekunden länger an und blätterte dann weiter. Colin und Anna, die sich unterhielten. Na ja, was konnte man bei zwei solch schönen Menschen schon falsch machen? Oh! Wieder ich. Ich war mir sicher, dass ich mich auf dem Bild gerade mit Colin unterhielt, aber Ben hatte nur mich aufgenommen und erneut das Wunder vollbracht, mich so abzulichten, dass ich richtig gut aussah. Ich war hübsch. Sehr feminin, beinahe lieblich… und die Art und Weise wie mein Haar im Licht der Sonne glänzte. Ben war nicht nur ein talentierter Fotograf – er war mein neuer Held!

Ich schüttelte lächelnd den Kopf und sah mir die nächsten Fotos an. Snowball. Die Wasseroberfläche der Themse, in der sich die Sonne brach. Ich. *Schon* wieder. Dieses Mal lachte ich, warf den Kopf dabei in den Nacken und… sah toll aus. *Auch* schon wieder. Wie machte Ben das nur – und auch noch ohne dass ich bemerkte, dass er mich fotografierte? Gab es noch mehr Bilder von mir?

Mein Herz begann schneller zu schlagen und eine kribbelige Aufregung ergriff von mir Besitz, als ich das nächste Foto von mir entdeckte. Und dann noch eins. Und noch eins. Er hatte mich oft fotografiert. Auffallend oft. In allen Posen und Gemütszuständen und ich konnte noch nicht einmal an den Bildern herumkritisieren, weil sie einfach toll waren.

Ein leises Seufzen neben mir ließ mich innehalten und aufsehen. Ben stand neben der Couch und machte einen recht verschämten Eindruck.

„Ich dachte mir schon, dass du dir die Bilder auf meiner Kamera ansiehst, weil du so still warst."

Ich schluckte. „Ich … es tut mir leid. Ich hätte dich vorher fragen sollen."

Er zuckte die Schultern, aber ich kaufte ihm diese Geste nicht so ganz ab. Dafür wirkte er viel zu angespannt. „Ist ja im Grunde nichts Schlimmes drauf …"

Ich nickte. „Nur ich …"

Er imitierte meine Geste, atmete tief ein und aus und setzte sich dann dicht neben mich auf die Couch.

„Ich …", begann er, brach dann wieder ab und schenkte mir einen für ihn ungewöhnlich scheuen Blick. „Ich wollte dich nicht stalken oder so … Es ist nur so …" Er hielt wieder inne, sichtbar bemüht seine Gedanken besser zu sortieren.

Ich hielt lieber die Klappe und sah ihn nur aufmerksam an, um ihm zu zeigen, dass ich ihm zuhörte und ganz bestimmt nicht sauer auf ihn war. Denn das *war* ich nicht – auch wenn mich die vielen Bilder von mir überrascht hatten.

„Manchmal da … da brennt irgendwas bei mir durch, wenn ich fotografiere“, versuchte er sein Handeln für mich verständlich zu machen. „Ich sehe etwas so Faszinierendes und Schönes, dass ich einfach nicht mehr aufhören kann, Bilder davon zu machen und mich selbst und jeden Anstand vergesse, verstehst du?“

Ich sah ihn nur an, völlig überwältigt. So etwas hatte noch nie jemand zu mir gesagt, nicht in dieser offenen ehrlichen Art, die mir verriet, dass er nicht log, sondern wirklich so empfand. In meiner Brust wurde es auf einmal ganz warm. Mein Herz schmolz dahin und die Schmetterlinge in meinem Bauch flatterten wie verrückt durcheinander. Deswegen war ich auch nicht mehr dazu in der Lage, klar zu denken und reagierte auf einmal nur noch instinktiv: Ich beugte mich nach vorn und küsste Ben. Direkt auf den Mund. Einfach so. Es war kein harmloser Schmatzer, sondern ein richtiger Kuss, der mich die Weichheit und Wärme seiner bewegungslosen Lippen überdeutlich fühlen ließ. Zeit, den Kuss zu erwidern, ließ ich ihm allerdings nicht, denn ich zog mich rasch wieder zurück, verdattert über mein eigenes Handeln.

Ich öffnete den Mund, um irgendetwas Blödsinniges zu stammeln, doch leider brachte ich keinen Ton heraus und machte somit eher den Eindruck, ein tumber Fisch zu sein, der träge Luftblasen ins Wasser pustete. Ben schien derweil in Schockstarre verfallen zu sein, starrte mich nur mit halb geöffneten Lippen und großen Augen an und machte damit auch keinen intelligenteren Eindruck als ich – bis er sich schließlich räusperte und sich verlegen lächelnd am Kopf kratzte.

„Ich … ähm … geh mal nach dem Essen gucken“, verkündete er und erhob sich sogleich, um seinen Einfall in die Tat umzusetzen.

Ich unterdrückte das peinlich berührte Aufstöhnen, das so gerne aus meiner Kehle kriechen wollte, ließ mein Gesicht in meine Hände sinken und schloss die Lider. Was zur Hölle war nur plötzlich in mich gefahren?! Wie konnte ich Ben küssen, wenn ich eigentlich noch in Colin verliebt war? Oder … War ich das überhaupt noch?

„Ich denke, das Essen ist jetzt fertig“, erlöste mich Ben aus meinen bedrückenden Gedanken. Er hatte sich wohl dafür entschieden, so zu tun, als wäre nichts passiert, und ich war ihm unendlich dankbar dafür.

Das Essen an sich verlief dann wieder in der gewohnt gelösten Atmosphäre zwischen uns. Wir konnten herumwitzeln und lachen und hatten bald schon vergessen, was erst vor wenigen Minuten auf der Couch passiert war. Zumindest redete ich mir das erfolgreich ein.

Niederlagen

„Na wunderbar!“, merkte Ben an, als wir eine Stunde später in der Küche standen, um gemeinsam den Abwasch zu machen (dieses Mal hatte ich mich erfolgreich gegen ihn durchgesetzt), und ich Snowball den Rest meiner dritten Paprikaschote in den weit geöffnete Rachen geworfen hatte (es war erstaunlich, was für ein riesiges Maul dieses winzige Tier hatte). „Jetzt hast du Fartball zum Leben erweckt!“

Ich zog die Brauen zusammen. „Pfui! So ein gemeiner Name für so einen goldigen Hund“, rügte ich ihn. „Sagtest du nicht, du nennst sie lieber Blume?“

Ben schüttelte den Kopf. „Nicht, wenn sie mit solchen Sachen geladen wird. Du wirst bald sehen, was ich meine.“

Ich betrachtete das kleine Tier liebevoll, dass sich jetzt auf die Hinterbeine stellte und sich mit einer Pfote an meinem Bein abstützte, um seine großen, hungrigen Augen noch besser auf mich wirken lassen zu können.

„Hör nicht hin, was der böse Mann sagt“, riet ich ihr und streichelte ihr das Köpfchen. „Du bist ein ganz hinreißendes Geschöpf, ganz egal wie du riechst.“

„Du kannst sie nachher gern auf den Schoß nehmen und ihr das noch mal sagen“, schlug Ben schmunzelnd vor und ich zuckte nur die Schultern.

„Vielleicht mach ich das auch“, behauptete ich mutig und versenkte unser Besteck in dem schaumigen Wasser des Waschbeckens. Ben und ich waren uns mit der Aufteilung der Arbeiten schnell einig gewesen (nachdem wir eine halbe Ewigkeit darüber diskutiert hatten, ob Gäste überhaupt beim Aufräumen helfen *durften*). Ich wusch gern ab und er trocknete lieber ab – Problem gelöst, Abwasch (beinahe) erledigt.

„Ich nehme dich beim Wort“, meinte er und stellte den Teller, den er grade abgetrocknet hatte, in den Hängeschrank über sich.

„Kannst du auch“, erwiderte ich und streckte ihm hinter seinem Rücken die Zunge heraus. Leider drehte er sich gerade in diesem Moment um. Die Folge war, dass er empört nach Luft schnappte und im nächsten Augenblick das Ende seines Handtuchs auf meinen Hintern traf. Es knallte durch die rasche Bewegung ziemlich laut und Ben zuckte erschrocken zusammen. Weh tat es allerdings nicht.

Dennoch tat ich ebenfalls empört und warf ihm einfach meinen mit Wasser vollgesogenen Schwamm an die Stirn. Er prallte dort mit einem saftigen ‚Watsch‘ ab, Ben fing das Geschoss jedoch vor seiner Brust auf und warf es fast in derselben Sekunde zurück. Ich quietschte mädchenhaft und versuchte dem Schwamm auszuweichen, doch er traf immer noch meine Schulter. Und damit war die Schlacht eröffnet. Es war kindisch und eine ordentliche Sauerei, da Ben mehr als einen Schwamm besaß und wir im Endeffekt alle sechs benutzten, aber es machte einen höllischen Spaß. Am Ende stand die Küche ein wenig unter Wasser, wir waren selbst durchweicht und außer Atem und Snowball hatte sich beleidigt zurückgezogen, weil sie einen der herumfliegenden Schwämme direkt auf die Nase bekommen hatte.

„Okay! Ich ergebe mich!“, keuchte ich, als Ben mich in einem Moment der Unachtsamkeit gepackt hatte und einen Schwamm bedrohlich nahe an mein Gesicht heranführte. Ich hatte zwar meine Hände gegen seine Brust gestemmt und versuchte ihn wegzuschieben, aber ich musste dabei so lachen, dass mir einfach die Kraft dazu fehlte.

„Sicher?“, fragte er misstrauisch und sah mir prüfend ins Gesicht, das sich dicht vor seinem befand. Ausweichen konnte ich ihm nicht, weil ich von ihm mit dem unteren Teil meines Rückens gegen die Ablagefläche und einen der Unterschränke der Einbauküche gedrückt wurde.

Ich nickte sofort, hatte aber Schwierigkeiten, mich auf den Inhalt unseres Gesprächs zu konzentrieren, denn all meine restlichen Sinne hatten sich auf Bens warmen Körper ausgerichtet, der sich der Länge nach an den meinen drückte – natürlich nur um mich kampfunfähig zu machen. Auch wenn ich wusste, dass es falsch war, ich genoss diesen intensiven Kontakt mit seinem Körper, konnte gar nicht genug davon kriegen. Und dass obwohl ich längst wieder dieses gefährliche Kribbeln im Bauch verspürte, mein Herz rasend schnell schlug und ich ziemlich kurzatmig geworden war.

„Ich kann eine Niederlage erkennen, wenn sie vor mir steht“, grinste ich.

Ben machte ein unglückliches Gesicht. „Sowas Fieses hat noch nie jemand zu mir gesagt“, sagte er mit weinerlicher Stimme und wir mussten beide lachen.

Er ließ den Schwamm neben mir ins Waschbecken fallen. „Okay, Friedensangebot angenommen“, sagte er sanft, ließ mich aber dennoch nicht gehen. Das wollte ich auch nicht, weil ich mich schon wieder in dem intensiven Grün seiner Augen verloren hatte. Augen, die mich warm, aber doch so eindringlich ansahen, über mein Gesicht wanderten, hinunter zu meinen Lippen.

„Da bin ich ja erleichtert“, erwiderte ich sehr leise.

Ben hob eine Hand an meine Wange und strich mir eine nasse Haarsträhne aus dem Gesicht. Auch seine Finger waren warm, die Berührung so zart und sanft … Ein Prickeln lief über meine Kopfhaut und dann meinen Rücken hinunter. Ich schluckte schwer, fixierte ebenfalls seine Lippen. Sie hatten sich vorhin so gut angefühlt … Aber ich konnte das unmöglich noch einmal tun, konnte ihn nicht schon wieder küssen.

Das musste ich auch nicht, denn nur den Bruchteil einer Sekunde später stießen seine Lippen von ganz allein gegen die meinen. Zaghaft, vorsichtig, aber auch auffordernd. Instinktiv kam ich ihm entgegen, presste meinen Mund sanft auf den seinen. Ja, seine Lippen *waren* immer noch so weich und warm, bewegten sich so behutsam und doch so reizvoll gegen die meinen. Weitere Schauer liefen meinen Rücken hinunter und ließen aus dem Kribbeln in meinem Bauch ein leichtes Ziehen hinab in tiefere Regionen meines Körpers werden.

Bens Hände umfassten mein Gesicht. Seine Lippen pressten sich nun sehr viel fordernder auf meinen Mund, ertasteten und liebkosten ihn und brachten mich dazu, meine Finger seitlich in sein Shirt zu krallen. Nicht um ihn noch dichter an mich heranzuziehen, denn eigentlich ging das gar nicht mehr, sondern um mich festzuhalten, weil meine Beine weich wie Pudding wurden, Hitze in mir aufwallte und mein Puls raste. Mein Körper hatte noch nie so stark auf einen Kuss reagiert und wahrscheinlich war das auch der Grund, warum ich, als Bens Zungenspitze sanft über meine Unterlippe glitt, sofort die Lippen öffnete und es zuließ, dass aus dem atemraubenden Kuss ganz rasch eine Art hitziges Vorspiel wurde.

Unsere Zungen trafen aufeinander und mein Unterleib reagierte sofort mit einem heftigen Zucken, das mich so überraschte, dass ich tief aufstöhnte und ein wenig in die Knie ging. Doch Ben schlang rasch einen Arm um meine Taille und hielt mich fest. Meine Finger krallten sich auf Hüfthöhe in den Stoff seiner Jeans, um ihn nun doch an mich zu ziehen und den Kontakt unsere Körper noch zu intensivieren. Mehr. Ich wollte mehr davon.

Wir beide holten keuchend Atem, als sich unsere Lippen kurz voneinander lösten, nur um dann sofort wieder übereinander herzufallen, sich weiter zu ertasten und zu schmecken. Mein Verstand verabschiedete sich nach und nach und ich war mir sicher, dass auch Bens Gehirn vollkommen blockiert war. Wenn sich Küsse *derart* gut anfühlten, derart intensiv waren und so schnell ein drängendes Verlangen nach mehr heraufbeschworen, konnte *niemand* mehr klar denken und ich wollte es auch nicht, wollte stattdessen, dass Ben niemals wieder damit aufhörte, mich zu küssen. Er war dafür geboren worden. Das wusste ich jetzt.

Ich keuchte und stöhnte ungehemmt und küsste ihn zurück und meine Hände begannen sich selbstständig zu machen, schoben sich unter sein T-Shirt, glitten über die warme Haut seines Rückens. Wie gut er sich anfühlte! Wenn ich eine Katze gewesen wäre, hätte ich angefangen zu schnurren. Dass Bens Erregung nicht ohne Folgen blieb und ich diese mehr als deutlich mit dem unteren Bereich meines Körpers fühlen konnte, störte mich nicht im Geringsten, es erregte mich eher noch mehr. Erst als wir beide irgendwie das Gleichgewicht verloren und eng umschlungen zur Seite taumelten, meldete sich mein Verstand wieder zurück und mir wurde bewusst, *was* wir beide da gerade im Begriff waren zu tun. Ich hielt inne, als Bens Lippen sich ein weiteres Mal von den meinen lösten, um uns etwas Luft zum Atmen zu verschaffen, und suchte seinen Blick.

Seine Augen waren sehr viel dunkler geworden, doch auch er schien sich für einen Augenblick zu besinnen und küsste mich nicht sofort wieder.

„Vielleicht … sollten wir besser nicht …“, brachte ich schwer atmend heraus, obwohl ein Teil von mir laut dagegen protestierte, jetzt plötzlich wieder die vernünftige Emma zu spielen.

„Ja …“ Ben bemühte sich sichtbar darum, die Kontrolle über sich selbst zurückzugewinnen und seine Gedanken zu sortieren. „Das geht vielleicht ein bisschen zu schnell.“

Ich nickte pflichtbewusst, obwohl ich mich so sehr danach sehnte, weiterzumachen, einmal in meinem Leben nicht vernünftig zu sein und zu genießen, was hier passierte. Wann hatte ich jemals zuvor so etwas gefühlt, diese Art von Zuneigung und Begehren, diesen Willen sich hemmungslos zu vergnügen? Vielleicht würde das nie wieder kommen … Doch es war zu spät, jetzt noch einmal meine Meinung zu ändern. Mein Verstand war zurück und Ben ließ mich auch schon los, wischte sich verlegen die schwitzig gewordenen Hände an der Hose ab und machte einen Schritt zurück. Die vernünftige, langweilige Emma hatte gewonnen. Verdammter Bockmist!

Für einen viel zu langen Moment wusste ich nicht, was ich tun sollte, also sah ich mich in der Küche um. Überall waren kleine Pfützen entstanden, doch ein richtiges Chaos hatten wir mit unserer Schwamm- und Wasserschlacht nicht geschaffen.

„Soll ich dir beim Aufräumen helfen?“, fragte ich Ben dennoch, der gerade gar nicht mehr zu wissen schien, was er sagen oder tun sollte.

Er sah sich kurz um, schüttelte dann aber nur lächelnd den Kopf. „Ich wisch da nachher mit ’nem trockenen Lappen drüber und dann ist alles gut.“

„Okay …“ Stille. Das war ja schlimmer als bei einer Beerdigung. Im Grunde fühlte es sich ja auch so ähnlich an. Ich beerdigte mit meinem dummen Verhalten meinen wiedererwachten Sexualtrieb.

„Also dann…“ Ich zuckte hilflos die Schultern. Was konnte ich jetzt anderes tun, als nach Hause zu gehen? Verdammt! Eigentlich war das etwas, worauf ich überhaupt keine Lust hatte. Bloß was wollte ich dann?

Es war nicht schwer, mir diese Frage zu beantworten. Ich wollte hier bleiben und Ben wieder küssen, weil es das Schönste war, das mir seit Wochen, nein, seit Monaten, wenn nicht sogar seit Jahren passiert war. Ich wollte ihn küssen und schmecken und fühlen … seine Haut, seinen Atem, sein Gewicht … Ich wollte ihn mit Haut und Haaren … wollte mit ihm schlafen. Himmelherrgott! Das wollte ich tatsächlich – obwohl ich ihn erst seit vier Tagen kannte! Aber mit ihm war alles anders. Er fühlte sich nicht wie ein Fremder an. Er war mir vertraut und ich hatte ihn wirklich, *wirklich* gern.

„Ähm … vielleicht hast du ja noch Lust, einen Film mit mir zu schauen“, schlug Ben auf einmal vor, schloss aber sofort die Augen und schüttelte den Kopf über sich selbst. Es stimmte schon, es klang wie ein dummer Abschleppspruch, aber er hatte ja keine Ahnung, wie sehr ich mich über sein Angebot freute.

„O ja, gerne!“, gab ich wie aus der Pistole geschossen zurück.

Ben hob den Kopf und sah mich verdutzt an, doch die Freude über meine Antwort ließ sofort ein strahlendes Lächeln auf seinen Lippen erscheinen.

„Okay, dann …“ Er vollführte eine unbeholfene Geste hin zu seiner Couch und ich setzte mich sofort in Bewegung. Couch war gut. Kuschelig, viel Platz, leicht zum Bett umzugestalten …

Emma!, rügte ich mich selbst. *Das kann nicht dein Ernst sein! Du wirst das nicht tun! Nicht solange du nicht weißt, wen oder was du willst!*

Aber entsprach das überhaupt der Wahrheit? Ich hatte Colin allein in unserem Appartement gelassen, um mehr Zeit mit Ben zu verbringen. Dabei wäre es *die* Gelegenheit gewesen, mit zu Colin ins Bett zu kriechen und ihn darauf aufmerksam zu machen, dass auch ich eine Frau mit gewissen Bedürfnissen war. Ich hatte diese Gelegenheit nicht nur verstreichen lassen, sondern mich auch noch dazu entschieden, den Abend mit Ben zu genießen. Und nun war ich hier in seiner Wohnung, hatte die heißesten Küsse meines Lebens ausgetauscht und verzehrte mich regelrecht danach, noch intimer mit ihm zu werden.

Wenn ich noch in Colin verliebt war, wieso ließen *Bens* Küsse meine Beine so weich werden und mein Blut so sehr in Wallung geraten? Eigentlich gab es nur eine Antwort auf die Fragen, die mich bewegten: Ich hatte mich innerhalb weniger Tage Hals über Kopf in Ben verliebt und meine Gefühle für ihn waren gegenwärtig weitaus stärker als die für Colin.

„Magst du eigentlich die Filme von Simon Pegg?", riss Ben mich aus meinen Gedanken und ich bemerkte jetzt erst, dass ich mich, ohne es zu registrieren, längst auf die Couch gesetzt hatte und Ben vor dem Fernseher stand und mich fragend ansah.

„Ich *liebe* Simon Pegg!", gab ich inbrünstig zurück. Klar, er konnte das nicht wissen. Ihm fehlten schließlich die Informationen die Anna besaß.

„Wie wär's mit *Spaced*?", schlug er vor und ich nickte rasch, um zu überspielen, was für ein schlechtes Gewissen mich schon wieder überkommen hatte. Für Ben war ich immer noch Colin-Emma und Colin war ich. Wenn ich hier blieb und vielleicht doch noch mehr zwischen uns passierte, würde er sich am Ende genauso hintergangen fühlen wie seine Schwester. Er würde mich hassen und kein Wort mehr mit mir reden. Alles würde vorbei sein.

Der Gedanke ließ einen scharfen Schmerz durch meine Brust jagen und die vernünftige Emma begann angestrengt darüber nachzudenken, wie sie sich am geschicktesten aus der ganzen Sache herauswinden konnte, ohne Ben zu verletzen. Am besten war es wohl, erst einmal ein oder zwei Folgen der Serie zu gucken und ihm dann vorzugaukeln, *so* müde zu sein, dass ich dringend nach Hause musste. Ja, das war ein guter Plan.

Ich erwiderte das sanfte Lächeln, das Ben mir schenkte, als er sich neben mir niederließ und Fernseher und DVD-Player anschaltete, und ignorierte das erneute Flattern in meinem Bauch, das seine Nähe sofort hervorrief.

Cool bleiben, Emma, sprach ich mir selbst zu. *Nicht rückfällig werden. Du bist kein männermordender Vamp, der alles riskiert und sich auch ungehemmt mit Männern vergnügt, die sie erst kurze Zeit kennt. Gut, Ben ist schon was Besonderes und er fühlt sich so vertraut an, aber das ändert nichts an der Tatsache, dass er ein Fremder für dich ist.*

Die Serie lief an und ich versuchte mich mehr auf das zu konzentrieren, was auf dem Bildschirm passierte, als auf das, was *neben* mir saß. Leider kannte ich sie schon zu gut – sie war eine meiner Lieblingsserien – was es umso schwerer machte, sich darauf zu konzentrieren. Wenn ich mal wegsah, um in Bens Gesicht zu sehen, weil er so ansteckend lachte, verpasste ich nichts und dieses Bewusstsein tat mir nicht gut. Immer wieder wanderte mein Blick zu ihm hinüber, so wie seiner leider auch zu mir wanderte. Wir lachten oder lächelten uns an, wenn wir bemerkten, dass der jeweils andere dieselbe Lieblingsszene hatte, und fühlten uns nur noch mehr zueinander hingezogen.

Ich wusste nicht genau, warum wir nach einer guten halben Stunde plötzlich Schulter an Schulter saßen (ich hätte schwören können, dass ich mich nicht einen Millimeter bewegt hatte). Ich bemerkte nur, *dass* wir es taten und mir dieser Kontakt mit seinem Körper eigentlich nicht genügte. Ich wollte mehr. *Sehr* viel mehr. Und vor allen Dingen wollte ich seine Lippen wieder auf den meinen fühlen.

Dieser Wunsch sprach mir wohl nur allzu deutlich aus dem Gesicht, denn als wir uns das nächste Mal ansahen, beugte er sich plötzlich vor und seine Lippen streiften ganz sanft und äußerst aufreizend die meinen. Das genügte schon, um mir meine mühsam aufgebaute Kontrolle wieder gänzlich zu entreißen. Ich packte sein Gesicht und presste völlig unbeherrscht meinem Mund auf den seinen, küsste ihn so gierig, wie ich noch nie zuvor einen Mann geküsst hatte, und brachte ihn dazu, ein tiefes Stöhnen von sich zu geben und den Kuss auf dieselbe heftige Art und Weise zu erwidern.

Nur Sekunden später lag ich rücklings auf der Couch und er war über mir, drückte mich mit seiner wundervoll männlichen Schwere in die Polster und ließ mich seinen Körper in jeder erdenklichen Weise spüren. Er fühlte sich *so* gut an, so warm und weich und gleichzeitig hart und stark und ich schlang meine Arme und Beine um ihn und drängte mich an ihn, während unsere Küsse immer tiefer und hungriger wurden. Jetzt gab es kein Zurück mehr. Wenn wir ‚es' nicht taten, würde ich innerlich verbrennen! Da war ich mir ganz sicher.

Er schien allerdings auch nicht vorzuhaben, jetzt noch aufzuhören, denn seine Hände suchten den Saum meines Shirts und zogen es hoch und schließlich auch, mit ein wenig Herumgeruckel und meiner Mithilfe, über meinen Kopf. Dasselbe gelang uns mit seinem T-Shirt (nahezu in Rekordzeit), bis wir dann an unseren Jeanshosen scheiterten. Die Dinger waren aber auch für solche Situationen gänzlich schlecht geeignet. Zu eng und zu umständlich auszuziehen – vor allen Dingen, wenn man aufeinander lag und eigentlich nicht damit aufhören wollte, sich zu küssen und zu streicheln. Doch schlussendlich blieb uns nichts anderes übrig, als uns zumindest aufzusetzen und dann gegenseitig auszuziehen.

Ich hatte damit gerechnet, dass diese Aktion der erotischen Atmosphäre zwischen uns erheblich schaden würde, doch dem war seltsamerweise nicht so. Ich genierte mich kein Stück für meine Nacktheit (gut, wir hatten ja auch noch unsere Unterwäsche an – aber das genügte manchmal schon, um peinlich berührt zu sein) und suchte auch während unseres Kampfes mit unserer Kleidung ständig Kontakt zu Bens Körper und vor allen Dingen zu seinen Lippen. Der Kerl konnte aber auch verdammt gut küssen!

Was mich dann doch irritierte, war, dass Ben, als wir wieder engumschlungen auf die Couch niedersanken, seine Hand zwischen die Rückenlehne und das Sitzpolster steckte und dort etwas zu suchen schien. War *da* etwa sein Versteck für Kondome? Sehr ungewöhnlich. Er zog an etwas und unterbrach daraufhin auch noch unseren leidenschaftlichen Kuss, um einen leisen Fluch auszustoßen.

„Was ist?“, fragte ich, ganz heiser vor Verlangen.

„Ich wollte die Couch zum Bett umklappen und dieser blöde Mechanismus hakt schon wieder“, gestand er mit einem beschämten Lächeln.

Ich konnte nicht anders: Ich musste lachen.

„Kann ich irgendwie helfen?“

Er zog grüblerisch die Brauen zusammen und nickte dann. „Ja, du könntest dich zusammen mit mir gegen die Lehne werfen, wenn ich an dem Hebel ziehe.“

Er setzte sich auf und ich tat es ihm nach und versuchte dabei angestrengt, nicht zu grinsen. Warum sollte mein erster Versuch, wieder mit einem Mann intim zu werden, auch ohne Pannen verlaufen?

„Okay, bei drei“, sagte Ben, als wir in Position waren. „Eins … zwei … drei!“

Wir warfen uns gegen die Lehne, er zog am Hebel und die Couch klappte sich so schwungvoll auf, dass wir beide beinahe auf der anderen Seite des entstandenen Bettes wieder hinunterpurzelten. Das geschah eigentlich nur nicht, weil wir uns gegenseitig, mit vor Schrecken weit aufgerissenen Augen festhielten. Und dann war es mit meiner Selbstbeherrschung vorbei. Ich brach in schallendes Gelächter aus, in das auch Ben schließlich mit leichter Verzögerung einfiel.

„Alles noch heil?“, fragte er, als wir uns beide wieder beruhigt hatten, stützte sich auf den Ellenbogen und strich mir in einer überaus zärtlichen Geste das Haar aus dem Gesicht.

Ich nickte und legte ebenfalls eine Hand an seine Wange, streichelte ihn sanft. Wie gern ich ihn schon hatte … wie hatte das so schnell passieren können?

„Und bei dir?“, wisperte ich.

„Mir könnt’s nicht besser gehen“, erwiderte er, beugte sich vor und küsste mich ganz zart. „Ich kann aber verstehen, wenn dich das abgetörnt hat. Ich bin in diesen Dingen nicht so wirklich …“

Weiter kam er nicht, denn ich zog ihn zu mir hinunter und küsste ihn sehr viel fordernder, als er dies zuvor getan hatte. Widerstand war zwecklos. Ich wollte das immer noch zu sehr, um es abzubrechen, so vernünftig diese Idee vielleicht auch sein mochte.

Es dauerte nicht lange, bis wir wieder so erregt waren, dass wir nicht mehr geradeaus denken konnten. Zumindest schaltete sich *mein* Verstand völlig aus, als Ben mir den BH auszog und sich wieder über mich schob, ich ihn Haut an Haut fühlen konnte. Die Wärme seines Körpers … und die leichte Reibung, die bei jeder Art von Bewegung entstand … seine Hand, die zwischen uns glitt, meine Brüste liebkoste … seine Lippen, die an der empfindlichen Haut meines Halses sogen … Ich hatte bald das Gefühl innerlich zu brennen und keine Kontrolle mehr über das, was ich selbst tat. Meine Finger erkundeten von ganz allein Bens Körper, ertasteten jede Hebung und Senkung, krallten sich fester in sein Fleisch, wenn er wieder einen hochsensiblen Punkt meines Körpers mit seinen Lippen und seiner Zunge traktierte wie … o ja … genau da! Mein ganzer Körper war sofort von Gänsehaut überzogen und ich stöhnte laut auf, denn Bens verführerisch weiche Lippen hatten eine meiner Brustwarzen umschlossen und seine Zunge begann diese zu umkreisen und zu liebkosen, bevor er sanft daran saugte. Meine Finger gruben sich in Bens Rücken und ich hob automatisch meine Hüften, drängte meinen Unterkörper auffordernd an den seinen.

„Ben“, keuchte ich und konnte nichts dagegen tun, dass meine Stimme sogar ein wenig gequält klang. Er nahm sie jedoch nicht wahr, war zu sehr damit beschäftigt, mich weiter mit seinen Lippen und seiner Zunge zu foltern.

Gut, wenn Worte nichts halfen, musste ich ihm halt zeigen, was ich wollte. Meine Hände glitten seinen Rücken hinab und ergriffen dann den Bund seiner Boxershorts um diese über seinen (oh! – erstaunlich knackigen) Hintern zu ziehen. Ben sah nun doch endlich auf und mich an und ich hörte auf, mich abzumühen und küsste ihn wieder inbrünstig.

„Ich will dich“, hauchte ich gegen seine Lippen. „Jetzt. Sofort.“

Er sah mir tief in die Augen und nickte dann. „Aber wir sollten noch …“, begann er.

„Nicht nötig“, unterbrach ich ihn sofort, weil ich genau wusste, worum es ging, und Geduld ein Fremdwort für mich geworden war. „Ich hab vorgesorgt.“

Das entsprach der Wahrheit. Nur hatte ich das nicht getan, weil ich *generell* für Sex vorbereitet sein wollte, sondern speziell für Sex mit Colin. Ben schienen meine Gründe dafür allerdings auch völlig egal zu sein, denn er küsste mich schon wieder gierig und auch ich vergaß sofort, dass es diese dumme Vernarrtheit in Colin jemals gegeben hatte. Alles, was zählte, war das Hier und Jetzt. Und das war gerade einfach nur wundervoll.

Wie wir den Rest unserer Kleidung loswurden, bekam ich nicht mehr so richtig mit. Das beinahe schmerzhafte Sehnen danach, Ben endlich in mir zu fühlen, versetzte mich in eine Art Trance und ließ mich den Atem anhalten, als er mir endlich diesen Wunsch erfüllte und in mich drang. Ich biss mir auf die Lippen, weil ich mir verbieten wollte, laut zu werden (denn normalerweise war ich das nicht), doch schon in dem Augenblick, in dem sich Ben in mir zu bewegen begann, war dieser Versuch zum Scheitern verurteilt. Es fühlte sich zu gut an, brachte mich viel zu schnell in einen Zustand höchster Erregung, in dem mir alles egal war und ich die Welt um mich herum vergaß. Es gab nur noch Ben und mich, die wir plötzlich eins geworden waren; es gab nur noch Lust, Hitze, Leidenschaft, zwei schwitzende, sich aneinander klammernde Körper, die sich in beinahe perfekter Abstimmung bewegten und einander so sehr stimulierten, dass wir uns in einem rasanten Tempo auf den Höhepunkt zubewegten, nach dem wir beide so dursteten.

Ich hielt mich an Ben fest, streichelte und küsste ihn … fühlte ihn mit jeder Pore meines Seins … jeden Muskel, jeden Zentimeter seiner Haut … genoss seine Bewegungen mit mir, in mir, die mich ekstatisch stöhnen und keuchen ließen, mich immer weiter in diesen Gefühlsrausch trieben … Und dann war der Gipfel plötzlich erreicht. Mein Unterleib gab mit heftigen Zuckungen einem Orgasmus nach, der mich für ein paar Sekunden jeglicher Kontrolle über meinen Körper beraubte. Ich hörte mich selbst wie aus der Ferne Bens Namen stöhnen und krallte mich noch einmal an ihm fest. Dann wurden auch schon meine Arme und Beine ganz weich und schlaff und ich sank erschöpft, aber zutiefst befriedigt zurück auf das Sofa.

Ben folgte mir nur wenig später. Für einen Moment fühlte ich sein volles Gewicht auf mir, doch das störte mich nicht. Sein stockender, schneller Atem blies in mein Ohr und ich schlang trotz der Schwere meiner Glieder meine Arme um seinen Nacken und schloss überglücklich die Augen. Ich brauchte seine Nähe einfach noch. Sie tat mir gut. *Er* tat mir gut. Das hatte er von Anfang an. Ich war nur zu dumm gewesen, das sofort zu bemerken.

Irrungen und Wirrungen

Es war still. Schon wieder war es viel zu still, als ich erwachte. Das konnte nichts Gutes bedeuten und um das zu begreifen, brauchte ich mich gar nicht erst umzudrehen oder an die vergangene Nacht zu erinnern. Heilige Scheiße, was hatte ich mir denn nur dabei gedacht? Es sollte ein harmloses Dinner werden. Niemand hatte von Sex als Nachtisch geredet … Wir kannten beide die ungeschriebenen Spielregeln – und hatten mit voller Absicht dagegen verstoßen. Und dass, obwohl ich noch vorgestern davon überzeugt gewesen war, bis über beide Ohren in Colin verliebt zu sein.

Was war ich für eine Schlampe! Jesus!! Wenn es einen Preis für die größte Vollidiotin der Welt gäbe, hätte ich darauf ein Abonnement auf Lebenszeit. Ich hatte alles besser machen wollen. Das bisschen Schäkern mit Ben war okay gewesen … vielleicht auch noch die Küsse, die wir ausgetauscht hatten (immerhin hatte ich mir endlich eingestehen können, dass ich in ihn und wahrscheinlich nicht mehr in Colin verliebt war), aber nein, ich hatte es ja übertreiben müssen. Meine Güte, was musste er denn jetzt für einen Eindruck von mir haben?

Tag 1: Er trifft das erste Mal eine ihm bis dato völlig fremde junge Frau, die sich gleich am ersten Abend heillos mit ihrem Kumpel/besten Freund/potentiellen Liebhaber, den er ebenfalls nicht kennt, besäuft und nach Hause gebracht werden muss. So was konnte man sich – wenn überhaupt ungestraft – mit fünfzehn leisten, aber jetzt waren wir doch ein wenig zu alt dafür.

Tag 2: Versuch, sich in einem völlig anderen Licht zu zeigen. Ein generell guter Plan, der zusammen mit dem doch recht gut gelungenen Tag 3 alle in trügerischer Sicherheit wiegt und das, was am Ende von Tag 4 wartet, auf diese Art noch viel, viel schlimmer macht und eine grausam perfekte Überleitung zu Tag 5 macht, der bereits in den ersten Morgenstunden den Status ‚Totales Chaos' (hauptsächlich auf der Gefühlsebene) aufweist. Zumindest in *einem* war ich gut, wenn es auch nicht sonderlich erstrebenswert war.

Müssen Sie etwas gänzlich versauen? Wollen Sie sich mal komplett blamieren? Wählen Sie 555 55 55 und verlangen Sie Emma, denn mit ihr sind Sie immer auf der falschen Seite. Garantiert.

An dieser Stelle würde ich in einem dazugehörigen Werbespot vermutlich den Zuschauern keck zuzwinkern und dabei debil-fröhlich in die Kamera grinsen.

Hier lag ich nun also, fühlte mich sehr dramatisch und wie eine untalentierte Ersatzdarstellerin in der Komödie, die mein Leben geworden war. Ich versuchte, mich nicht zu bewegen, obwohl ich allmählich auf die Toilette musste. Auch um einfach so zu verschwinden, hätte ich eben dies tun müssen, doch neben meiner übrigen Schockiertheit fragte ich mich, ob ich für ein eventuelles Aufwachen Bens zumindest halbwegs passabel aussah und keine schreckverzerrte, make-up-verschmierte Maske des Grauens-

Make-up! Scheiße!! Ich fuhr mir mit der Hand über das Gesicht, doch entweder befanden sich alle Reste in der Bettwäsche (wo Decke und Kissen auf einmal herkamen, wusste ich nicht, aber danke für dunkles Blumenmuster!) oder klebten so fest an meiner Haut, dass ich einen Spachtel brauchen würde, um sie wieder abzubekommen. Dennoch feuchtete ich meinen Zeigefinger an und wischte unter meinen Augen herum, um wenigstens eventuelle Mascaraspuren zu entfernen.

Schminken war relativ neu für mich. Bis jetzt hatte ich ab und an mal einen Kajal benutzt und mich bereits damit schon recht mondän gefühlt. Für die Reise hatte ich mich aus bekannten Gründen dazu entschlossen, doch immer ein bisschen mehr aufzulegen. Leider war ich es gar nicht gewöhnt, dass das Zeug auch abends wieder runtermusste und war die letzten Nächte einfach so eingepennt. Ja, ich oute mich: nicht jeden Abend wasche ich mein Gesicht. Ich dusche morgens, putze mir zweimal am Tag die Zähne und halte mich dennoch nicht für einen Reinlichkeitsabstinenzler. Ich halte es nur in dieser Hinsicht gern einfach. Haare können an der Luft trocknen und bis auf ein bisschen No-Name-Feuchtigkeitscreme nach dem Duschen, brauche ich eigentlich nix.

Ich hatte bis jetzt inständig gehofft, dass weder Ben noch Anna sich Gedanken darüber machten, wie viel Zeit Emma-Colin morgens im Badezimmer verbrachte. Allein für seine Haare brauchte der *richtige* Colin nämlich eine halbe Stunde. (O-Ton Colin: „Wenn man uns nicht sehen würde, könnte man denken, dass *ich* das Mädchen wäre und *du* der Kerl. Na ja, letzteres stimmt ja auch irgendwie.“) Man sah es ihm nicht unbedingt an, aber jeder, der auch nur ein wenig von Frisuren verstand, wusste, dass es mitunter recht schwer war, den ‚Out-of bed‘-look mithilfe vieler Styling-Produkte perfekt zu imitieren.

Colin. Der lag bestimmt immer noch zuhause oder hatte klammheimlich Anna angerufen und sie zuckersüß dazu überredet, ihm rehabilitationstechnisch zur Seite zu stehen nach seiner langen, schweren Krankheit. Es war gut möglich, dass er schon oder wieder oder immer noch mit ihr im Bett lag und sich in einer frühstündlichen Zusatznummer in den Kissen, in denen ich, Emma, ihn doch eigentlich zu verführen geplant hatte, wälzte.

Ich blinzelte perplex. Wo war der kleine bis mittelgroße Stich, der eine solche Annahme normalerweise hätte begleiten müssen? War ich *wirklich* von meiner Colin-Manie befreit? Was war ich doch für ein wankelmütiges Wesen! Sprang von einem Mann zum anderen…

Für einen kurzen Moment brandete Sturheit in mir auf. Wieso musste *ich* mich eigentlich immer mies fühlen, während jeder andere rücksichtslos seinen Interessen nachging? Wieso durfte *ich* mich nicht auch mal fallen lassen und mich austoben, mich mal in den einen und dann wieder in einen anderen Mann verknallen? Ich meine, es war ja auch nicht gerade so, dass Colin mir einen Anlass dafür gegeben hatte, zu denken, dass sich das weitere Warten auf ihn lohnte. Nein, er hatte sich stattdessen an keine unserer bisherigen Abmachungen gehalten und trotz meiner Ängste mit Anna geflirtet, was das Zeug hielt.

Und Anna – die hätte *auch* mehr Rücksicht auf mich nehmen können, schließlich wusste sie ja nicht genau, ob ich nicht doch auf Colin stand und immerhin war das *unser* gemeinsamer Urlaub. *Sie* hatte sich da reingedrängt! Also, wer waren hier die tatsächlichen Egomanen?

Tief in meinem Innern wusste ich, dass ich sehr ungerecht wurde, aber ... Verflucht! Es war einfach alles so verfahren ... Was wollte ich eigentlich? Oder besser... *wen*? Ohne mein temporäres Unbeweglichkeitsgelöbnis hätte ich den Kopf geschüttelt, weil ich nicht glauben konnte, dass ich mich das wirklich gerade fragte, denn ganz tief in meinem Herzen, wusste ich *ganz genau*, wen ich wollte. Den, der immer noch hinter mir lag.

Komischerweise war da nichts, kein Atmen, Schnarchen, keine Bewegungen. Man sagte, dass man die Nähe eines anderen spüren könne. Entweder war ich in dieser Hinsicht nicht sehr begabt oder Ben sendete nichts aus.

Aufgrund eines mittlerweile sehr dringenden Bedürfnisses versuchte ich, vorsichtig aufzustehen und mich mit viel Glück doch erst einmal in einen ansehnlichen Zustand zu bringen, bevor er aufwachte. Am liebsten wäre ich immer noch einfach rausgerannt – zumindest in eine Bettdecke gehüllt – aber das ging ja wohl schlecht. Was sollte Ben von mir denken? Auch, wenn ihm die letzte Nacht vielleicht ebenso unangenehm war wie mir – weil völlig ungeplant und ziemlich früh in unserer unausgereiften Beziehung – er schien eher der anständige Typ zu sein und ich wollte nicht Colin nacheifern, der oft genug erzählt hatte, wie er sich am nächsten Morgen aus dem Staub gemacht hatte.

Das eine oder andere Mal hatte ich auch eine seiner Eroberungen morgens bei uns zuhause getroffen und dann zu allem Eifersuchtsüberfluss auch noch gute Miene zum bösen Spiel machen und die Slipeinlagen-/Duschzeug-/Handtuchspenderin spielen müssen. Natürlich hätte ich nicht *müssen*, aber ich war nicht der Typ, der einfach so unfreundlich zu anderen war. Absichtlich etwas getan hatten diese Eroberungen mir ja nicht. Und selbst Colin auch nicht wirklich.

Als ich mich umdrehte, knisterte etwas unter meiner Schulter und ich zog erstaunt einen Zettel darunter hervor. Was auch immer es war, vielleicht konnte ich einen kleinen Witz darüber machen oder wir konnten gemeinsam ein irritiertes Lachen teilen, das vielleicht das Eis, das uns vermutlich umgeben würde, brechen konnte. Ich und… der gar nicht vorhandenen Ben, wie ich eine Sekunde später feststellen musste. Der, der etwas auf den Zettel unter meiner Schulter geschrieben hatte.

Musste los. Kühlschrank ist voll. Nimm dir, was du magst, und zieh die Tür einfach hinter dir zu, wenn du gehst.

Wow! Wenn das mal keine romantische Poesie war. Kein ‚ich fand's schön mit dir' oder zumindest ein ‚sehen uns später, freu mich‘ oder dergleichen. Warum hatte er es nicht ganz bleiben lassen?

Mein Herz sank sofort mehrere Stockwerke tiefer und in meinem Bauch entstand ein ganz hohles Gefühl. Das hier war genau der Alptraum, vor dem sich jede Frau nach einer heißen Liebesnacht fürchtete – und das dumme war, dass es so überraschend kam. Ich hätte Ben ein solches Verhalten *nie* zugetraut. Er war bisher immer so einfühlsam und höflich gewesen … aber vielleicht hatte ich mich getäuscht und er mir nur etwas vorgespielt, um die freizügige Emma ins Bett zu kriegen.

GOTT! Ich schlug die Hände vor den Mund und versuchte, ganz ruhig zu atmen. Ich irrte mich. Ganz bestimmt. Ben war so nicht und dass hier hatte ganz sicher gute Gründe. Vielleicht gab es einen Notfall bei der Arbeit oder jemand aus seiner Familie hatte Probleme und er musste demjenigen helfen. So *musste* es einfach sein! Denn Nights Bruder *konnte* kein mieses Schwein sein! So verschieden waren Geschwister nicht und ich hatte ihn doch erlebt, ihn gut kennengelernt. Er war ein netter Kerl, ganz gleich, wie er sich augenblicklich verhielt.

Vielleicht war er auch nur verwirrt, wusste nicht, wie er mit der neuen Situation, wie er mit *mir* umgehen sollte, nach all dem, was passiert war. Immerhin mussten wir unsere ‚Freundschaft‘ ja nun völlig neu definieren und überlegen, ob und wie wir etwas Ernstes daraus machten.

Mit diesen optimistischeren Gedanken beruhigte ich mich langsam wieder und begann mich anzuziehen. Snowball war auch nicht mehr da – was den Schluss nahelegte, dass Ben in der Tat zu seinen Eltern gefahren war

… Ob die mich mögen würden? Sicherlich nicht, wenn sie erst erfuhren, dass ich ihren beiden Kindern vorgemacht hatte, jemand anderes zu sein.

Ich hielt mitten in meinem Bemühen, mir meine Socken anzuziehen, inne. Verdammt! Ich musste Anna und Ben endlich die Wahrheit sagen. Jetzt noch dringender als zuvor! Mir wurde schlecht. Wie sollte ich das jetzt noch machen, ohne all das zu zerstören, was sich zwischen Ben und mir entwickelt hatte. Er würde *so* enttäuscht sein. Und Anna erst! Erst Recht, wenn sie erfuhr, dass die Betrügerin, die sich ihre Freundin schimpfte, auch noch hemmungslos mit ihrem Bruder gev… schlafen hatte.

Mit wem sollte ich zuerst sprechen? Wer von beiden würde mir *nicht* sofort den Kopf abreißen? Und mit wem *konnte* ich zuerst sprechen? Es machte ja keinen Sinn, wenn ich vor demjenigen stand und dann doch nichts herausbrachte – was wohl bei Ben derzeit wahrscheinlicher war, da ich noch mit meiner Scham über das, was in der Nacht passiert war, zu kämpfen hatte.

Also dann doch Anna? War das eine kluge Idee?

Genau das fragte ich mich immer noch, als ich mich zwei Stunden später mit Anna traf. Ich hatte sie, nach einem langen Kampf mit mir selbst, um ein Gespräch gebeten – was genauso dramatisch war, wie es klang, aber auf sie sicher ganz harmlos wirkte, weil ich ihr nur eine eben harmlos klingende SMS geschickt hatte.

Hi Anna! Lust auf einen Kaffee nach der Arbeit? Dann sag mir einfach wann und wo. Emma.

Es war immer noch seltsam, unsere richtigen Namen zu schreiben, statt sie mit Night anzureden und mich mit Shad zu verabschieden, aber das war jetzt mein kleinstes Problem. Ich fühlte mich schon furchtbar genug, weil ich nicht wenigstens angedeutet hatte, dass es um etwas Ernstes ging, aber was hätte ich denn auch schreiben sollen? *‚Du ... wir müssen mal reden ...?‘* Komplett daneben. Das klang so, als wolle ich mich von ihr trennen. Dabei waren wir ja noch nicht einmal ‚zusammen‘.

Ich wollte ihr *alles* erklären. Ich wollte ihr die Wahrheit sagen, ohne Rücksicht auf Verluste. Dass eben diese sich vermutlich nicht gerade in Grenzen halten würden, war mir klar und ich fürchtete mich davor. Im schlimmsten Fall war sie so sauer, dass sie mir die Freundschaft kündigte, doch das musste ich riskieren. Ihr alles zu beichten, erfüllte mich mit Panik, jedoch mit weniger Schrecken als die Vorstellung, sie und Ben weiter anlügen zu müssen.

Ich wartete in einem kleinen Café unweit ihrer Arbeitsstätte auf sie. Ein neutraler Ort war wohl das Beste, auch wenn ich nicht gerne meine Privatsachen in der Öffentlichkeit klärte. In ihrem Apartment hätte ich sie deswegen nicht aufsuchen wollen und in ‚meinem‘ war Colin und den wollte ich ganz bestimmt nicht dabei haben.

Ich war zu früh dran und musste nun versuchen, mich abzulenken. Im Geiste die richtigen Worte als Einstieg oder für das eigentliche Gespräch zu finden, hatte ich bereits unterwegs aufgegeben.

Um mich abzulenken, sah ich mich im Café um. Es war nicht sonderlich groß, hatte vielleicht Platz für dreißig

Personen und eine recht einfach gehaltene Speisekarte. *Kaffee ist gut so, wie er ist,* stand auf einem Holzschild an der Wand und jemand hatte ein ‚Unser' darüber gekritzelt. Es gab keine Moccawoccachoccachinozusätze und ich war zunächst enttäuscht gewesen. Ich liebte Milchkaffees mit Sirup und Sahne und Streuseln und Zimtpulver, kalt, warm, lauwarm – aber an dem simplen Cappuccino hier war auch nichts auszusetzen. Wenn ich mich auch nicht so richtig daran erfreuen konnte. Was auch immer ich hier ansah, bildete in irgendeiner Weise einen sofortigen Bezug zu Anna oder Ben, wenn er auch noch so weit hergeholt und um fünf Ecken gebildet wurde: mein Gehirn schaffte es.

Mein Magen verkrampfte sich noch mehr, als ich Anna um die Ecke kommen sah. Dass sie allerdings nicht allein kommen könnte, daran hatte ich nicht gedacht. Hinter ihr tauchte ein mir wohlbekanntes Gesicht auf und meine Gedärme bildeten sofort fröhlich weiter gordische Knoten, während mir mein Herz gegen den Brustkorb sprang und versuchte, sich ins Freie zu klopfen.

In Filmen passieren solche Szenen immer im Zeitlupentempo – bei mir schienen sie fast auf ‚schnellen Vorlauf' eingestellt worden zu sein. Ich fühlte mich grässlich, mir war schlecht und ich wäre gerne weggerannt, doch wie am Morgen ins Bens Wohnung blieb ich. Seine Wohnung. Die letzte Nacht. Am liebsten hätte ich losgeheult.

„Hi Emma", sagte Ben, freundlich wie immer, und drückte mich, wie seine Schwester es tat, kurz, aber deutlich verkrampfter als sonst, an sich. Weiter kam nichts.

Kein verschwörerisches Lächeln. Kein Flüstern in mein Ohr. Kein Zwinkern, *nichts*! Und am Schlimmsten traf mich der Verdacht, es ginge ihm nicht darum, zu verhindern, dass Anna davon Wind bekam. Er ignorierte es einfach. Es? *Uns*! Na, großartig. Mein Selbstwertgefühl, das sich innerhalb der letzten Tage ein wenig aufgebaut hatte, verschwand gänzlich. Ich war ihm peinlich! Wie furchtbar war *das* denn??

Es war nicht weiter verwunderlich, dass Bens Auftauchen jegliches Bemühen meinerseits mein Geheimnis endlich zu offenbaren, stoppte. Mist, ich hätte in meiner Nachricht an seine Schwester doch deutlicher sein und um eine Art Einzeltreffen bitten sollen. Ein Gespräch unter Frauen war nichts Ungewöhnliches und immerhin waren wir doch so etwas wie Seelenverwandte – wovon sie allerdings noch immer keinen blassen Schimmer hatte.

Ich wusste, dass es albern war, jetzt über den eigentlichen Grund dieses Treffens zu schweigen, denn Ben würde die Wahrheit früher oder später ohnehin erfahren; nämlich wenn seine Schwester ihn wutschnaubend anrufen und von dem ‚verräterischen Duo aus Bristol' erzählen würde. Oder beides. Oder noch mehr. Ich wollte es mir gar nicht ausmalen. Dennoch *konnte* ich mich einfach nicht beiden auf einmal stellen. Also verbrachte ich die nächste Stunde damit, verkrampft gute Miene zum falschen Spiel zu machen.

Ben war unglaublich. Er verhielt sich so ‚normal', dass ich mich schon zu fragen begann, ob ich vielleicht nur einen sehr realen Traum gehabt hatte. Nur sein nervöses, beinahe tickhaftes Spielen mit Dingen, die auf dem

Tisch lagen (Löffel, Zuckerstückchen, Kaffeesahne, Servietten etc.) war ein Indiz dafür, dass er innerlich vielleicht nicht ganz so cool war, wie er vorgab zu sein. Mir half es allerdings keinen Deut dabei, mich besser zu fühlen.

Es gab Tage, die wurden graduell schlechter und meiner wurde es, als trüge er Siebenmeilenstiefel. Nichts war mehr gut, rein gar nichts und ich wusste, welche Person daran schuld war. Sie hieß Emma und hätte sich gerade am liebsten selbst in den Hintern getreten.

Vermutlich reichte es dem Schicksal mittlerweile so sehr, dass es mir sogar eine Beichte und Richtigstellung unmöglich machte. Gut, generell unmöglich war es nicht, aber ich schaffte es einfach nicht, meiner Seelenverwandten und dem Mann, mit dem ich letzte Nacht geschlafen hatte und in den ich leider mittlerweile bis über beide Ohren verliebt war, die volle Wahrheit zu sagen – so feige ich mich dabei auch fühlte. Zugegeben, es war billig, darauf zu hoffen, dass Anna nach meinem Geständnis den weiteren Job für mich erledigte, aber ich konnte es Ben einfach nicht auch noch sagen; wie verachtenswert das auch immer sein mochte. Trotz seines unmöglichen, mich so verletzenden Verhaltens.

Wieso hatte sie ihren Bruder nur mitbringen müssen? Und wieso *war* er mitgekommen?? Um mir auch noch in aller Öffentlichkeit und vor Zeugen zu zeigen, dass ich ihm nichts bedeutete und die letzte Nacht nur ein wenig Spaß für ihn gewesen war? Wie konnte er es wagen? Wie *konnte* er?? All das nette Getue und die Schüchternheit und Unbeholfenheit – es war alles so gut gespielt gewesen, dass ich voll darauf hereingefallen war. Natürlich war er mir nichts schuldig. Ich hatte es gewollt, er hatte es gewollt. Er hatte mir keine Versprechungen gemacht, es waren keine Forderungen gestellt worden (Forderungen? Wie *lächerlich*), aber das bedeutete noch lange nicht, dass er mich einfach ignorieren durfte.

Ich hätte aufstehen, ihn anschreien, ihn verfluchen, mit eiskalter Verachtung strafen, ihm tussimäßig meinen kalten Cappuccino ins Gesicht schütten können, aber ich saß einfach nur da und grinste angestrengt, während Anna einen Witz erzählte, und lachte kurz, als Ben lachte, weil es für mich das Zeichen war, dass wir bei der Pointe angekommen waren. Soweit schien dieser Lacher die einzige Gemeinsamkeit zu sein, die uns geblieben war. Meine Güte, war ich melodramatisch. So leid tat ich mir normalerweise nicht, aber ich hatte meine Angelegenheiten auch noch nie so gründlich versaut. Das und zwei Männer gleichzeitig, die mir deutlicher als deutlich zeigten, dass sie mich nicht wollten. Das tat einfach nur weh.

Wann war mein Leben eigentlich zu dieser Seifenoper geworden, bei der ich im Fernsehen sofort weggeschaltet hätte? Ich seufzte innerlich und sah verstohlen zu Ben hinüber, der sich ganz interessiert an seiner Kamera, die er *immer* dabei zu haben schien, zu schaffen machte. Als Anna sich kurz Richtung Toilette verabschiedete, nutzte er seine Chance und behauptete, er müsse noch etwas im Büro erledigen. Er besaß allerdings so viel Anstand, nicht sofort loszustürzen. Stattdessen druckste er herum, bis er die für uns beide so wichtigen und doch so ungewollten Worte ausstieß.

„Hast du heut vielleicht noch irgendwann Zeit? Ich denke, wir sollten *dringend* miteinander reden. Ungestört.“

Ich schluckte schwer. Das klang alles andere als gut. „Klar“, erwiderte ich knapp.

„Gut.“ Er sah erleichtert aus. „Ich ruf dich dann einfach heut Abend an, wenn ich mit der Arbeit fertig bin. Oder … vielleicht sehen wir uns im *Hart*?“

„Okay.“ Ich zwang mich zu einem Lächeln, dabei wollte ich ihn eigentlich packen, kräftig durchschütteln und ihn anschreien, ihm zu verstehen geben, dass sein Verhalten mich wahnsinnig machte und er sofort damit aufhören sollte. Doch ich rührte mich nicht. Lächelte nur weiterhin debil und ließ ihn mit seiner coolen Tour ungeschoren davonkommen.

Er lächelte zurück, winkte mir kurz zu und verschwand. Ich presste meine verschränkten Arme auf meinen Bauch und biss mir auf die Lippen. Ich würde *nicht* in aller Öffentlichkeit losflennen.

Bei ihrer Rückkehr an unseren Tisch bot Anna mir ungewollt das Argument zur Flucht, auf das ich mit meinem verkorksten Hirn nicht gekommen war. „Süße, wenn du gehen willst, dann ist das kein Problem. Ich versteh das. Manchmal fängt es halt ganz plötzlich an.“

Ich sah auf und sie verwirrt an.

„Wärmflasche auf Bauch und Rücken und ein Johanniskrauttee helfen bei mir immer Wunder. Leider ist meine neulich kaputt kaputtgegangen, sonst hätte ich dir meine Wohnung als Erholungslager angeboten.“

Die Wohnung, die ich noch nie gesehen hatte, wie ich nebenbei feststellte. Die Wohnung der besten Freundin, die ich bald nicht mehr haben würde.

„Emma, ich bin auch eine Frau und habe meine Tage“, grinste sie und klopfte mir auf die Schulter. „Na los, auf mit dir nach Hause und dann meldest du dich einfach, wenn es dir wieder besser geht, okay? *Euch*“, verbesserte sie sich. „Und wenn ihr was braucht, schickt uns einfach eine Nachricht und wir kommen nach der Arbeit vorbei, okay?“

Ich nickte und erhob mich sofort. Flucht war manchmal einfach das beste Mittel, um aus einer dummen Situation herauszukommen. In diesem Fall war es jedoch eher eine Flucht vor mir selbst und meinen eigenen Plänen, die ich nicht in die Tat umsetzen wollte und konnte. Um sein Leben endgültig zu ruinieren *und* dies zu überleben, musste man stark sein. Und Stärke war etwas, das ich momentan beim besten Willen nicht mehr aufbringen konnte.

Dramaqueen

Wie ich nach Hause gekommen war, wusste ich nicht mehr ganz genau, als ich die Tür unseres Apartments aufschloss und dann fast mechanisch wieder hinter mir zuzog. Ich stand völlig neben mir und mein Kummer lastete so schwer auf mir, dass ich das Gefühl hatte, tiefe Spuren in jedem erdenklichen Grund und Boden zu hinterlassen. Dabei fühlte ich mich innerlich eher hohl und leer. Zudem hatte ich hart damit zu kämpfen, nicht in Tränen auszubrechen und einen Heulkrampf zu bekommen, der sich gewaschen hatte.

Mein Leben war gegenwärtig nur noch schrecklich, meine Probleme unlösbar und meine negativen Gefühle so übermächtig, dass ich glaubte, darin zu ertrinken. Was ich jetzt brauchte, war jemand, der mir zuhörte, der mich in den Arm nahm und tröstete und mir sagte, dass alles wieder gut wurde. Nur konnte ich weder Anna noch Ben dazu nutzen (Bens Namen nur zu denken, tat schon unheimlich weh) und Colin war nur manchmal die richtige Person für die Behandlung solcher immensen Probleme. Und was das Schlimmste war: Er war gar nicht da!

Mein gestern noch schwerstkranker bester Freund hatte das Weite gesucht. Das sagte mir nicht nur die Totenstille in unserem Apartment, sondern auch das Fehlen seiner Jacke und seiner Schuhe. Wo zur Hölle war er hin? Warum ließ er mich ausgerechnet jetzt allein? Gut, eigentlich war *ich* ja den halben Tag nicht dagewesen, aber das hieß doch nicht, dass er plötzlich einen auf gesund und munter machen musste und sein Krankenbett unerlaubt verlassen durfte.

Ich plumpste schwer wie ein Sack auf das Bett, ließ die Schultern hängen und schloss die brennenden Augen. Colins Abwesenheit machte mich noch trauriger, als ich ohnehin schon war, und ich hatte große Mühe, meine Tränen noch weiter zurückzuhalten, während ich mein Handy aus meiner Tasche kramte. Mein Kinn zitterte bereits, als ich Colins Nummer anwählte und als sich dann auch noch mein Akku kurzfristig meldete, um meine Verbindung zur Außenwelt abzuschneiden, machten sich die ersten Tränen selbstständig.

Die Zeit, mich richtig in einen Heulkrampf hineinzusteigern oder schluchzend das Aufladekabel zu suchen, hatte ich allerdings nicht, denn nur eine halbe Minute später hörte ich Schritte auf dem Flur. Dann wurde bereits der Schlüssel ins Schloss gesteckt, herumgedreht und Colin trat ein, mit immer noch roter Nase, aber fröhlich funkelnden Augen und sichtbar guter Laune.

„Heeey, du bist ja wieder da!“, freute er sich, nahm sich aber nicht die Zeit, mich genauer anzusehen und damit festzustellen, dass es mir echt dreckig ging. Stattdessen lief er mit den Einkaufstüten, die er bei sich trug, direkt auf die Treppe zu, machte dabei eine halbe Drehung, rief mir stolz „Ich habe eingekauft!“ zu und eilte hinauf zur Küche.

„Richtig leckere Sachen für morgen zum Frühstück!“, rief er weiter zu mir hinunter, während er oben begann die Sachen auszupacken und in den Kühlschrank zu räumen. „Und heute Abend gibt’s Spaghetti á la Colin!“

Ich reagierte nicht auf seine Ankündigung, starrte nur weiterhin traurig Löcher in die Luft und wischte mir ab und an eine Träne von der Wange, weil diese einfach nicht aufhören wollten zu laufen.

„Ben hatte übrigens Recht“, fuhr Colin fort. „Ein bisschen Bewegung ist sogar gut für einen, wenn man krank ist. Ich bin gestern Nacht, nachdem ihr weg wart, kurz spazieren gegangen und hab das heute schon *zweimal* gemacht.“

Er kam wieder die Treppe hinuntergetrabt, sportlich geschmeidig wie eh und je. Dass er krank war, merkte man nur noch daran, dass seine Stimme ein wenig heiser war und er ab und an schniefte. Deswegen bekam er wohl auch nicht mit, dass ich dasselbe verdächtige Geräusch von mir gab.

„Und beim zweiten Mal, dachte ich mir, ich kann auch gleich einkaufen gehen und die liebe Emma überraschen.“ Er blieb vor dem Spiegel stehen und richtete sein Haar in gewohnter Eitelkeit. „Da siehst du mal: Ich komme auch allein klar und kann nebenbei noch für andere sorgen. Ich brauch dich gar nicht.“

Es war ein harmloser, kleiner Witz. Das wusste ich genau. Dennoch gab er mir den Rest. Ich schluchzte laut auf, verbarg mein Gesicht in meinen Händen und begann so richtig loszuheulen.

Ein paar Sekunden lang blieb Colin still. Dann hörte ich, wie er sich mir näherte. „Heulst du etwa?" war seine feinfühlige Reaktion auf meine Tränen.

Beherrschung, Emma!, fuhr ich mich innerlich selbst an und das half ein kleines bisschen. Ich nahm die Hände vom Gesicht, presste die Lippen aufeinander und schüttelte vehement den Kopf, jedoch konnte ich damit nicht über meine roten Augen und die tränennassen Wangen sowie das weiterhin leicht zitternde Kinn hinwegtäuschen. Und dann tat Colin auf einmal das, was er schon seit langer, langer Zeit nicht mehr getan hatte: Er wurde zu dem weichherzigen, mitfühlenden Menschen, der irgendwo ganz tief in seinem Inneren vor sich hin schlummert.

„Oooh, Emma", brachte er in diesem weichen, liebevollen Tonfall heraus und als er mich dann auch noch in seine Arme zog, konnte ich nicht länger an mich halten: Ich warf die Arme um seinen Nacken, drückte mein Gesicht gegen seine breite Brust und begann zu heulen wie ein Schlosshund.

„Sch-sch", machte Colin und wiegte mich hin und her, sanft meinen Rücken streichelnd. Minutenlang brachte ich nichts weiter als stockendes Schluchzen und schweres Atmen heraus, während meine Tränen Colins T-Shirt mehr und mehr durchnässten. Erst nach einer ganzen Weile wurden meine Schluchzer leiser und trockener, meine Atmung wieder ruhiger und die Tränen weniger.

„Ich bin doch nicht böse auf dich", sagte Colin mit weicher Stimme und veranlasste mich zu einem völlig verheulten Stirnrunzeln. „Du bist immer noch meine allerbeste Freundin – und ich *wollte* doch, dass du gehst! Ich bin schon ein *großer* Junge." Er grinste breit. „Und wie du sehen kannst, bin ich ziemlich gut allein klargekommen *und* mir geht's deutlich besser."

Ich schloss die Lider und schüttelte den Kopf. Er missinterpretierte das völlig, dachte wohl, ich hätte ein schlechtes Gewissen wegen gestern.

„Doch, doch", beteuerte er und wischte mir sanft die Tränen von den Wangen. „Mir geht's wirklich wieder ganz gut."

„Da… darum geht es doch gar nicht", brachte ich nur stockend heraus.

Er hob die Brauen. „Nicht?"

Ich schüttelte den Kopf.

„Okaay … was ist dann passiert?", fragte er sanft, wohl weil er das Gefühl hatte, dass ich wieder dazu in der Lage war, längere Erklärungen von mir zu geben.

„I-ich wollte Anna … Anna die Wahrheit sagen", schluchzte ich und fühlte sofort, wie Colin inne hielt.

„*Wollte* heißt dann wohl, dass du es nicht getan hast?", hakte er hoffnungsvoll nach.

Ich schniefte lautstark. „Ich will … will nicht, dass er mich hasst …"

„Du meinst ‚sie'."

Ich schüttelte den Kopf und begann von neuem zu schluchzen.

„O mein …" Colin brach ab, packte mich bei den Schultern und schob mich weg, um mir in die Augen sehen zu können. „Emma? Bist du in Ben verliebt?"

Ich nickte und brach nun erst recht in Tränen aus.

„O Süße!“ Er zog mich zurück in seine Arme und drückte mich ganz fest. Tat das gut! Sie war wieder da, unsere Freundschaft, befreit von diesem blöden Gefühl des Verliebtseins, das so falsch, so dumm gewesen war. „Das ist doch kein Drama. Der Kerl ist doch total in dich vernarrt! Weißt du, was das Beste wäre?“

Er schob mich wieder von sich weg und sah mich lächelnd an. „Wenn du rüber zu ihm läufst und ihm sagst, was los ist.“

Ich schüttelte panisch den Kopf. „Auf keinen Fall!“

„Ach, komm Emma, er ist ein netter Kerl. Der beißt dich schon nicht – jedenfalls nicht, wenn du es nicht willst.“ Colin lachte, doch ich konnte seinen Humor überhaupt nicht teilen. Er hatte ja keine Ahnung, was passiert war.

„Vertrau mir!“, verlangte er dennoch. „Ich hab einen guten Blick für so was. Den hast du völlig in der Hand. Steh dir nicht selbst im Weg und schneide dir ausnahmsweise mal eine Scheibe von *mir* ab. Geh zu ihm, gestehe und dann nimm dir, was du brauchst.“

„Du verstehst das nicht“, brachte ich nur mühsam beherrscht heraus.

„Glaub mir, davon, wie man Spaß hat, verstehe ich ’ne Menge“, widersprach er mir. „Du darfst nicht immer so verkrampft sein, Emma. Du kannst dich auch mal gehen lassen und …“

„DAS HAB ICH DOCH SCHON LÄNGST!“, schrie ich ihn an und flennte gleich wieder los wie eine hysterische Ziege.

Colin starrte mich beinahe schockiert an, blinzelte verwirrt. „Du … du hast was?“

Ich vergrub ein weiteres Mal mein Gesicht in den Händen und bildete mir einfach ein, dass er mich so nicht mehr sehen konnte. Ach, wäre es doch so einfach, zu verschwinden. Nicht für immer, aber für eine kleine Weile, bis sich der Gefühlssturm in mir und um mich herum wieder gelegt hatte.

„Wann?“, fragte Colin gnadenlos weiter.

„Gestern Nacht“, flüsterte ich in meine Handflächen.

Stille. Ich wartete einen Augenblick, doch als auch in den nächsten Sekunden keine weitere Frage mehr kam, linste ich vorsichtig durch die Lücken zwischen meinen Fingern. Colin war nicht gegangen. Nein. Er saß immer noch vor mir, hatte eine Hand vor den Mund gepresst und starrte mich an. Da ich seinen Gesichtsausdruck nicht so richtig erkennen konnte, entschied ich mich schweren Herzens dazu, die Hände doch wieder vom Gesicht zu nehmen. Es überraschte mich nicht, seine Augen amüsiert funkeln zu sehen und als auch er seine Hand sinken ließ, war das typische provokante Colin-Grinsen wieder da.

„Was?!“, fauchte ich ihn an.

„Das ist dein ganzes Problem, oder?“, fragte er.

Ich runzelte die Stirn. „Ich verstehe nicht, was du meinst.“

„Du schämst dich, weil du dich hast gehen lassen, und traust dich deswegen nicht mit Ben zu reden. Stattdessen willst du lieber alles bei Anna aufdecken und riskieren, dass das mit dir und Ben nicht weitergeht.“

„Nein!“, protestierte ich, obwohl ich spürte, dass Colin mich ausnahmsweise besser analysiert hatte als ich selbst.

Colin nickte unbeirrt. „Die emanzipierte Emma hat Angst davor, ihr Herz zu verlieren.“

„Nein!“

„O doch! Du fixierst dich lieber auf die Vorstellung, dass dich keiner will, und verkriechst dich in dein Schneckenhaus, anstatt es zuzulassen, mal so richtig von deinen Gefühlen durchgeschüttelt zu werden. Du hast Angst davor, was zu riskieren und mal nicht die Kontrolle zu behalten.“

„Das … das ist nicht wahr!“

„Okay, Emma – ehrliche Antwort: Hat er dich abserviert? Hat er dir gesagt, dass er nichts mehr von dir will?“

Ich kniff die Lippen zusammen und schüttelte widerwillig den Kopf. *Wortwörtlich* hatte er das nicht getan. Eigentlich hatte er auch bisher keine Gelegenheit dazu gehabt, weil er am Morgen einfach verschwunden war und wir seit letzter Nacht nicht wieder allein gewesen waren.

„Er … er hat sich so komisch verhalten …“, erklärte ich.

„Na klar hat er das“, erwiderte Colin voller Verständnis. „Ihr hattet Sex, obwohl ihr euch erst seit sehr kurzer Zeit kennt und du bist auch noch Annas und *meine* beste Freundin und er weiß im Grunde gar nicht genau, was für eine Beziehung wir zueinander haben, ob da tatsächlich nur Freundschaft zwischen uns ist. Das ist für ihn schon eine schwierige Situation.“

„Aber für mich doch auch!“, fuhr ich auf.

„Willst du damit sagen, dass du dich ganz anders verhalten hast als er?“ Colin bedachte mich mit einem sehr zweifelnden Blick.

Ich kniff die Lippen zusammen und sagte lieber nichts.

„Deine erste Idee war, mit Anna zu reden anstatt mit ihm“, erinnerte er mich. „Das finde ich *auch* etwas merkwürdig.“

„Aber Anna ist meine beste Freundin …“

„… die du die ganze Zeit belogen hast und die wahrscheinlich sehr wütend sein wird, wenn du ihr sagst, wer du wirklich bist. Inwiefern würde das dir und Ben weiterhelfen?“

Ich sah ihn nicht mehr an, starrte nur auf meine Hände, die nervös das Kissen vor mir kneteten.

„Wenn du zuerst mit Anna redest, kann das durchaus nach hinten losgehen, Em“, mahnte er mich. „Wenn du aber zuerst versuchst, mit Ben alles zu klären – der wahrscheinlich bis über beide Ohren in dich verknallt ist – wird er dir verzeihen und versuchen, zwischen dir und Anna zu vermitteln, was darauf hinauslaufen würde, dass du beide als Freunde behältst.“

„Das kannst du nicht wissen“, schniefte ich.

„Nein, kann ich nicht“, gab er sofort zu. „Aber ich hab die beiden ja inzwischen kennengelernt und kann gewisse Vermutungen anstellen. Ich halte Anna für die strengere von beiden. Ben ist derjenige, der alles eher mit Humor zu nehmen scheint und weichherziger ist.“

„Anna ist auch nicht streng“, erwiderte ich. „Wahrscheinlich ist sie gerade nicht so gut drauf, aber das heißt nicht, dass sie mir nicht verzeihen würde.“

„Eher als Ben?“

Ich zuckte die Schultern. „Keine Ahnung“, musste ich eingestehen und das entsprach der Wahrheit. So lieb und nett Anna auch immer im Netz gewesen war, live und in Farbe machte sie einen eher zurückhaltenden, ruhigeren und auch – ja, ich gab es still für mich allein zu – strengeren Eindruck. Von daher waren Colins Bedenken bezüglich meiner Aussprache mit ihr schon gerechtfertigt. Und Ben … Ben war für mich momentan ein einziges großes Rätsel, hatte mich sein reserviertes, leicht nervöses Verhalten heute Mittag doch völlig überrascht, tief verletzt und das Allerschlimmste von ihm denken lassen.

Nun, mit Colins Erklärungsmodellen für Bens Verhalten, ging es mir deutlich besser, auch wenn ich es nicht gern zugab. Es war durchaus denkbar, dass Ben nur gehemmt gewesen war und nicht gewusst hatte, wie er mit mir umgehen sollte – vor allem da wir nicht allein gewesen waren und nicht hatten klären können, wie ernst die letzte Nacht zu nehmen war. Immerhin war *ich* ja diejenige, die augenblicklich noch den Ruf hatte, eine Männerfresserin zu sein. Irrtümlicherweise. Daher gab es eine kleine Chance, dass ein Gespräch mit ihm tatsächlich zu einem weitaus positiveren Ergebnis bezüglich unserer Beziehung führen würde als mit Anna. Dennoch machte mir allein der Gedanke daran furchtbare Angst, ließ meinen Puls rasen und meine Gedärme verknoten.

Colin schien mir das anzusehen, denn er drückte mich ein weiteres Mal tröstend an sich und murmelte „Ach, Em, mach doch nicht immer alles so kompliziert!“ in mein Haar.

„Es *ist* aber kompliziert“, wisperte ich an seiner Brust.

„*Nur* wenn man immer alles allein auf die Reihe kriegen will“, erwiderte er. „Ich hab eine richtig gute Idee.“

Ich rückte ein wenig von ihm ab und sah ihn skeptisch an. Mir schwante Übles.

„*Ich* rede mit Ben und erkläre ihm alles“, schlug er in aller Ernsthaftigkeit vor, was mich sofort dazu veranlasste, panisch den Kopf zu schütteln.

„Auf keinen Fall!“

„Lass mich doch erst mal ausreden, Emma!“ Er sah mich streng an und brachte mich damit in der Tat zum Schweigen.

„Ben ist ein Kerl – ich bin ein Kerl. Wir Kerle haben ein tiefes Verständnis füreinander und – was noch wichtiger ist – wir sprechen dieselbe Sprache.“

‚Ben ist ganz bestimmt nicht wie du!‘, wollte ich dazwischenrufen, ließ es aber lieber bleiben, weil mein Freund mir eigentlich nur helfen wollte und es nicht verdient hatte, dass ich meinen Frust an ihm ausließ.

„Wenn *ich* ihm alles erkläre, wird er es verstehen und nicht wütend sein“, fuhr er somit ungehindert fort. „Und er weiß damit sofort, dass er nicht in einem fremden Revier gewildert hat – was, glaube mir, sehr wichtig für ihn ist.“

Und schon waren wir bei den Primaten, die sich mit Klopfen auf die Brust und Uga-uga verständigten. Toll! ‚Du Tarzan – sie Jane – wir trotzdem Freunde!‘ Als ob mir das helfen würde!

„Wenn er weiß, dass er dich haben kann, wird alles gut“, setzte Colin mit einem selbstsicheren Lächeln hinzu. „Der biegt das dann auch mit Anna hin.“

Wie einfach die Welt doch war, wenn man sie mit Colins Augen sah! Es war ja auch nicht *sein* Leben, das er damit verpfuschen konnte. Obwohl … Konnte es überhaupt noch schlimmer werden?

„Vielleicht will ich ihn ja auch gar nicht mehr haben“, brummte ich.

Colin hob skeptisch eine seiner dunklen Brauen. „Warum sitzt du dann hier und heulst?“

„Weil … weil …“ Ich suchte verzweifelt nach einer guten Ausrede und gab schließlich auf. „Ist doch auch egal. Ich will einfach nicht, dass du dich da einmischst, Col.“ Ich sah ihn drängend an. „Ich hab mich selbst in diese Scheiße geritten und muss mich auch selbst wieder da herausholen. Es hat doch alles damit angefangen, dass ich dich vorgeschickt habe und mich nicht selbst dem Problem mit Anna gestellt habe. Ich kann das nicht auch noch so enden lassen, weil …weil das nicht gut gehen würde. Das weiß ich einfach!“

Colin war mit meiner Antwort nicht glücklich, das ließ er mich durch einen langen, grüblerischen Blick spüren, doch am Ende rang er sich doch noch zu einem Nicken durch.

„Gut, versuchen wir es erst mal auf deine Weise“, gab er meinem Wunsch nach. „Aber wenn die nicht funktioniert, werde ich mich nicht zurückhalten. Das kündige ich hiermit schon mal an.“

Auch wenn mir das, was er sagte, überhaupt nicht gefiel, nickte ich nun selbst. Ich kannte Colin jedoch gut genug, um zu wissen, dass es keinen Sinn machte, mit ihm weiter darüber zu diskutieren. Er würde ohnehin nur tun, was *er* für richtig hielt.

„Dann gibt's jetzt Essen", verkündete er fröhlich und erhob sich.

Ich tat es ihm nach, mit weitaus weniger Enthusiasmus und dem sicheren Wissen, dass uns noch ein turbulenter Abend bevorstand. Heute war unsere letzte Nacht in London und ein weiteres Treffen mit Ben und Anna unvermeidlich. Der Tag der Wahrheit war gekommen.

Lügner haben schnelle Beine

Das Schlimmste an den fatalen Fehlern, die man begeht, sind ihre Konsequenzen, die meist eine sehr viel längere Wirkungsdauer haben als der Fehler an sich und oft auch endgültiger sind. So saß man am Ende mit einem versauten Studienabschluss, einem Baby im Arm oder einer gebrochenen Hüfte da. In meinem Fall war die Konsequenz wohl, dass ich nicht nur meine beste Freundin verlor, sondern auch den Mann, der besser zu mir passte als jeder andere. Das nahm ich zumindest an, als ich mich am Abend doch noch ins *Hart* schleppte, um Anna und Ben endlich die Wahrheit zu sagen und meiner Freundschaft zu ihr und meiner noch nicht so richtigen Liebesbeziehung zu ihrem Bruder den Todesstoß zu versetzen.

Sowohl Ben als auch Anna hatten Colin und mir die Nachricht zukommen lassen, dass sie gern unseren letzten Abend in London im *Hart* begießen wollten, und Colin war für diese Idee Feuer und Flamme gewesen.

„Das Schicksal *will*, dass alles geklärt wird, Em!", hatte er sich gefreut und sofort zurückgeschrieben, dass wir kommen würden.

Bis eine halbe Stunde vor dem verabredeten Treffen war ich einigermaßen cool geblieben – dann hatte ich allerdings solches Muffensausen bekommen, dass ich nicht dazu in der Lage gewesen war, auch nur einen Schritt aus dem Apartment heraus zu machen.

Colin hatte sich sehr geärgert und war dann allein aufgebrochen. Er hatte mir eine Schonzeit von knapp einer Stunde versprochen. „Aber dann lasse ich die Bombe platzen, Em!", hatte er gedroht. „Wenn du nicht kommst, kläre *ich* alles. Und du weißt, wie das aussieht!"

Das hatte geholfen. Ungefähr zwanzig Minuten später, war ich aus dem Haus geeilt und hatte in derselben Zeit das *Hart* erreicht. Meine Beine waren weich wie Pudding, meine Hände schwitzig und mein Herz hämmerte viel zu schnell in meiner Brust, als ich mich durch das Gedränge am Eingang des Pubs schob und auf unseren Stammtisch zusteuerte. Ich hatte Glück. Es war nur Anna, die dort saß und mir sofort fröhlich winkte. Ich winkte zurück, straffte die Schultern und marschierte auf sie zu, dieses Mal wild entschlossen, ihr endlich die Wahrheit zu sagen.

„Schön, dass du doch noch kommst!", begrüßte sie mich überschwänglich, stand auf und umarmte mich. „Colin meinte, du hättest auch noch obendrein Kopfschmerzen."

„Die hab ich erfolgreich bekämpfen können", winkte ich locker ab und ließ mich zusammen mit ihr am Tisch nieder. „Wo ist Colin denn?"

„Draußen im Biergarten. Er hat jemanden getroffen, den er kennt und wollte ihm Gesellschaft beim Rauchen leisten."

Ich nickte und versuchte einen möglichst coolen Gesichtsausdruck aufzusetzen. „Und Ben?"

„Der kommt bald. Er musste noch ein paar Sachen erledigen, aber er wollte den letzten Abend mit euch natürlich nicht missen."

Mein Magen zog sich zusammen, obwohl ich mich zur selben Zeit auch darüber freute, Ben gleich wiederzusehen. Was für ein Desaster meine momentane Gemütslage doch war!

„Schön", sagte ich und lächelte viel zu verkrampft.

Annas Brauen bewegten sich aufeinander zu. Sie musterte mich gründlich und legte dann den Kopf schräg. „Sag mal … läuft da was zwischen dir und meinem Bruder?"

Mein Herz machte einen kleinen Hopser und mir wurde heiß und kalt zur selben Zeit. „Was … wie …" Ich brach ab. Dieses Gestammel half mir nun wirklich nicht weiter.

Annas Lippen verzogen sich zu einem breiten Grinsen. „Wusst ich's doch! Mein Bruder hat sich nach unserem Treffen heute Nachmittag und den ganzen restlichen Tag so komisch verhalten – das macht er sonst nur, wenn er bis über beide Ohren verliebt ist."

Verliebt. Sie hatte es gesagt und *sie* musste es ja wissen, schließlich war sie Bens Schwester. So gesellte sich zu meinem bunten Gefühlsmix auch noch tiefe Erleichterung und aufgeregte Freude hinzu. Colin schien tatsächlich richtig gelegen zu haben. Bens seltsames Verhalten war *nicht* darauf zurückzuführen, dass er nichts mehr von mir wollte, sondern hing eher damit zusammen, dass auch *er* sich in mich verliebt hatte. Meine Freude verwandelte sich in Euphorie, die sofort wieder von Anna ausgebremst wurde.

„Warte – ihr habt doch gestern zusammen gekocht …“ Sie riss die Augen auf und beugte sich dann über den Tisch zu mir hinüber. „Habt ihr etwa …?“

Das Blut schoss mir innerhalb von Sekunden ins Gesicht und ich senkte den Blick, nestelte peinlich berührt an der Serviette herum, die vor mir auf dem Tisch lag. „Ich … also … das …“

Warum zur Hölle waren da keine brauchbaren Worte mehr in meinem Gehirn? Ich musste mich doch verteidigen, Anna irgendwie erklären, dass ich nicht mit ihrem Bruder spielte und es durchaus ernst mit ihm meinte; dass ich normalerweise nicht nach so kurzer Zeit schon mit jemandem schlief und *nicht* die Schlampe war, für die sie mich jetzt hielt.

„Ich wollt es dir schon vorhin sagen“, brachte ich nur sehr leise und ziemlich kleinlaut hervor. Ich wagte es nicht, sie anzusehen, wollte mich nicht ihrem strengen Blick und der Entrüstung in ihren Augen stellen. „Aber dann war Ben dabei und es … es ging einfach nicht.“

Vielleicht sollte ich ihr jetzt einfach *alles* gestehen, ihr klarmachen, dass ich keine Männerfresserin war, sondern die nette Person, die sie im Internet kennengelernt hatte.

„Ich bin sonst eigentlich nicht so …“, begann ich, brach aber sofort wieder ab. Sie würde mich hassen, ganz sicher! Die Wahrheit würde wahrscheinlich alles nur noch schlimmer machen. Ich sah scheu zu ihr auf und war überrascht, dass sie schmunzelte. Dennoch verteidigte ich weiter mein Handeln.

„Es ist nur so, dass ich deinen Bruder wirklich mag … Ich weiß auch nicht, was das zwischen uns ist und warum wir … alles so übereilt haben, aber ich schwöre dir, dass ich …"

„Emma – du missverstehst mich!", unterbrach sie mich lachend. „Ich finde das toll!"

Ich blinzelte perplex. „Echt?"

Sie nickte nachdrücklich. „Ben tut sich mit Frauen sonst immer recht schwer und ich war so froh, dass er im Zusammensein mit dir derart aufgeblüht ist. Was glaubst du, warum ich mich so oft darauf eingelassen habe, etwas mit Colin allein zu machen? Ich wollte euch mehr Zeit geben, euch besser kennenzulernen."

Mein Mund öffnete sich, doch ich brachte nichts heraus. Anna hatte mich mit ihrem Bruder verkuppeln wollen? Sie war gar nicht an Colin interessiert? Ich hatte mir ganz umsonst darüber Sorgen gemacht, dass aus den beiden ein Paar werden könnte! Diese Erkenntnis warf mich völlig um.

„Und anscheinend hat das echt gut geklappt", setzte sie stolz hinzu und grinste breit.

„Heißt das, du wolltest mich von Anfang an mit deinem Bruder zusammenbringen?", hauchte ich schließlich fassungslos.

„Nicht von Anfang an", winkte sie ab. „Ich hab zuerst nur meinem Bruder zuliebe mitgemacht – aber als ich bemerkt habe, wie gut ihr miteinander auskommt und wie toll ihr zusammenpasst, konnte ich nicht anders. Ich liebe meinen Bruder, Emma. Ich will, dass er glücklich wird. Und ich glaube, dafür braucht er dich."

Ich schloss die Lider in dem angestrengten Versuch, das alles besser zu verstehen. Ein Gefühl tief in mir drin sagte mir aber, dass mir noch ein Puzzleteil dazu fehlte. Ja, etwas in Annas Aussage verwirrte mich zutiefst. Was war das noch gleich?

„Emma …" Anna ergriff meine Hand und sah mich nun doch sehr ernst an. „Du musst ganz dringend mit Ben sprechen. Gleich, wenn er hier erscheint. Versprichst du mir das? Es gibt da eine Sache, die ihr unbedingt wissen müsst. Du *und* Colin."

Ich sah auf unsere Hände und dann in ihr Gesicht und fühlte mich auf einmal gar nicht mehr wohl. „Was genau ist los?"

Sie holte Luft, hielt dann aber inne und ließ sogar meine Hand los, um sich rasch in ihrem Stuhl zurückzulehnen und zu lächeln. Dieses Lächeln galt allerdings nicht mir, sondern Ben, der soeben an unserem Tisch auftauchte. Mein Herz machte einen dreifachen Axel und raste dann in einem irrsinnigen Tempo los. Er schenkte mir jedoch nur ein verhaltenes Lächeln und sah dann seine Schwester eindringlich an.

„Seid ihr grad dabei, den neuesten Tratsch und Klatsch auszutauschen?", fragte er mit einer Fröhlichkeit in der Stimme, die überhaupt nicht zu der Angst und Besorgnis in seinen Augen passte. Er machte einen furchtbar angespannten Eindruck und spiegelte somit perfekt meine eigene Gemütslage.

„Klar“, gab Anna mit falscher Freundlichkeit zurück. „Frauen sind so. Wir reden über *alles*. Soll in mancher Hinsicht ganz gut sein. Dann gibt’s weniger Missverständnisse und hausgemachte Probleme.“

Beide tauschten ein übertrieben liebenswürdiges Lächeln aus und ich verstand überhaupt nichts mehr.

„Wir Männer haben halt unsere eigenen Wege Probleme zu lösen“, gab Ben zurück. „Die können auch ziemlich gut sein.“

„Dann setz dich doch zu uns“, schlug sein Schwester spitzzüngig vor. „Ich bin schon gespannt.“

Bens Lächeln verschwand ruckartig und ein Anflug von Panik erschien auf seinem Gesicht. „Klar, ich … hol mir nur was zu trinken.“

Damit eilte er in Richtung Bar. Ich starrte ihm mit offenem Mund hinterher – den ich sofort wieder schloss, als auch noch Colin dort mitten im Gedränge auftauchte, Ben entdeckte und sofort auf ihn zuhielt. Jetzt war *ich* es, die in Panik verfiel, am liebsten aufspringen und mich zwischen die beiden Männer werfen wollte. Das konnte nicht gutgehen!

„So ein feiger Hund!“, hörte ich Anna murmeln, doch ich konnte sie nicht ansehen, starrte nur wie ein Kaninchen in Schockstarre die beiden Männer an, die sich indes herzlich begrüßten.

„Ich wette, er setzt jetzt auch noch seinen dummen Plan in die Tat um“, fuhr sie fort. „Wenn ich gewusst hätte, was alles bereits zwischen euch passiert ist, hätte ich mich schon viel früher und stärker eingemischt.“

Sie seufzte tief und schwer und schimpfte dann weiter auf ihren Bruder. Auch wenn ich ihr gern zuhören wollte, weil ich wusste, dass das, was sie da sagte, für mich wichtig war – ich konnte es nicht mehr so richtig, denn Ben und Colin sprachen gerade miteinander – und es war eindeutig, dass es um etwas Ernstes ging. Ben war auf einmal so blass, sah so mitgenommen und bedrückt aus. Und Colin … Colin sah ihn nur an, ernst, verständnisvoll.

Worüber sprachen sie da, verdammt nochmal?! Sie sollten gefälligst zurück zu unserem Tisch kommen und sich *hier* unterhalten. Nachher bekam Colin noch den Einfall, seinen Plan, mir zu helfen, doch gleich in die Tat umzusetzen – auch wenn es gerade eher Ben war, der sich seine Sorgen von der Seele redete. Und er redete viel. Colins Augen wurden auf einmal sehr viel größer. Sein Mund öffnete und schloss sich, ohne dass Worte ihn verließen, und Ben legte ihm in einer entschuldigenden Geste eine Hand auf den Oberarm.

Und dann geschah etwas, womit ich überhaupt nicht gerechnet hatte: Colins Schultern begannen zu beben und zu zucken. Weinte er? Nein. Er lachte! Erst nur verhalten und hinter vorgehaltener Hand, doch dann konnte er sich nicht mehr zusammennehmen, beugte sich vorn über, schlug sich sogar auf die Schenkel und schüttete sich aus vor Lachen. Die Musik im Pub war eigentlich immer recht laut, doch Colins Gelächter übertönte alles und veranlasste die Leute dazu, sich zu ihm umzudrehen und ihn verstört zu mustern – so wie auch Anna und ich das taten.

Ben machte einen ganz und gar verwirrten Eindruck. Sein Blick ruhte hauptsächlich auf Colin, flog aber auch immer wieder hilfesuchend zu uns hinüber. Ich zuckte nur die Schultern, obwohl mein Unbehagen immer größer wurde, und Anna tat dasselbe.

„Entweder war das der beste Witz, den mein Bruder je erzählt hat oder Colin ist vollends durchgeknallt", merkte sie trocken an.

Ich wollte gern über ihre Bemerkung lachen, konnte es aber nicht, da Colin sich endlich wieder beruhigt hatte, Ben grinsend am Arm packte und mit ihm zusammen auf unseren Tisch zusteuerte. Der Druck in meiner Brust wuchs wieder an und auch Magen und Herz wurden wieder aktiver, als es mir lieb war. Etwas an Colins Gesichtsausdruck gefiel mir gar nicht. Er war viel zu amüsiert, während Ben einen eher panischen Eindruck machte und ihm nur äußerst widerwillig folgte.

Die beiden blieben vor unserem Tisch stehen und Colin räusperte sich, seinen Blick nur auf mich gerichtet.

„Das ist die witzigste Geschichte, die ich je in meinem Leben gehört habe", verkündete er fröhlich. „Emma, darf ich vorstellen …", er wies grinsend auf den schockgefrorenen Ben, „… Midnightrider!"

Für einen kurzen Augenblick blieb alles stehen: Mein Herz, mein Puls, meine Atmung … sogar die Zeit. Dann schaltete sich mein Verstand wieder ein und sagte mir, dass das einfach nicht wahr sein *konnte*. Ich schüttelte vehement den Kopf. Dennoch raste mein Herz los und mein Magen machte ein paar unangenehme Umdrehungen.

„Doch!“, wusste Colin es besser und freute sich auch noch diebisch darüber.

„Nein!“, erwiderte ich im Brustton der Überzeugung. „Er hat sich nur ein paar Mal unter Annas Account eingeloggt und zwei, drei Chats geschrieben – das ist alles! Er hat mir das längst gebeichtet.“

„Emma, er hat Recht“, mischte sich Ben nun auch noch ein und seine schuldbewusste Miene machte mir Angst. „Ich war nicht nur ein paar Mal Midnightrider. Ich war es *immer*. Von Anfang an.“

Mir wurde schlecht. „Was?“, hauchte ich. „Aber Anna …“ Ich sah seine Schwester an, doch die hatte den Kopf eingezogen und starrte lieber die Tischdeko an.

„Ich hab sie darum gebeten, mitzuspielen, damit …“ Ben stockte, schien nach den richtigen Worten zu suchen. „Ich dachte, dass sie und Colin perfekt zusammenpassen, weil ich der Meinung war, dass er eine *nette* Frau an seiner Seite verdient. Ich konnte ja nicht wissen, wie du wirklich bist!“

„*Du* bist Midnightrider?!“, wiederholte ich das Unfassbare und meine Stimme überschlug sich fast. „Du bist ein *Mann*!!!“

„EMMA!“, fuhr Colin mich an. „Jetzt halt mal die Klappe!“

Ich schwieg tatsächlich, nicht weil Colin mich beruhigt hatte, sondern weil ich einfach keinen klaren Gedanken mehr fassen konnte und so bestimmt nur Unfug hervorbringen würde. Mein lieber Freund wandte sich derweil zu dem mittlerweile sehr verzweifelt aussehenden Ben um und sein Grinsen war wieder da.

„Sie ist nämlich nicht viel besser!“, hörte ich ihn sagen und ich packte ihn erschrocken am Arm. Helfen konnte ich mir damit nicht, denn Colin sprach ungeniert die nächste Ungeheuerlichkeit aus: „*Sie* ist Shadowhunter – nicht ich!“

Für ein paar viel zu langsam vergehende Sekunden herrschte Totenstille an unserem Tisch. Dann vernahm ich ein leises Prusten und die nächste Person brach in schallendes Gelächter aus. Kein Wunder. Anna war von diesem ganzen Gefühlschaos ja genauso wenig betroffen wie Colin. Dass die beiden das alles zum Brüllen komisch fanden, war in gewisser Weise zu verstehen. Ben und ich konnten allerdings überhaupt nicht lachen. Wir starrten uns nur an – völlig fassungslos.

„*Du* bist Shadowhunter?“, stieß er nach einer kleinen Weile atemlos aus.

Ich nickte stumm. Ich konnte momentan einfach nichts sagen. Ich wusste ja noch nicht einmal, was ich *fühlen* sollte. Oder vielleicht wusste ich das doch. Ich war *so …* enttäuscht – obwohl ich eigentlich nicht das Recht dazu hatte, hatte doch Ben … oder besser Night (Es war schon merkwürdig das zu *denken*!) nichts anderes als ich selbst auch getan: Er hatte mich belogen. Von vorn bis hinten. Er hatte eine andere Person sich selbst spielen lassen, nur um nicht aufzufliegen. Wir waren *solche* Heuchler – selbst Pinocchio würde vor uns das Handtuch werfen!

In meiner Brust wurde es ganz eng und ich hatte auf einmal das Gefühl, keine Luft mehr zu bekommen. Ich ergriff meine Tasche und erhob mich. Ich musste hier raus, raus aus dem Pub, raus dem Chaos, das mein Leben war.

„Hey, wo willst du hin?“, rief Colin entrüstet, als ich mir meinen Weg am Tisch vorbei hinein in die Menge der sich amüsierender Menschen bahnte, doch ich reagierte nicht auf ihn.

Aus dem Augenwinkel nahm ich wahr, dass Anna ihn am Arm packte und den Kopf schüttelte, dann waren sie auch schon alle aus meinem mittlerweile sehr eingeschränkten Blickfeld verschwunden und ich erreichte ungehindert den Ausgang des Lokals. Draußen angekommen hielt ich erst einmal inne und versuchte, wieder zu Atem zu kommen und die Kontrolle über meine durchdrehenden Gefühle zu erlangen. Ich war völlig aufgelöst, obwohl ich genau wusste, wie albern das war und dass doch eigentlich gar nichts Schlimmes passiert war. Außer, dass meine Freundschaft zu Night eine reine Farce gewesen war. Die Person, der ich im letzten Jahr am meisten vertraut hatte, hatte mich belogen und betrogen, ganz genauso wie *ich sie* hintergangen hatte. Was waren wir nur für Menschen! Eigentlich verdienten wir ja einander…

Hinter mir flog die Tür des Pubs auf und Ben stürmte heraus. „Himmel sei Dank, du bist noch da!“, stieß er erleichtert aus und trat dann sehr viel langsamer und vorsichtiger an mich heran. „Das, was da drinnen passiert ist …“ Er hielt kurz inne, um sich zu sammeln. „Das ist echt beschissen gelaufen.“

Ich gab meine Zustimmung mit einem Kopfnicken kund. Besser hätte ich es nicht formulieren können.

„Es tut mir leid“, setzte er leise hinzu. „Das wäre nicht passiert, wenn wir schon früher über alles gesprochen hätten.“

„Ja, zum Beispiel heute Morgen“, zickte ich ihn an. „Aber da musste ja jemand *ganz* dringend weg.“

Ben ließ die Schultern hängen und schloss resigniert die Augen.

„Du hast Recht“, gestand er, als er wieder dazu in der Lage war, mich anzusehen. „Ich hab mich wie ein Idiot benommen. Aber ich … ich hatte ein scheiß-schlechtes Gewissen, weil ich dachte, dass ich mit der großen Liebe meines besten Freundes geschlafen habe, dass ich ihn auf die schlimmste Art und Weise hintergangen habe, die es gibt. Weil ich doch schon so lange weiß, wie sehr er in seine Emma verliebt ist.“

„Ist er nicht“, murmelte ich und starrte meine Füße an, die in ganz neuen, hochhackigen Sandalen steckten. Ein bisschen Colin-Emma war wohl doch an mir hängengeblieben.

„Ja, weil nicht *er* Shadow ist, sondern *du*“, erwiderte Ben ebenso leise. „*Du* bist in *Colin* verliebt und nicht umgekehrt.“

Ich konnte nichts dagegen tun – mein Kopf bewegte sich minimal hin und her.

„Nicht?“, wisperte er und trat noch einen Schritt näher. Fast konnte ich seine Körperwärme fühlen.

„Nicht *mehr*“, wisperte ich zurück. „Vielleicht war es auch nie Liebe, die über Freundschaft hinausgeht. Ich wollte das nur so unbedingt, weil … weil es der einfachste Weg gewesen wär … weil ich Colin schon so lange kenne und genau weiß, wie ich mit ihm umgehen muss. Und vielleicht auch, um mir selbst zeigen zu können, dass ich ihn haben *könnte*. Ich weiß es nicht …"

Ich lachte, obwohl mir gar nicht danach war, denn eigentlich war die ganze Situation eher zum Heulen. „Ich weiß nur, dass dieses Verliebtheitsgefühl ihm gegenüber verschwunden ist."

Ben sagte erst einmal nichts, aber ich konnte ihm ansehen, dass ihm mein Geständnis große Erleichterung verschaffte – ein Gefühl, dass ich gerade allerdings nicht mit ihm teilen konnte. Ich konnte mich einfach nicht an den Gedanken gewöhnen, dass er Night war und meine tiefsten Geheimnisse kannte. Ich wollte gar nicht darüber nachdenken, was ich ihm in der Annahme, er sei eine Frau, alles erzählt hatte, weil ich wusste, dass mich das nur noch mehr aufregen würde.

Ben stieß ein leises Lachen aus und schüttelte den Kopf. „Du bist also Shadow … Und *ich* Idiot, hab mich die ganze Zeit gewundert, warum dieses Gefühl der Seelenverwandtschaft im persönlichen Kontakt mit Colin einfach nicht auftauchen wollte!"

„Tja, wenn man *so* lügt, muss man sich nicht wundern", zickte ich ihn an.

Er runzelte die Stirn und Ärger blitzte in seinen Augen auf. „Emma, du bist auch nicht besser als ich!", erinnerte er mich streng.

„Und was hilft uns das?", fragte ich verzweifelt. „Wir haben uns gegenseitig an der Nase herumgeführt! Was sagt das über uns und unsere Beziehung aus?"

„Keine Ahnung … dass wir zwei Kindsköpfe sind, die nicht ahnen konnten, dass aus einem flüchtigen Kontakt bei einem Online-Spiel eine tiefgehende Freundschaft wird?“, schlug er vor. „Ich hatte das genauso wenig geplant wie du, Emma. Ich fand es nur lustig, mal in die Rolle einer Frau zu schlüpfen und zu sehen, wie die Kerle um mich herum reagieren – was, im Großen und Ganzen gesehen, eine ziemlich interessante Erfahrung war, um es mal nett auszudrücken. Du warst die einzige ‚männliche‘ Person, die sich mir gegenüber anständig verhalten hat.“

„Da siehst du mal, wie schwer wir's haben“, erwiderte ich, immer noch missgestimmt. Ich war aus ganz ähnlichen Gründen im Internet zum Mann mutiert und auch ich hatte nicht geplant, in dieser Rolle echte Freundschaften zu knüpfen. Es war einfach passiert – was es nicht weniger schändlich machte, dass wir in unseren jeweiligen Rollen verblieben waren, obwohl wir geglaubt hatten, eine verwandte Seele in dem anderen gefunden zu haben.

„Ich wollte dich nicht so lange Zeit belügen“, fuhr Ben geknickt fort. „Ich hab nur nie den richtigen Zeitpunkt, den richtigen Anlass gefunden, um dir zu sagen, wer ich wirklich bin. Das hat sich geändert, als du mir schriebst, du würdest nach London kommen. Ich dachte, wenn ich dich mit meiner Schwester verkupple und du glücklich verliebt bist, dann wirst du die Wahrheit besser vertragen können, und mich nicht gleich auf den Mond schießen. Nur leider hat das nicht funktioniert und ich … ich hab es *wieder* nicht übers Herz gebracht, dir zu beichten, dass ich Midnightrider bin. Ich hatte solche Angst, dich zu verlieren.“

Meine Augen begannen schon wieder zu brennen. Warum musste er mir das jetzt erzählen? Ich wollte ihn weder verstehen noch seine Gründe hören, weil das unsere Trennung nur noch schwerer machen würde. Dabei war diese unausweichlich. Wie sollten wir eine Partnerschaft führen, wenn wir uns nie richtig kennengelernt hatten, nie ehrlich zueinander gewesen waren – nicht eine Sekunde? Es machte keinen Sinn, eine Beziehung auf einer solchen Vorgeschichte aufzubauen. Wir würden uns niemals mehr vertrauen können.

„Dito", sagte ich dennoch leise. „Wie kann es sein, dass wir beide auf dieselbe dumme Idee kommen und nicht merken, was mit dem anderen los ist?"

Er zuckte die Schultern. „Vielleicht *wollten* wir es ja auch nicht merken. Vielleicht wären wir uns nie so nah gekommen, wenn wir völlig wir selbst gewesen wären. Vielleicht hätten wir Angst gehabt, unsere Freundschaft zu zerstören, wenn wir mehr daraus machen."

Ich seufzte tief und schwer. „Was immer es auch war … es musste irgendwann so enden: Wir, draußen vor einem Pub, die ein Gespräch führen, dass sie nie führen *wollten.*"

Für einen kleinen Moment sahen wir uns nur an, wussten nicht mehr, was wir sagen oder tun sollten.

„Und nun?", fragte Ben schließlich vorsichtig.

Ich zuckte resigniert die Schultern und fühlte mich auf einmal so niederschlagen wie schon lange nicht mehr. „Was soll schon sein? Wir haben uns von vorne bis hinten belogen, Ben! Wo siehst du denn da noch eine Zukunft für uns? In einer Beziehung muss man einander bedingungslos vertrauen können – und man muss man selbst sein und dem anderen nicht irgendwas vorspielen."

Ich blinzelte, weil mir mit meinen folgenschweren Worten automatisch Tränen in die Augen gestiegen waren.

Ben sagte ein paar Atemzüge lang gar nichts mehr. Er sah mich nur an und ich konnte in seinen Augen dieselbe Erschütterung und Trauer erkennen, die auch ich empfand, dieselbe Hoffnungslosigkeit.

„Heißt das, du … du willst es gar nicht erst versuchen?", fragte er mit belegter Stimme. „Du willst uns keine Chance geben, das wieder hinzubiegen und uns richtig kennenzulernen, so als du und ich?"

„In der Liebe kann man nichts verbiegen, Ben", sagte ich leise und jetzt begann auch noch mein Kinn zu zittern. „Entweder es passt oder es passt nicht – sonst geht einer von uns kaputt … oder auch beide. Wenn wir vor dem anderen nicht sein können, wer wir sind, macht das alles einfach keinen Sinn."

„Emma das ist doch …"

„Ben, bitte!", stieß ich aus und machte einen Schritt zurück, weil er seine Hände nach mir ausgestreckt hatte. „Mach uns das alles doch nicht noch viel schwerer, als es eh schon ist! Ich … ich geh jetzt lieber."

Das tat ich dann auch. Ich mutierte zu der Mutter aller Feiglinge, wandte mich ab und lief los, so schnell wie ich konnte, ohne zu rennen. Ich lief vor meinen blöden Lügen davon, vor diesem absolut schlimmsten Fehler, den ich jemals begangen hatte, und vor allen Dingen lief ich vor meinen Gefühlen weg. Vor der tiefen Trauer, die nun doch in Form von Tränen aus mir hervorbrach, vor meiner Wut auf uns beide und vor meiner mich peinigenden Sehnsucht nach Ben, nach seiner Nähe, seiner Wärme, seinem Lachen, seiner Stimme … Ich schluchzte und wischte mir die Tränen vom Gesicht, die ungehindert weiter flossen.

Warum nur waren wir beide solche Idioten gewesen? Warum hatten wir uns gegenseitig belogen? Warum hatten wir dem anderen vorgemacht, jemand anderes zu sein? Wir passten doch so gut zusammen, verstanden uns so gut, konnten vor dem anderen ganz wir selbst sein.

Ich blieb abrupt stehen. Was hatte ich da gerade gedacht? Wir passten zusammen? … Das war wahr! Und dass wir bei dem jeweils anderen wir selbst sein konnten, entsprach ebenso der Wahrheit. Also – inwiefern hatten wir einander etwas vorgemacht?! Wir hatten im Netz nur unser Geschlecht geändert und vielleicht noch Teile unserer Biografie, aber sonst waren wir völlig wir selbst gewesen – immer. *Deswegen* hatte Ben Anna in ihrem Auftreten die ganze Zeit über so geähnelt und *deswegen* hatte Ben sich so gewundert, dass ich gar nicht so war, wie er sich mich vorgestellt hatte. Denn er *war* er und ich *war* ich gewesen! Unsere Lüge war nicht so schlimm, wie ich sie dargestellt hatte, und unsere Beziehung wäre nicht von vornherein zum Scheitern verurteilt gewesen – *wenn* ich vor Ben nicht weggelaufen wäre und mich wie eines dieser blöden Weibchen gängiger Liebesfilme verhalten hätte: Völlig hysterisch und selbstgerecht.

„Emma!“

Ich riss die Augen auf und warf mich herum. Ben kam im Laufschritt hinter mir her, wurde aber langsamer, als er nahe genug heran war, dass ich ihn hören konnte.

„Ich hab dir nichts vorgemacht“, rief er mir zu, ganz außer Atem. „Das ist kompletter Unsinn!“

Wie Recht er doch damit hatte. Ich lief auch auf ihn zu und mein Herz schlug mir dabei bis zum Hals.

„Ich bin *immer* ich selbst gewesen“, fuhr er fort. „Ich hab mich nie verstellt und du hast das auch nicht. Nicht wenn wir zusammen waren. Es tut mir leid, dass ich dich angelogen habe, Emma. Es tut mir leid, dass ich es nicht gewagt habe, zu sagen, wer ich bin, und stattdessen meine eigenen Pläne verfolgt habe. Dich zu enttäuschen oder gar zu verletzen, war das letzte, was ich im Sinn hatte. Das musst du mir einfach glauben.“

Wir hatten einander erreicht und blieben dicht voreinander stehen. Ich wollte ihm sagen, dass ich verstand, dass meine erste Reaktion einfach nur dumm und unreif gewesen war, wollte ihn um Verzeihung bitten, in die Arme schließen und küssen, aber er ließ mich einfach nicht zu Wort kommen, weil er wohl das Gefühl hatte, noch weiter um mich kämpfen zu müssen.

„Ich … ich hab das alles nur getan, weil ich mich in dich verliebt habe, Emma“, erklärte er mit zittriger Stimme. Mir wurde ganz warm und die Schmetterlinge machten es sich wieder mit Sack und Pack in meinem Bauch gemütlich.

„Nicht hier, nicht in den letzten Tagen, sondern vor einem Jahr im Chatraum“, fuhr er fort. „Und nicht in einen Mann oder eine Frau, sondern in dich als Menschen.

Denn du warst der großartigste Mensch, der mir je begegnet ist und das bist du noch – ganz egal, wie du wirklich heißt und welchem Geschlecht du angehörst. Ich fühlte mich dir so nah, obwohl so viele Kilometer zwischen uns lagen, fühlte mich verstanden – *wirklich* verstanden. Du bist zu meinem besten Freund geworden und … ich hab so mit dir gelitten, als du Liebeskummer hattest. Ich wollte, dass du wieder glücklich bist. Nur deswegen wollte ich dich mit meiner Schwester verkuppeln und weil ich leider – oder jetzt besser Gottseidank – nicht schwul bin und somit nicht selbst als möglicher Partner herhalten konnte. Ich wollte dich mit einem Menschen zusammenbringen, der zu dir passt, der dich zu schätzen weiß und dich glücklich macht, so wie du es verdienst. Und ganz ehrlich – auch wenn ich es nicht bemerkt habe – ich glaube, es ist mir tatsächlich gelungen. Das hoffe ich zumindest – *immer noch*. Aber wenn du mich ein weiteres Mal wegstößt und mir sagst, dass du mich hasst, dann … dann werd ich dir nicht nachlaufen, also … jedenfalls nicht so, dass du es gleich merkst. Ich werd wieder warten und mir noch ein paar bessere Argumente zurechtlegen und dann versuchen, dich wieder einzuholen und –“

Weiter kam er nicht, denn ich hatte ihn am Kragen seines Hemdes gepackt, mich auf die Zehenspitzen gestellt und meine Lippen auf die seinen gepresst. Ich küsste ihn mit aller Zuneigung, die ich für ihn empfand, küsste ihn so lange und innig, wie ich konnte, und versuchte ihm auf diese Weise zu zeigen, was ich für ihn empfand. Ich juchzte innerlich, als er mein Gesicht in seine Hände nahm und den Kuss erwiderte, so sehnsüchtig und zärtlich, wie ich ihn begonnen hatte. Erst als der Sauerstoffmangel seinen Tribut forderte, konnte ich mich wieder von seinen Lippen lösen. Völlig loslassen wollte ich ihn jedoch nicht – das wollte ich nie wieder.

Ben schien es ganz ähnlich zu gehen, denn er lehnte seine Stirn gegen die meine und hielt mein Gesicht weiter in den Händen, streichelte meine Wangen mit den Daumen, so zärtlich und sanft, als gäbe es nichts Kostbareres und Zerbrechlicheres als mich auf dieser Welt. Ich schloss für einen Moment die Lider und genoss einfach nur seine Nähe und das Gefühl, endlich gefunden zu haben, wonach ich mich schon so lange Zeit gesehnt hatte.

„Ich will morgen früh nicht schon abreisen“, murmelte ich nach einer kleinen Weile einvernehmlichen Schweigens und erinnerte uns beide daran, dass wir leider nicht ewig so stehen bleiben und die Nähe des anderen genießen konnten.

„Dann … dann mach das doch nicht“, schlug Ben hoffnungsvoll vor. „Hast du nicht auch noch Semesterferien?“

Ich nickte verhalten. „Aber was ist mit der Unterkunft?“

„Sei mal ein bisschen kreativ“, lächelte Ben und brachte mich ebenfalls zum Schmunzeln.

„Ich kann doch deine Verliebtheit nicht gleich am Anfang *so* ausbeuten“, wandte ich scherzhaft ein.

„Och, manchmal werde ich ganz gern ausgebeutet“, winkte er grinsend ab. „Außerdem hab ich ja nicht gesagt, dass du bei mir umsonst unterkommst. Geld würd ich natürlich nicht nehmen …“

„So so“, grinste ich zurück. „Das heißt wohl, ich muss meine Schulden abarbeiten.“

Er sagte nichts mehr, sondern küsste mich nur wieder und ich schmolz in seinen Armen dahin. Diese Art von ‚Arbeit‘ war ich durchaus bereit zu verrichten. Doch dann fiel mir siedend heiß ein, dass ich etwas oder besser jemanden bei der ganzen Sache völlig vergessen hatte, und ich löste mich wieder aus Bens inniger Umarmung.

„Was ist mit Colin?“, stieß ich aus und sofort meldete sich mein schlechtes Gewissen zur Stelle. „Ich kann ihn doch nicht allein zurückfahren lassen!“

„Colin hat damit kein Problem“, ließ eine mir wohlbekannte Stimme hinter uns verlauten und wir zuckten beide heftig zusammen und hielten uns erschrocken aneinander fest. Wir hatten gar nicht bemerkt, dass wir nicht mehr allein waren.

„Ganz ehrlich, Emma“, fuhr Colin, der zusammen mit Anna gerade aus der Bar gekommen sein musste, fort. „Ich bin schon öfter allein mit der Bahn gefahren. Ich kann das schon.“

Ich lachte erleichtert, löste mich von Ben und schloss Colin fest in die Arme. Manchmal konnte er der beste Freund der Welt sein.

„Gern geschehen“, murmelte er in mein Haar und schob mich dann von sich weg. „Lass uns lieber Abstand halten – dein Neuer guckt schon ganz böse und ich möchte morgen mit heilen Knochen nach Hause fahren. Und meinen Kiefer brauch ich auch noch, um allen diese irre Geschichte zu erzählen!“

„Das tust du nicht!“, sagte ich mit Nachdruck, doch sein Grinsen verriet mir, dass ich wenige Chancen hatte, das zu verhindern. Im Grunde war das aber auch gar nicht weiter wichtig, denn mir war ganz klar, dass vor mir die besten Semesterferien lagen, die ich je gehabt hatte. Wen störte es da schon, wenn man Hauptdarsteller einer Geschichte für Partys wurde? Wurden so nicht Legenden geboren?

Epi-log-out

Es gibt Leute, die behaupten, dass das Internet die Menschen noch mehr isoliert, als sie das eh schon sind, da man gar nicht mehr aus dem Haus gehen muss, um in Kontakt mit anderen zu kommen. Aber da liegt schon der Haken im Denken, denn die Menschen *suchen* eben Kontakt zu anderen über das Internet und finden diesen auch. Ob sie sich dann mit ihnen treffen und aus der Internetfreundschaft eine richtige Beziehung machen, liegt ganz bei den jeweiligen Menschen und ihren ganz speziellen Charaktereigenschaften.

In meinem Fall hatte mir das Internet nicht nur neue, richtig gute Freunde beschert, sondern auch die ganz große Liebe und ich würde dieser neuzeitlichen Erfindung wohl für immer dankbar sein.

Selbstverständlich hatte auch ich aus meinen Fehlern gelernt. Ich würde nie wieder vorgeben, jemand anderes zu sein und immer ein gewisses Misstrauen behalten, was die Identität von Internetbekanntschaften anging – ganz gleich, wie nett sie auch waren. In diesem riesigen Raum der Anonymität war es zu leicht, andere zu belügen und ich hatte mit Ben einfach nur Glück gehabt – schließlich hätte ich ja auch an einen geisteskranken Serienmörder geraten können, der mich bei unserem ersten Treffen verschleppt und in kleine Stücke zerhacken hätte.

Mit dieser Vorstellung vor dem geistigen Auge reagierte ich ein paar Wochen nach der London-Reise auch gleich mit großem Misstrauen auf einen gewissen *Darth Skywalker*, der mich über Skype anquatschte.

Darth Skywalker: *Hallo-o!*

Smiley.

Ich runzelte die Stirn. Wer war das denn?

Shadowhunter: *Ähm ... wie kommst du an meine Skype-Adresse?*

Darth Skywalker: *Ein Freund hat mir die gegeben. Er meinte, das hier wäre so 'ne Art private Partnervermittlung. Ich möchte gern jemanden kennenlernen. Möglichst blond, vollbusig und gut im Bett. Gibt's da jemanden bei euch in der Pipeline?*

Ich schnappte nach Luft. So eine Frechheit! Was war das denn für ein Psychopath?

Shadowhunter: *Hier gibt's noch nicht mal 'ne Pipeline und ganz bestimmt nicht das, was du suchst! Also: Auf Nimmerwiedersehen!*

Darth Skywalker: *Warum so ruppig, Süße? Willst du mich nicht erst mal besser kennenlernen, bevor du mich so kaltherzig abservierst?*

Ich runzelte die Stirn. Woher wusste der, dass ich eine Frau war. Überhaupt kam mir die Art, wie er schrieb, verdächtig vertraut vor. Und der Name …

Shadowhunter: *Colin, bist du das?*

Darth Skywalker: *Ach, menno! Woher weißt du das so schnell?*

Shadowhunter: *Ich kenn dich mein Leben lang. Außerdem: Wer würde sonst wohl direkt nach meinem Decknamen suchen und sich dann noch bei der Kontaktaufnahme Darth Skywalker nennen? Ich hätt eigentlich sofort drauf kommen müssen.*

Das war wahr, denn Colin hatte mir mal erzählt, dass, *wenn* er sich einen Fake-Account bei Skype machen würde, er einen selbst gemixten Star Wars Namen dafür nutzen würde. Er war ein großer Fan dieser Science-Fiction-Reihe – aber eher einer von der leisen, unauffälligen Sorte, der sein Fan-Dasein nur in der Gegenwart von ganz engen Freunden in der Form von Star-Wars-DVD-Nächten auslebte. Gut, seine Star Wars Figurensammlung in dem Regal über seinem Schreibtisch verriet ihn vielleicht auch noch.

Shadowhunter: *Col?*

Darth Skywalker: *Ich schmolle jetzt. Warte mal ...*

Ein schmollender Smiley erschien und brachte mich zu lachen.

Darth Skywalker: *So seh ich grad aus – nur attraktiver. Mann, meine Telefonwitze hast du auch immer durchschaut. Bei dir macht das gar keinen Spaß.*

Shadowhunter: *Wäre ja auch noch schöner. Dann würdest du wahrscheinlich gar nicht mehr damit aufhören.*

Darth Skywalker: *Wahrscheinlich. Und? Was macht die Liebe? Gibt's bei euch eigentlich auch mal Cybersex?*

Die blöden Lachsmileys konnte er sich sparen.

Shadowhunter: *Sehr witzig, Col. Wo bist du eigentlich?*

Darth Skywalker: *Rate mal!*

Shadowhunter: *Draußen im Hausflur.*

Darth Skywalker: *Spielverderberin!*

Der nächste Smiley streckte mir die Zunge heraus.

Darth Skywalker: *Aber Ben ist schon da, oder?*

Shadowhunter: *Wieso?*

Darth Skywalker: *Es riecht so lecker nach Essen und da du am Computer sitzt und eh nicht so gut kochen kannst wie unser kleiner Hausmann ...*

Shadowhunter: *Wenn dann ist er* mein *Hausmann! Und ja, er ist schon da.*

Darth Skywalker: *Da siehst du mal, wie einfühlsam ich bin.*

Shadowhunter: *Hä?*

Darth Skywalker: *Na, ich bin extra nicht gleich reingekommen, damit ich euch nicht bei irgendwas erwische, das ich nicht sehen soll.*

Shadowhunter: *Ha, ha , ha. Sehr lustig.*

Darth Skywalker: *Nein ehrlich. Ich wollt euch ein bisschen Privatsphäre gönnen, bevor ich euch mit meiner wunderbaren Gesellschaft beehre.*

Shadowhunter: *Das ist aber süüüüüüüüüüüüß.*

Ich schickte ein paar kitschige Herzchen und Kussmünder hinterher, aber im Grunde war ich ihm tatsächlich für diese Rücksichtnahme dankbar. Ben und ich fielen zwar nicht immer sofort übereinander her, sobald wir uns wiedersahen, aber wir sehnten uns nach der körperlichen Nähe des anderen und nutzten jedes bisschen ungestörter

Zweisamkeit, um uns gegenseitig zu zeigen, wie sehr wir uns liebten. Gut … wenn ich genauer darüber nachdachte, lief es dann meist doch ziemlich schnell auf Sex hinaus, aber das hieß nicht, dass wir uns nicht zügeln konnten, wenn es angebracht war.

Es war nur so, dass wir uns momentan nur an den Wochenenden sahen (ein Wochenende verbrachten wir bei ihm in London, das andere bei mir in Bristol und so weiter) und die Zeit dazwischen nur schwer ohne den anderen auszuhalten konnten – auch wenn wir natürlich weiterhin Kontakt über das Internet hielten, mittlerweile auch über die Kameras unserer PCs. Es war doch gleich viel schöner, den anderen beim Schreiben zu sehen. Ich war ja soo süchtig nach Bens Lächeln und Lachen …

Wie dem auch war – sobald wir einander am Wochenende wiederhatten, waren wir nicht mehr voneinander zu trennen und die Welt war auf einmal so viel sonniger und schöner. Ja, ich konnte es mittlerweile ohne Umschweife zugeben: Ich war schwer verliebt und gegenwärtig die glücklichste Person, die es auf Erden gab. Und wenn wieder Semesterferien waren, konnte alles nur noch schöner werden, denn dann würden wir alle wieder beisammen sein: Colin, Anna, Ben und ich. Und dieses Mal für mindestens sechs Wochen!

Es war zwar noch eine Weile hin, aber ich freute mich trotzdem schon darauf. Schließlich waren diese drei Personen zu einem Teil meiner Familie geworden, den ich nie mehr missen wollte.

Habt ihr schon was für heute Abend geplant? fragte Colin, nachdem er mir die dreifache Menge an Herzen und Küssmündern zurückgeschickt hatte.

Shadowhunter: *Nicht so richtig. Wir dachten vielleicht an Bungeejumping und Free Climbing. Die Suspension Bridge bietet sich doch so dafür an.*

Darth Skywalker: *Super! Bin ich dabei!*

Ich grinste breit und tippte rasch weiter, weil ich hörte, dass Ben hinter mir ins Zimmer kam. Das hieß wohl, dass das Essen fertig war. Selbstgemachte Pizza. Drei Bleche. Wenn Colin mit dabei war, musste man vorsorgen, um auch noch was abzubekommen.

Shadowhunter: *Free Climbing oder Bungee?*

Darth Skywalker: *Beides. Und dann ein netter DVD-Abend auf der Couch. Zum wieder runterkommen. Na? Gute Idee?*

Ben hatte meinen Stuhl erreicht, stützte sich auf die Lehne und drückte mir einen Kuss auf den Nacken. Ein angenehmer Schauer lief meinen Rücken hinunter und ich kicherte.

„Was schreibst du da?“ Er beugte sich ein wenig vor und stutzte. „Wer ist Darth Skywalker?“

„Tjaaaaa“, gab ich langgezogen zurück. „Vielleicht ein neuer Verehrer. Als moderne Frau muss man immer einen Ersatzmann parat haben, falls der aktuelle frech wird und nicht mehr spurt.“

„Aber ich hab doch brav Essen gemacht und auch aufgeräumt!“, verteidigte er sich sofort in gespielter Angst.

„Ich sagte ja auch nur ‚falls‘“, erinnerte ich ihn und tippte schnell meine Antwort.

Shadowhunter: *Aber nur wenn ich in der Mitte bin.*

Darth Skywalker: *Oh-ha! Da erhebt jemand Anspruch auf die begehrte Sandwich-Position!*

Ich konnte Bens Grinsen schräg hinter mir fast körperlich fühlen. „Planst du hier ganz generös unseren ersten Dreier mit Colin?“, erkundigte er sich.

„Woher weißt du, dass das Colin ist?“, fragte ich überrascht.

„Na, war doch klar bei *dem* Namen!“

Meine Rede. Aber es war erstaunlich, wie gut auch Ben ihn mittlerweile kannte.

„Ich wusste, dass das irgendwann kommen würde“, kam mein Freund auf seine Frage zurück.

„Ja, ich dachte, es wär mal an der Zeit“, erwiderte ich und wandte mich zu ihm um, um ihn frech anzugrinsen. Glücklicherweise konnte ich mir solche Witze bei ihm leisten, denn Ben und Colin waren trotz der nur Ben bekannten Vorgeschichte richtig gute Freunde geworden. Eifersucht hatte es bisher nur in gespielter Form gegeben und im Grunde gab ich Ben auch keinen Anlass dazu. Er vertraute mir so bedingungslos wie ich ihm, denn Lügen gab es zwischen uns nicht mehr.

„Muss ich ihn dann auch …“, er machte ein angewidertes Gesicht, „… küssen und … anfassen? Versteh mich nicht falsch, er ist ein attraktiver Mann und so, aber er …“

Ich legte meine Zeigefinger auf seine Lippen und brachte ihn so zum Schweigen. „Keine Sorge – ihr seid beide nur dazu da, *mich* zu verwöhnen.“

Ich bedachte ihn mit einem lasziven Blick, den *er* wohl auch als solchen wahrnahm, denn im nächsten Augenblick fanden sich seine Lippen auf den meinen wieder und wir küssten uns innig.

„Was immer du willst“, murmelte er an meinem Mund und erhielt dafür gleich eine ganze Reihe von kleinen, zärtlichen Küssen, die bald schon wieder in eine handfeste Herumknutscherei übergingen. Fünf Tage der Trennung waren einfach zu viel. Wir hatten am Wochenende immer *so* viel Körperkontakt nachzuholen. Da verwunderte es gar nicht, dass wir uns nur wenig später auf dem Boden wiederfanden, ich auf ihm, und unsere Hände bereits unter den Stoff unserer Kleider wanderten.

„Oh – warte! Colin!“, fiel es mir gerade noch rechtzeitig ein und ich brachte mich in eine sitzende Position, um auf meinen Bildschirm zu sehen. Dort waren bereits drei Antworten zu finden.

Darth Skywalker: *Ich werde sie dir gnädig überlassen, wenn ich den Film aussuchen darf.*

Darth Skywalker: *Okaaay – dann suchen wir ihn halt zusammen aus. Kein Grund mich zappeln zu lassen.*

Darth Skywalker: *Hallo? Bist du noch da?*

„Was schreibt er?“, erkundigte sich Ben und setze sich ebenfalls auf, sodass sein Gesicht nun dicht vor dem meinen war. Ich konnte nichts dagegen tun – ich *musste* ihn wieder küssen. Er hatte aber auch einfach einen unwiderstehlichen Kussmund.

„Emma …“, nuschelte er und musste lachen. „Du solltest ihm antworten – wirklich!“

„Na, gut“, gab ich gnädig zurück, richtete mich ein bisschen mehr auf, sodass ich die Tastatur nicht nur sehen, sondern auch erreichen konnte und ließ meine Finger über die selbige fliegen.

Shadowhunter: *Ja und das mit dem DVD-Abend geht in Ordnung. Pizza ist auch schon fertig.*

Darth Skywalker: *PIZZA???!!! Ihr seid die Besten! Wann geht's los?*

„Gut, dass Colin so gar nicht verfressen ist“, merkte Ben trocken an.

Ich kicherte. „Nee, überhaupt nicht.“

Darth Skywalker: *Oder wollt ihr erst noch poppen?*

Colins freche Antwort ließ mich einen entrüsteten Laut ausstoßen, doch Ben nahm es gelassen.

„Hm … gute Frage“, sagte er nachdenklich.

Ich legte meine Arme um seinen Nacken und hob auffordernd die Brauen. Colin hatte es ja nicht anders gewollt und verdiente zumindest eine kleine Strafe.

„Findest du nicht auch, dass wir ihn noch ein bisschen zappeln lassen sollten?“, grinste ich.

„Aber immer doch“, erwiderte Ben und küsste mich erneut, bis mir schwindelig wurde.

Nur wenige Minuten später flogen meine Finger ein letztes Mal über mein Keyboard.

Shadowhunter: *Essen steht in der Küche. Wehe, du kommst in mein Zimmer!*

Darth Skywalker: *Was soll'n das jetzt heißen?*

Darth Skywalker: *Hallo?*

Darth Skywalker: *Em? Bist du noch da?*

Shadowhunter ist offline.

Darth Skywalker: *Das ist doch jetzt nicht dein Ernst!*
Darth Skywalker: *Em? Warte, ich komm rein ...*

Darth Skywalker ist offline.

Ende